결혼의 조건

결혼의 조건

초판 1쇄 찍은 날 | 2015년 07월 17일
초판 1쇄 펴낸 날 | 2015년 07월 31일

지은이 | 박선우
펴낸이 | 서경석

편집책임 | 이창진

펴낸곳 | 도서출판 청어람
등록번호 | 제387-1999-000006호
등록일자 | 1999. 5. 31
어람번호 | 제8-0044호

주소 | 경기도 부천시 원미구 부일로 483번길 40 서경B/D 3F (우) 420-822
전화 | 032-656-4452 팩스 | 032-656-4453
http://www.chungeoram.com
E-mail | chungeorambook@daum.net

ISBN 979-11-04-90309-0 04810
ISBN 979-11-04-90307-6 (세트)

Terms of a Marriage

결혼의 조건

2

박선우 장편 소설

도서출판 청어람

Contents

제1장

기획실

    김 여사가 다려준 와이셔츠와 정장을 입은 강산은 거울에 자신의 모습을 비춰본 후 흐뭇한 미소를 지었다.

    역시 괜찮은 옷걸이다.

    스스로의 만족감에 기분이 좋아진 강산이 방문을 열고 나오자 식구들이 배웅할 준비를 마치고 빤히 쳐다보고 있다.

    이 집 여자들은 뭔가 조그만 일에도 극렬한 이벤트를 할 자세가 되어 있는 사람들이다.

    "첫 출근이라서 그러는 거지?"

    "당연한 걸 묻고 있어."

    "이야, 서류 가방 어울린다. 정말 회사원같이 보여."

농담과 비슷한 강산의 물음에 은영에 이어 은수가 호들갑을 떨었다.

그녀들은 출근을 위해 광내고 나선 강산의 모습이 신기하게 보이는 모양이다.

김 여사가 앞으로 나서며 뭔가를 내민 것은 은수가 강산의 어깨에 묻은 먼지를 털어낼 때였다.

그녀의 손에는 만 원짜리 세 장이 들려 있었다.

"이거 차비 해."

"갑자기 웬 돈을 주세요?"

"첫 출근이잖아. 그러니까 주는 거야."

"원래 그러는 거예요?"

"응, 은서도 그랬어. 그러니까 얼른 받아."

"네."

얼떨결에 돈을 받아 든 강산은 고개를 갸우뚱했다.

무슨 의미인지 잘 모르겠다는 얼굴이다.

그럼에도 그는 돈을 주머니에 챙기고 활짝 웃었다.

많지 않은 돈이지만 그 돈에서 따뜻한 온기가 느껴졌기 때문이다.

"나 이러다가 늦겠어요. 갈게요."

"같이 가."

"나도."

강산이 서두르자 은서가 따라나섰고, 뒤를 이어 은수까지 가방을 챙겼다.

하긴 둘 다 나갈 시간이 되긴 했다.

그녀들은 부랴부랴 강산을 호위하듯 집을 나섰는데 무척 경쾌한 발걸음이다.

그것은 어디서나 볼 수 있는 단란한 가족의 아침 모습이었다.

강산을 비롯해 언니와 동생이 대문을 나서자 은영이 슬그머니 입을 열었다.

그녀의 얼굴에는 뒤늦은 궁금증이 떠올라 있었다.

"엄마, 그 돈 왜 준 거야?"

"그냥."

"그냥이라고?"

"걔한테 돈 줘본 기억이 없더라. 강산이가 회사에 다니면 기회가 없을 것 같아서… 그래서 그냥 주고 싶었어. 강산이가 아들처럼 생각돼서 큰일이야. 엄마처럼 용돈을 주고 싶은 걸 보니 말이다."

"응, 그렇구나."

강산은 버스와 지하철을 이용해서 대원그룹 본사 건물에 도착했다.

같이 오는 내내 은서는 재잘거리며 처음 회사 생활을 시작하는 그에게 사회 선배로서 많은 주의를 줬다.

어느샌가 그녀는 예전으로 돌아와 있었다.

물론 내면은 그렇지 않겠지만 그녀는 강산에게 예전 모습을 보여주기 위해 애를 썼다.

노력하는 그 모습이 너무나 예뻤다.

가슴속에 울컥하며 치미는 따스한 감정을 억누르고 강산은 그녀의 조언에 말도 안 되는 반발을 했다가 된통 잔소리를 들었다.

버스에서 투닥거리는 두 사람을 사람들은 재미있다는 듯 지켜보았다. 그들의 눈에는 강산과 은서가 사이좋은 오누이로 보인 모양이다.

건물로 들어서서 3층 인사부 앞에 도착하자 직원이 신입 사원들을 안내하고 있었다.

본사에 발령받은 사람들은 강산을 포함해서 스물일곱 명이었는데 인사부 직원은 소정의 절차를 확인한 후 배치받은 부서를 알려주고 있었다.

강산을 향해 손을 번쩍 드는 엄정화가 보인다.

그녀는 주말 동안 심신을 갈고닦았는지 반짝반짝 윤이 났다. 검은색 정장 투피스를 입은 그녀는 매력적인 여성으로 보이기에 충분했다.

"오빠, 늦었네요."

"응, 차가 조금 밀렸어. 배치받았어?"

"네, 전 홍보실로 가게 되었어요."

"잘됐네. 거긴 똑똑하고 예쁜 사람들만 가는 곳이잖아. 너랑 딱 맞는 곳인 거 같다."

"고마워요. 오빠도 어딘지 빨리 알아보세요."

"응."

데스크 쪽을 향해 엄정화가 손짓했기 때문에 강산은 대답하고 곧장 직원에게 향했다.

데스크 앞에는 안경 낀 날카로운 인상의 사내가 서 있었는데 그에게 말하는 인사부 직원의 목소리가 들려왔다.

듣고 싶어 들은 것이 아니었지만 그의 정체를 알게 되자 새삼스럽게 다시 쳐다볼 수밖에 없었다.

"수석 합격하신 서인석 씨군요. 기획실로 배정되었습니다. 축하합니다."

"고맙습니다."

직원에게 깍듯이 인사하고 돌아서는 그의 얼굴과 정면으로 마주쳤다.

옆모습은 날카롭게 보였는데 똑바로 확인하자 눈매가 선하고 눈빛이 빛나는 것이 그가 얼마나 뛰어난 사람인지 알려줄 만큼 강렬했다.

얼떨결에 부딪친 시선이라 강산은 인사할 틈을 만들지 못했다.

하지만 그것은 강산뿐만 아니라 서인석도 마찬가지였다.

그 역시 강산과 비슷한 상황이었기에 눈인사도 하지 못하고 그냥 지나쳐 갔다.

이제 데스크 앞에는 강산만 남게 되었다.

다른 사람들은 부서와 이름이 적힌 명찰을 달고 강산의 접수가 끝나기를 기다리고 있었다.

접수가 끝나면 인사담당이사에게 신고하고 직원의 안내를 받아 배치받은 부서로 향하게 된다.

저절로 가슴 떨리는 순간이었다.

서두르는 것은 인사부 직원도 마찬가지였다.

그는 얼른 일을 마치고 후속 조치를 취해야 하기 때문인지 급하게 서둘렀는데 그럼에도 강산의 이름을 확인하고는 잠시 멈칫했다.

"이강산 씨 맞습니까?"

"그렇습니다."

"누군가 무척 궁금했는데 이제야 직접 보는군요."

"무슨 말씀이신지……?"

"강산 씨는 모르겠지만 대원그룹에서 강산 씨는 꽤 유명 인사가 되었습니다. 워낙 연수 중에 히트를 쳐서 말이죠."

"아, 네."

"같이 본사에 근무하니까 종종 보게 되겠군요. 기획실로 배정되었습니다. 축하합니다."

직원이 내민 명찰을 얼떨결에 받아 든 강산은 떨떠름한 표정을 지었다.

유명 인사가 되었다는 인사부 직원의 말이 신입 사원인 그로서는 반갑기만 한 것이 아니었기 때문이다.

더군다나 기획실이라니…….

튀어나온 돌이 정을 맞는다는 속담이 있다.

특히 새로 입사한 경우에는 더욱 그렇다.

두각은 천천히 나타나야지 갑자기 부각되면 긍정적인 면보다 부정적인 면이 더 작용하는 법이다.

강산이 양복 상의에 명찰을 패용하고 돌아오는 것을 본 엄정화의 얼굴에서 황당함이 묻어 나왔다.

연수원에서 유태희를 만나는 걸 보고 기획실로 가는 거 아니냐며 추궁했을 때 강산은 단칼에 아니라고 부인을 했다.

그 단호함에 거짓이 아니라 판단했는데 막상 기획실로 간다고 하자 기가 찼다.

하지만 강산을 탓할 생각은 없었다.

어색해하는 그의 모습에서 본인조차도 몰랐다는 걸 충분히 눈치챌 수 있었기 때문이다.

의외의 결과였음에도 시간이 조금 지나자 기분이 무척 좋아졌다.

그녀는 미리 인사부에 근무하는 학교 선배들에게 홍보실로 간다는 언품을 받았기 때문에 홍보실의 위치를 알아놓은 상태였다.

그녀가 유쾌해진 것은 기획실과 홍보실이 복도를 마주하고 있어 강산의 모습을 자주 볼 수 있을 거란 생각 때문이었다.

모든 절차를 끝낸 직원이 신입 사원들을 한곳으로 모으자 여기저기 흩어져 있던 사람들이 그의 안내에 따라 사무실로 향했다.

대원그룹 인사부는 심장과 같은 역할을 하는 곳이다.

인사가 만사란 말이 있다.

조직이 잘되기 위해서는 공평한 인사가 이루어져야만 한다는 뜻이다.

하지만 세상을 살다 보면 공평무사라는 단어가 얼마나 허황되고 웃긴 것인지 자연스럽게 알게 된다.

이익집단.

모든 이익집단은 힘 있는 자와 가진 자가 우선한다. 강자 우선이 철저하게 통용되는 조직을 사람들은 회사라는 이름으로 부른다.

강자 우선의 원칙은 인사가 공평하게 이루어질 수 없다는 것을 의미하기도 했다. 출세를 하기 위해서는 힘 있는 줄을 잡아야 된다는 말이 나온 것은 바로 그런 이유 때문이다.

힘 있는 사람에게 줄을 서서 그 끈을 놓지 않을 때 남들보다 먼저 승진하고 더 많은 보수를 받게 된다.

이것이 사람 사는 이치이다.

그것을 거부하는 직장인은 자연스럽게 도태될 수밖에 없

는데도 둔한 사람들은 그 이치를 모르는 경우가 많았다.

현명하게 대처해야만 살아남을 수 있고 가족에게 능력이 뛰어난 아버지가 될 수 있다.

인사가 만사란 천고의 진리는 이미 오래전에 깨졌다는 걸 알지 못한다면 원만한 직장 생활을 한다는 건 불가능에 가까울 수밖에 없다.

백여 평에 달하는 인사부 사무실은 대원그룹 전체 직원의 이동과 승진을 담당하는 실세 중의 실세 부서였다.

그랬기에 지닌 힘도 만만치 않았고 프라이드도 강했다.

신입 사원들을 바라보는 그들의 눈에는 아무런 감흥도 없었다.

수많은 경쟁을 뚫고 입사한 신입 사원이지만 정신없이 자신의 일에 몰두하고 있는 인사부 직원들에게 그들은 수많은 대원그룹 직원 중 하나일 뿐이었다.

회사라는 것은 형식과 절차에 구속받는 집단이다.

반드시 하지 않아도 될 일을 조직은 그냥 지나치지 않는 경우가 허다했다.

관례와 관습이라는 이름의 허울이 그것이다.

신입 사원들이 인사담당이사에게 신고하는 인사부의 관행도 그러한 것 중의 하나였다.

하지만 그런 관행이 아직 버젓하게 살아남아 시행되는 이유 중 가장 큰 이유는 스스로가 그것을 관행이라고 생각하지 않는다는 데 있었다.

인사담당이사는 신입 사원들과 가볍게 악수를 한 후 그들을 자리에 앉게 했다.

워낙 사람이 많았기 때문에 앉을 자리가 부족해 직원들이 의자를 들여와야 했지만 기어코 모두 자리에 앉힌 김수철은 수없이 들은 인사말을 또다시 꺼냈다.

직장 생활을 시작하는 그들이 못에 박히듯 들은 부탁과 조언이다.

일방적인 대화가 오 분 가까이 진행된 후에야 김수철은 자리에서 일어났다.

그러자 직원들이 나서서 신입 사원들을 소 내몰듯 밖으로 이끌고 나갔다.

데스크에 있던 직원의 입에서 안도의 한숨이 새어 나오는 것이 보였다.

그는 이 일정이 무사하게 끝난 것을 꽤나 만족스럽게 생각하는 것 같았다.

직원의 안내로 강산과 서인석은 15층으로 올라갔다.

사람들로 북적이던 인사부와는 다르게 엘리베이터에서 내려 걷는 복도는 무척 조용했다.

이십여 미터를 걸어서 도착한 사무실 상단부에는 기획실

이란 명패가 박혀 있었는데 다른 부서의 것과 똑같음에도 뭔가 포스를 팍팍 풍겨내고 있었다.

문을 열고 들어서자 사람들이 부지런히 움직이는 모습이 보였다.

복도는 적막하리만큼 조용했는데 사무실로 들어서자 완전 시장판을 연상시킬 만큼 정신없이 돌아가고 있었다.

그 모습에 인사부 직원이 쓴웃음을 지었다.

그는 이런 모습을 여러 번 본 모양인지 놀라는 대신 그들을 데리고 기획팀장 자리로 향했다.

"팀장님, 안녕하십니까?"

"어, 김 과장. 어서 와. 우리 애들?"

"예, 그렇습니다. 특별한 사람들이라고 이사님께서 생색 팍팍 내라던데요."

"김 이사님이 그러셨어?"

"네, 이사님은 실장님한테 저녁 얻어먹기로 했다고 저는 팀장님한테 얻어먹으랍니다."

"쩝, 알았다. 밥 산다. 됐지?"

"그럼요. 전 이만 가보겠습니다."

"그래."

인솔해 온 직원이 사라지자 기획팀장의 시선이 강산과 서인석에게 돌아왔다.

그는 두 사람을 향해 웃음을 짓고 있었는데 매우 만족스러워하는 표정이었다.

"지금 부서가 정신없어서 직원들에게 소개시켜 주긴 어려울 것 같다. 그러니까 니들은 날 따라와. 일단 보스한테 인사부터 하자."

팀장은 그들을 데리고 사무실을 건너 안쪽에 마련된 방으로 걸어갔다.

Director | Planning & Coordination Dept.

방에 걸려 있는 명패는 이곳이 기획실장 방이라는 걸 알려주고 있었다.

노크를 한 팀장이 안으로 들어서자 책상에 앉아 뭔가를 검토하던 태희가 일어섰다.

여전히 아름답고 도도하며 당당해 보인다.

강산은 오면서 줄곧 태희의 모습을 생각했다.

아니다. 기획실로 발령받았을 때부터 그녀를 생각하고 있었다. 같은 공간에서 같이 숨을 쉬며 일한다고 생각하자 가슴이 뛰었다.

그녀가 원하는 자격이 이것으로 족할지 모르지만 백수보다는 훨씬 나은 조건으로 나타났으니 이전과 달라진 모습으로 그를 대할 것이라 기대했다.

그러나 책상에서 일어나 소파로 다가오는 태희의 얼굴은

차가울 정도로 냉랭해서 다른 사람을 보는 것 같았다.

"신입 사원들인가요? 저는 기획실장 유태희라고 합니다. 반갑습니다."

태희는 팀장의 소개로 신입 사원인 강산과 서인석의 인사만 받고 그들을 내보냈다.

웬만하면 부서에 새로 들어온 신입 사원에게 차라도 한 잔 주련만 그녀는 가볍게 악수만 할 뿐 더 이상의 대응은 하지 않았다.

그런 태희의 태도에 눈치를 보던 팀장이 두 사람에게 눈짓하더니 먼저 몸을 돌렸다. 실장의 심기가 불편한 것 같으니 나가자는 신호였다.

태희가 천천히 창가로 다가가 강산의 뒷모습을 훔쳐본 것은 그가 팀장을 따라 사무실로 나갔을 때다.

블라인드 사이 틈으로 강산의 모습을 찾고 있는 그녀의 눈은 방금 전과 다르게 촉촉이 젖어 있었다.

드디어 오늘 그가 출근한다는 사실에 아침 일찍부터 서둘러 사무실로 나왔다.

출근하면서 다른 어느 때보다 옷차림에 신경 썼다.

그에게 예쁘게 보이고 싶었기 때문이다.

그런 자신의 행동에 내가 왜 이러나 하는 자책도 했지만 감정은 어느새 이성을 누르고 그에게 잘 보일 생각만 하도록 만들었다.

사무실에 출근한 후에도 그의 생각이 머리를 떠나지 않았다.

그는 어떤 모습으로 내 앞에 나타날까?

그가 내 앞에 나타난다면 나는 어떤 모습으로 그를 맞이해야 하지?

별별 생각과 고민을 하며 시간을 보냈다.

그러나 그가 막상 눈앞에 나타나자 그에게 보내려 했던 미소와 따뜻한 목소리는 순식간에 사라지고 차가운 음성만이 흘러나왔다.

무표정한 얼굴과 직장 상사로서의 의례적인 말투.

그에게 보여준 것은 그것이 전부였다.

후회가 물밀듯 밀려왔으나 이미 늦었다.

기획실에는 남자와 여자의 비율이 거의 반반이다.

즉 여직원 숫자가 오십 명 가까이 된다는 말이다.

그리고 그 여직원 대부분은 일류 대학 출신이고 그중에서도 수위를 다투던 재원들이다.

예전에는 공부를 잘하면 외모가 부족한 경우가 많았으나 요즘은 그렇지 않았다.

집안이 좋아야 공부도 잘했고 뛰어난 외모를 지닌 여자들이 머리도 좋았다.

태희가 가장 걱정하고 있는 부분이 그것이다.

하지만 그녀는 그런 이야기를 입 밖으로 꺼내지 못한 채 강산을 사무실로 내보내고 말았다.

팀장의 소개로 직원들과 인사를 하는 강산이 보인다.

새로운 사람들이니 반갑게 맞아주는 것은 당연한 일이겠지만 그를 향해 웃고 있는 여직원들의 태도는 태희의 심기를 불편하게 만들고 있었다.

강산이 배치받은 부서는 기획 1팀이었다. 그룹의 미래 전략과 해외사업을 담당하는 부서였는데 기획실의 실질적인 핵심 부서였다. 팀장은 그를 태희에게 소개시켜 준 손창준이었고, 그 위로 기획부장인 황인태가 있었다.

기획 1팀의 직원은 남자 일곱에 여자가 일곱이었다. 직급으로 분류하면 차장이 3, 과장이 3, 대리와 사원이 8이다. 차장 밑에 네 명의 직원이 배치되어 프로젝트를 수행하는 구조였는데 상호 보완이 가능한 체계였다.

팀장의 소개로 강산이 인사하자 팀원들이 밝은 웃음으로 그를 맞아주었다. 특히 그가 앞으로 일해야 하는 3파트 소속 직원들은 환호성까지 지르며 그를 환영했다.

3파트는 다른 파트보다 한 명이 부족해서 늘 일손이 모자랐기 때문에 그들은 강산의 전입을 쌍수를 들고 반갑게 맞아주었다.

3파트는 여자 셋에 남자가 하나였다.

파트장을 맡고 있는 유경화는 기획실 전체에서 둘밖에 없는 여자 차장이었고, 그를 향해 밝은 미소와 함께 기대에 찬 시선을 보내고 있는 황인혜와 김희애는 대리였다.

바짝 마른 몸매의 윤길호만이 유일한 남자 사원이었는데 직위는 과장이었다.

강산은 그에게 인사하면서 속으로 혀를 찼다.

여자들 틈에 끼어 혼자 당했을 걸 생각하니 그의 몸이 바짝 마른 게 이해가 갔기 때문이다.

각 파트는 파티션으로 구분되어 별도의 공간에서 생활하고 있었다. 물론 자리에서 일어나 조금만 움직이면 다른 파트가 훤히 보였지만 자리에 앉으면 완벽하게 독립된 공간이었다.

자신의 파트로 강산을 데리고 돌아온 유경화는 회의용 탁자에 앉은 후 파트원들이 앉기를 기다렸다.

그녀는 파트장답게 중앙 상석에 자리했는데 파트원들이 모두 앉자 경쾌하게 입을 열었다.

"강산 씨가 오면서 우리 3파트는 완전체가 되었습니다. 파트장으로서 무척 기뻐요."

"더군다나 남자잖아요. 제가 혼자서 여러분을 상대하느라 얼마나 힘들었는지 아세요? 전 기뻐서 눈물이 나올 지경입니다."

유경화의 말에 이어 윤길호가 맞장구를 쳤다.

그는 팔을 들어 올리는 과장된 액션까지 동원해서 좌중을 웃음 속으로 몰아넣었다.

김희애가 나선 것은 웃음이 잦아졌을 때다.

"차장님, 우리 강산 씨도 새로 왔으니까 오늘 회식해야 되는 거 아니에요?"

"그렇지 않아도 그럴 생각이었어. 오늘 저녁 약속 있는 사람 있어?"

"당연히 없죠. 오늘 사람이 새로 오는 걸 뻔히 알면서 누가 약속을 잡았겠어요. 윤 과장님도 없죠?"

"응, 없어."

마른 몸매의 사람은 성격이 날카롭다고 했는데 윤길호는 그 범주에서 벗어난 사람인 모양이다.

황인혜의 질문에 대답하는 그의 목소리가 무척 쾌활했다.

윤길호까지 통과했으니 오늘 회식은 성사된 거나 다름없기에 파트원들의 얼굴에 함박웃음이 떠올랐다. 특히 유경화는 자신의 뜻대로 일이 진행되자 만족스러운 얼굴로 말을 이어나갔다.

"그럼 장소는 어디가 좋겠어?"

"비가 어때요?"

"거기도 괜찮긴 하지. 다른 사람은 의견 없어?"

"저도 비가가 좋을 것 같아요. 거긴 회가 싱싱해서 먹을 만하거든요."

황인혜에 이어 김희애까지 찬성하자 장소는 바로 결정되었다.

유경화가 자리에서 일어난 것은 목적한 바를 끝냈기 때문이다. 그녀는 단아한 얼굴만큼이나 일처리가 깔끔했다.

"좋아, 그럼 이따 일곱 시까지. 오케이?"

"네, 좋습니다."

"강산 씨는 처음이니까 황 대리가 뭘 해야 되는지 좀 알려줘."

"알겠습니다."

유경화가 자리에서 일어나며 말을 마치자 힐끔힐끔 강산을 바라보던 황인혜의 얼굴이 봄 햇살처럼 밝게 피어났다.

그녀는 오늘 하루 종일 강산과 붙어 다닐 생각에 가벼운 흥분을 느끼는 것 같았다.

그러나 다른 한 사람, 김희애는 그녀와 반대로 입을 주욱 내민 채 못마땅한 표정을 지었다.

내심 자신이 했으면 했는데 파트장이 황인혜를 지목해 기회를 잃자 안타까운 표정을 숨기지 못했다.

유경화는 파티션을 나서면서 김희애의 어깨를 툭 쳤다.

같은 여자로서 충분히 공감한다는 무언의 행동이었고, 다음에는 너에게 기회를 줄 테니 잘해보라는 격려였다.

유태희가 사장실로 들어서자 소파에 앉아 있던 사람들이 눈을 돌려 그녀를 바라봤다.

오후 세 시가 되자 사장인 정국영은 그녀를 직접 호출했는데 용건을 말해주지 않았기 때문에 태희는 내용도 모른 채 사장실로 와야 했다.

정국영은 전문 경영인으로서 회장이 직접 채용한 사람이다.

일신상의 이유로 내년 오 월까지만 근무하는 조건으로 사장으로 취임했을 만큼 능력이 뛰어난 사람이었다.

조직 관리와 경영, 전략 쪽에서 탁월한 능력을 보였을 뿐만 아니라 대인 관계에도 좋아 사장 직책을 수행하기에는 더없는 적임자였다.

그런 사장이 용건을 말해주지 않았다는 것은 뭔가 있다는 뜻이기에 태희는 올라오면서 갖은 생각을 다 해야 했다.

먼저 와 있는 사람들의 면면을 확인한 태희의 얼굴이 슬쩍 굳어졌다.

다름 아닌 해외사업본부장과 앤더슨이었기 때문이다.

그녀의 뛰어난 머리는 그들을 본 순간 팽이처럼 맹렬히 회전하기 시작했다.

목적과 목표가 무엇인지 알지 못한 상태에서 대화에 임한다면 언제나 돌아오는 건 손해밖에 없다는 걸 너무나 잘 알고 있다.

방문에서부터 사장이 앉아 있는 소파까지의 거리는 칠 미터에 불과했지만 그녀는 그 짧은 거리를 이동하면서 추론을 끝내고 부드러운 미소로 인사했다.

어색한 미소로 답례하는 사장과 해외사업본부장의 얼굴이 오늘따라 붕 떠 보였다.

그녀가 추론한 그들의 목표는 강산임이 틀림없었다.

다른 이유였다면 본부장이 직접 자신에게 전화했을 텐데 사장까지 동원했다는 것은 그만큼 껄끄러운 일이라는 뜻이다.

분명 앤더슨이 해외사업본부장에게 요청했을 것이다.

신입 사원 연수 과정에서 보여준 해외사업 전략이 앤더슨을 사로잡아 강산을 스카우트해 달라고 요청하게 만들었음이 분명했다.

본부장으로서는 난처했겠지.

강산은 로열패밀리의 일원으로 기획실장을 맡고 있는 태희가 강력하게 원한 사람이다. 그랬기에 그도 강산을 포기했는데 거액을 주고 데려온 해외사업총괄고문 앤더슨이 강력하게 요청해 오자 딜레마에 빠질 수밖에 없었다.

앤더슨은 대원그룹의 미래가 달린 해외사업 진출 분야에 강산이 반드시 필요하다는 입장을 강하게 어필하고 있었다.

고민에 고민을 거듭하던 본부장이 선택한 것은 바로 사장이었다. 다른 사람은 몰라도 사장이 지시하면 태희가 따른다는 걸 잘 알고 있었기에 그는 오전에 미리 올라와 정국영에게 탄원에 가까운 사정을 했다.

확실히 수없는 난관을 극복한 늑대다운 처신이었다.

자신이 직접 하지 않고 내년에 회사를 그만두는 사장을 움직이게 만든 것은 절묘한 수법이었다.

태희가 인사를 한 후 자리에 앉자 사장보다 먼저 앤더슨이 입을 열었다.

그는 무엇 때문인지 무척 불편한 얼굴을 하고 있었는데 목소리마저 퉁명스러웠다.

"미스 유, 나는 당신에게 크게 실망했소."

"무슨 소리죠?"

"미스터 리는 내가 인사부에 직접 요청한 사람인데 기획실로 발령이 났더군요. 그것이 미스 유의 주장으로 인한 것이라는 걸 뒤늦게 알았소."

"앤더슨 씨, 뭔가 잘못 알고 있군요. 기획실에서 이강산 씨를 스카우트한 것은 연수가 시작되기 훨씬 이전에 일어난 일이에요. 그것은 여기 계신 본부장님께서 증명해 주실 수 있습니다. 아닌가요, 본부장님?"

"그거야 그런데……."

날카로운 태희의 질문에 본부장이 말을 얼버무렸다.

그는 앤더슨의 질문에 제대로 대답해 주지 않은 게 틀림없었다. 회장에게까지 직언하는 앤더슨을 상대로 태희와의 거래에 대해서 말하기가 곤란했기 때문이다.

정국영이 나선 것은 본부장이 입맛을 다시며 소파에 등을 기댈 때였다. 그는 교묘하게 중간에 나서며 상황을 정리했다.

"유 실장, 간단하게 말하자고. 이강산이라는 그 친구를 앤더슨이 강하게 원하고 있어. 내 생각에는 기획실보다 해외사업팀으로 가는 게 회사를 위해 맞는 것 같아. 앤더슨은 그 친구만 합류한다면 최대한 빨리 해외사업 전략을 마무리시킬 수 있다는 거야."

"안 됩니다."

"유 실장!"

"앤더슨의 연봉은 제가 알기로 이백만 달럽니다. 우리 돈으로 이십억이 훨씬 넘는 돈을 받는 사람이에요. 그런 사람이 신입 사원 하나 때문에 해외사업 전략이 늦어지고 있다고 핑계를 댄다는 게 말이 된다고 생각하세요? 저는 앤더슨을 믿지 못하겠습니다."

빤히 쳐다보는 앤더슨을 노려보며 태희가 영어로 빠르게 쏘아붙였다. 대답은 정국영에게 한 것이지만 앤더슨에게 들으라는 말이다.

그녀의 독설에 앤더슨의 얼굴이 시뻘겋게 달아올랐다.

흥분한 그의 목소리가 떨리며 흘러나왔다.

"당신네 회사와 계약할 때 내가 원하는 것이라면 최대한 협조한다는 조항이 들어 있었소. 나는 당연한 권리를 행사할 뿐이오."

"미스터 앤더슨, 당신은 당신의 권리만 찾을 줄 알지 대원그룹이 입은 손해는 생각지 않는 모양이군요. 벌써 당신을 고용한 것이 일 년 전입니다. 내가 봤을 때 지금까지 당신이 내놓은 보고서는 이강산이라는 신입 사원이 단 하루 만에 작성한 보고서보다 못했어요. 내 말이 무슨 뜻인지 알겠어요?"

"무례하오!"

"당신의 능력을 믿지 못한다는 뜻이에요. 나는 당신에게 이강산을 주지 않을 겁니다. 대신 내가 직접 해외사업 전략팀을 꾸려서 검토서를 작성할 생각입니다."

"유 실장, 정말인가?"

태희의 폭탄선언에 본부장이 기겁하며 물었다.

하지만 태희의 표정은 변하지 않았다.

"정말입니다. 대신 저 사람은 잘라야겠어요. 일 년이 넘도록 아무것도 하지 못한 채 불평불만만 터뜨리는 꼴은 더 이상 볼 수 없습니다. 미국에서 왔다고 으스대는 걸 보는 건 일 년이면 충분해요. 더 이상은 안 됩니다."

한 자 한 자 끊듯 말하며 결론을 지어버리는 태희로 인해 사장실에 찬바람이 돌았다.

강산을 넘겨주느니 앤더슨을 자른다.

무슨 일이 있어도 그렇게 하고 말겠다는 의지가 태희의 온몸에서 오로라처럼 뿜어져 나오고 있었다.

태희는 사무실로 내려온 후에야 뛰는 가슴을 진정시켰다.

아무리 미국인이라지만 상대를 직접 앞에 두고 독설을 퍼붓는다는 건 쉬운 일이 아니었다.

더군다나 그는 경영 쪽으로는 독보적인 실력을 지닌 전문가이다.

그럼에도 한 치도 물러서지 않은 이유는 강산 때문이었다.

그의 요청을 다른 이유로 거부했을 경우 분명 그는 사장에 이어 회장까지 동원했을지도 모른다.

전면전.

로열패밀리의 일원으로서 앤더슨과의 전면전을 선포하지 않았다면 그는 강산을 쉽게 포기하지 않았을 것이다.

엔더슨을 자르겠다는 소리는 엄포에 불과했다.

그를 데려오기 위해 노력한 회장의 정성을 생각한다면 말도 안 되는 이야기였다.

그럼에도 버텼다.

강산의 실력이 아무리 뛰어나도 앤더슨에 비하면 어린아이 수준에 불과할 것이다.

앤더슨이 강산을 요구한 이유 역시 수족으로 부려먹기 위함이지 파트너로서 전략 수립에 참여시키려는 것은 아니었을 것이다.

앤더슨은 자신의 파트너로 두 명의 유럽계 전문가를 데리고 들어왔기 때문이다.

파트너가 아니라면 기껏 잡일밖에 하지 못한다.

물론 신입 사원이기 때문에 어디서든 작은 일부터 시작하게 되겠지만 앤더슨에게 가는 것은 현업에 있는 것과 비교해서 매우 불리하게 작용할 것이다.

현업 부서에서 선배들과 함께 일하게 되면 제대로 된 코스를 밟으며 하나씩 일을 배워 나갈 수 있으나 앤더슨에게 가게 되면 강산은 회사 생활에 전혀 필요 없는 잔심부름만 하다가 시간을 허비할 가능성이 컸다.

더군다나 잡일을 시키기 위해 데려갔기 때문에 성과에 대한 달콤함도 같이하지 못한다.

앤더슨이나 그 파트너들은 전략 수립을 끝내면 보너스를 받게 되겠지만 강산은 시간만 허비한 채 동기들보다 훨씬 늦게 현업으로 복귀할 수밖에 없다.

동기들보다 뒤처져 헤매는 강산의 모습을 그녀는 보고 싶지 않았다.

태희가 끝까지 버틴 이유는 바로 그것 때문이었다.

그녀는 강산이 제대로 된 조직에서 유능한 인재들과 함께 일하며 확실하게 커나가기를 바랐다.

차년도 예산 평가 회의를 마치고 돌아오던 태희에게 회장실에서 호출 신호가 온 것은 다섯 시가 넘어갈 때였다.

기획실장이란 정말 눈코 뜰 새 없이 바쁜 자리였다.

그룹 내에서의 파워도 그만큼 크지만 그에 상응하는 피곤한 일도 만만치 않게 많았다.

오전에 두 번의 회의를 끝낸 후 오후엔 사장실에서 한바탕 혈전을 치렀고, 예산 평가 회의까지 마치자 온몸이 녹초가 되었는데 회장실에서까지 찾는다고 하니 슬그머니 짜증이 몰려왔다.

분명 앤더슨과 관련된 일일 거라 판단했다.

회장은 사무실에 있는 경우가 거의 없지만 그룹 내 일에 대해서는 모르는 것이 없었다.

그만큼 그의 눈과 귀가 사방에 깔려 있다는 뜻이다.

일정 비서가 칼같이 일어나 인사를 하며 안에서 기다린다고 하여 태희는 옷매무새를 바로 한 후 곧장 회장실로 들어섰다.

유 회장은 책상에서 뭔가를 읽고 있다가 태희가 들어서자 반갑게 맞이하며 말했다.

"태희야, 이상한 이야기가 들리던데?"

"이상한 이야기라면 무얼 말씀하시는 거죠?"

무슨 말인지 빤히 알면서도 물었다.

심기가 어떤지 알아야 대응이 가능하기 때문이다.

앤더슨에 관한 일이라면 언제나 한 발자국 양보해 오던 회장이기 때문에 오늘 있었던 일에 대해서 질책을 해온다면 현명하게 대처할 필요성이 있었다.

하지만 유 회장은 태희의 반문에 호탕한 웃음을 터뜨렸다.

"하하하, 앤더슨을 박살 냈다고 들었다."

"아닙니다. 박살은요. 그저 의견 충돌이 있었을 뿐이에요."

"자른다고 했다면서?"

"하는 짓이 괘씸해서 한번 찔러봤어요."

"뭐라더냐, 그놈이?"

"길길이 날뛰던데요. 잘라볼 테면 잘라보라면서요."

"그러고도 남을 놈이지."

"그래서 반드시 자르겠다고 엄포를 놨어요. 아마 충격 좀 먹었을 겁니다."

"그놈, 자를까?"

"회장님……."

"나도 일 년 동안 지켜봤는데 별게 안 나와서 속 터지는 중이었다. 이 기회에 그놈 자르자."

여전히 웃음 띤 얼굴로 유 회장이 압박해 오자 태희의 얼굴이 슬며시 굳어졌다.

왜 그러는지 알 것 같았기 때문이다.

앤더슨을 자르겠다고 고집 부리면서 그녀는 해외사업 전략 수립을 자신이 직접 하겠다고 큰소리쳤다.

아마 회장은 그것을 염두에 두고 하는 소리인 것 같았다.

그랬기에 태희는 슬그머니 목소리를 가라앉혔다.

여기서 계속 뻗대봤자 좋을 일이 없다고 생각되었다.

"앤더슨은 아직 계약 기간이 남아 있어요. 더군다나 그 사람은 세계 최고의 전문가 중 하납니다. 검토서가 곧 완료된다니까 기다리는 게 맞을 것 같아요."

"그런데 왜 그랬어?"

"죄송해요. 그 사람이 하도 고지식하고 주제넘게 나대서 한번 제동을 걸 필요가 있다고 생각했어요."

"그게 다냐?"

"네."

"알았다. 하여간 잘했어. 사실 나도 그놈을 한번 패대기치려고 궁리하던 차였다. 내 대신 네가 박살 냈다는 소릴 들으니 속이 다 시원하더라."

"다행이네요. 저는 엄청 혼날 거라고 생각했는데."

"그럴 리가 있나. 그런 놈 열이 와도 너하고는 안 바꾼다. 앞으로도 네 마음대로 해. 내가 뒤에서 확실하게 밀어줄 테니까."

"고맙습니다."

태희는 정중하게 허리를 숙여 인사했지만 웃지는 않았다.

이럴 때일수록 더 조심해야 했다.

회장은 지금은 사람 좋은 웃음을 짓고 있으나 언제 태도가 돌변할지 알 수 없었다.

마지막 말도 마찬가지다.

그녀는 유 회장의 직계가 아니었기에 더욱더 조심해야 했다.

친자식이 아닌 이상 그가 태희를 믿는 데는 한계가 있을 수밖에 없었다.

도움이 안 된다고 판단되면 그는 언제든 태희를 도태시킬 수 있는 사람이었다.

그만큼 그는 얼음처럼 차가운 심장을 가졌다.

오늘은 다른 어떤 날보다도 피곤했기에 태희는 사무실로 들어와 소파에 앉아 눈을 감았다.

사람은 피곤을 느끼면 눈부터 신호가 온다.

눈을 감고 오늘 있던 일들을 하나씩 되새겨 봤다.

그녀를 정신없이 바쁘게 만든 일들이 하나씩 지나가고 마지막에 남은 것은 강산이었다.

그러고 보니 오늘 하루 정말 바빠 강산에 대해 신경을 쓰지 못했다. 그랬기에 감고 있던 눈을 번쩍 뜨고 블라인드 쪽으로 걸어가 사무실을 바라봤다.

강산이 속한 3파트는 벌써 퇴근 준비를 마치고 자리를 정리하고 있었다.

슬쩍 시계를 보니 여섯 시가 훌쩍 넘었다.

어젯밤 그녀는 침대에 누워 고민 끝에 첫 출근한 강산에게 저녁을 사줘야겠다고 생각했다.

하지만 바쁜 하루를 보내다 보니 미처 말할 새가 없었다.

물론 말할 새가 있었어도 쉽게 말하지는 못했을 것이다.

생각과는 딴판으로 차갑고 냉정하게 강산을 대했기 때문에 이제 와서 밥을 먹자고 제의하는 것도 어색했기 때문이다.

여직원들과 이야기하는 강산의 웃음이 눈부시도록 밝았다.

어쩜 저렇게 잘생겼을까.

한번 시선이 가자 눈을 떼지 못할 정도로 잘생긴 얼굴이다.

책상 정리를 마친 3파트 직원들은 한꺼번에 몰려 나가고 있었다.

대충 짐작이 갔다. 첫 출근한 강산을 위해 회식을 하려는 것이 분명했다.

황인혜는 강산의 옆에 붙어 서서 비가로 그를 안내했다.

옆에는 김희애도 있었지만 그녀는 우선권을 확실히 행사하며 강산을 독점하고 있었다.

황인혜와 김희애는 입사 삼 년 차의 동기라고 들었다.

그래도 나이로 따진다면 강산보다 두 살이 적은 동생들이다.

황인혜는 S대 출신으로 168센티의 훤칠한 키에 풍만한 몸매를 가진 반면 Y대를 나온 김희애는 그보다 키는 작았으나 완벽한 몸매를 지녔다.

쉽게 말해서 퀸카 중의 퀸카들이었는데 기획실의 수많은 총각으로부터 대시를 받고 있는 귀하신 분들이었다.

'비가'는 대원그룹 본사와 오백 미터 정도 떨어진 일식집이었다. 인당 단가가 삼만 원으로 단일하게 책정되어 있어 샐러리맨들이 자주 애용하는 곳이었다.

모두 모인 파트원들은 수장인 유경화를 비롯해서 모두가 돌아가며 강산의 입사를 축하해 줬다.

물론 술과 함께 말이다.

확실히 회사원들은 학생들과 다르게 술이 셌다.

술이란 마실수록 늘게 되어 있는데 그 늘어나는 양은 통상적으로 회사 경력과 비례했다.

그래서인지 유 차장은 물론이고 나머지 파트원들의 주량도 장난이 아니었다.

소주와 맥주를 말아서 먹는 게 습관이 된 것 같았다. 유경화는 앉자마자 폭탄주를 만들어서 돌렸는데 다섯 잔을 마신 후에야 잠시 멈추고 입을 열었다.

"강산 씨, 자기 유명한 거 알아?"

"제가 무슨. 그냥 대표로 발표했을 뿐인데 많이 과장된 것 같아요."

"아니, 그거 말고."

"그럼 뭘 말씀하시는지……."

강산은 유경화를 바라보며 어정쩡한 표정을 지었다.

연수원에서 벌어진 과제 발표 우승을 말하는 것으로 알았는데 그게 아니라고 하자 머리가 혼란스러웠다.

그런 강산을 향해 유경화가 빙그레 웃었다.

황인혜와 김희애는 무슨 말인지 이미 알고 있는지 그녀를 따라 웃었다.

"강산 씨가 유명해진 이유는 두 가지야. 하나는 발표에서 우승한 거고, 나머지 하나는 여자 조원을 업고 산을 내려온 거야. 대원그룹 여직원들이 누구나 강산 씨를 보고 싶어 하는 건 두 번째 이유 때문이었어. 뭐랄까, 무한 매력의 터미네

이터를 연상했다고나 할까?"

"에이, 그럴 리가요."

"왜, 내 말이 안 믿겨?"

"당연하죠. 그거 했다고 유명해졌다면 누가 믿겠어요."

"강산 씨가 여자를 잘 모르는 모양이네. 여자들은 말이야, 강한 남자에 대한 향수 같은 게 있다니까. 자긴 공식적인 자리에서 그런 매력을 만천하에 공개한 거라고. 놀리려고 그런 거 아니니까 자부심을 가져도 돼."

"회사원이 그런 일로 인기 있으면 문제 생기는 거 아니에요? 회사 분위기 망친다고?"

"설마요. 나도 강산 씨 오기 전에 어떤 사람일까 매우 궁금했어요. 절대 회사 분위기 망치는 거 아니니까 걱정하지 마요."

강산의 반문에 옆에서 황인혜가 나섰다. 그녀는 술이 들어가자 붉어진 눈으로 강산에게서 시선을 떼지 못하고 있었다. 유경화의 의견에 한 치의 이의도 없다는 얼굴로 그녀는 강산에 대한 관심을 숨기지 않았다.

그러자 말없이 듣고만 있던 윤길호가 침묵을 깨고 입을 열었다.

"어이구, 여성분들, 그만하자고요. 여기 체력 달리는 사람 어디 서러워서 살겠어?"

"윤 과장님, 여자는 체력만 좋다고 남자를 좋아하지 않아요. 강산 씨가 여심을 자극한 건 책임감과 절대 포기하지 않는 의지 때문이었어요. 사람을 업고 등산을 한다는 게 얼마나 어려운 일이에요. 그런데도 끝까지 완주해 냈으니 매력적으로 느끼는 건 당연한 거라고요."

"그렇긴 하지. 하여간 우리 3파트에 인기남이 등장했으니 내 입지가 대폭 축소된 거 같아. 그동안 혼자서 모든 여성의 인기를 한 몸에 받아왔는데 강력한 라이벌이 등장해서 위기의식이 느껴진다. 삐지기 전에 나한테도 관심을 보여줘. 안 그럼 내가 강산 씨 무진장 괴롭힐 거야."

"에이, 그럼 안 되죠."

"정말 안 돼?"

"윤 과장님은 결혼하셨잖아요. 유부남이 총각한테 질투를 하면 되겠어요?"

"그런가?"

"술이나 한잔하시고 강산 씨 잘 좀 봐주세요."

황인혜가 소주잔을 들어 윤길호에게 내밀었다.

그녀는 마치 연인이라도 되는 것처럼 강산을 위해 아양까지 떨고 있었다.

그런 그녀를 향해 김희애가 하얗게 눈을 흘겼다.

눈꼴시어 못 보겠다는 시선이다.

하지만 황인혜는 그녀의 시선을 받고도 전혀 개의치 않는다는 듯 연신 술잔을 돌렸다.

지금까지 그녀가 회식 자리에서 이렇게 활달하게 행동한 것은 처음이었기에 윤길호는 연신 웃음을 터뜨리며 그녀의 애교에 흠뻑 취했다.

어쨌든 윤길호의 입장에서 봤을 때 강산의 등장은 매우 고무적인 일이었다. 회사에서 사람의 빈자리는 무척이나 크다.

더군다나 기획실처럼 바쁜 곳에서 결원이 있다는 것은 치명적인 약점이 될 수 있었다. 강산의 충원은 그런 약점을 커버할 뿐만 아니라 여직원들의 성격까지 바꿔놓고 있었다.

역시 잘생긴 총각이란 좋은 것이다.

처녀들의 마음을 정신없이 설레게 만들고 있으니 말이다.

강산은 오늘도 무리를 하고 말았다.

요즘 들어 술자리에 가기만 하면 취하도록 마시게 되었다.

자신이 원해서가 아니라 모두 타인에 의해 그렇게 되었다.

술이란 자신의 의지에 따라 적당하게 마실 때 즐거운 것이지 타인에 의해 억지로 마시게 되면 고역이라는 걸 강산은 요즘 뼈저리게 느끼는 중이다.

그런데도 웃긴 것은 술이 지닌 마술과도 같은 힘으로 인해 마실 때는 그것을 모른다는 것이다.

주량을 넘어선 순간부터 내가 술을 마시는 것이 아니라 술이 나를 마시면서 정신을 다른 세상으로 보내기 때문이다.

직장인들의 회식은 일정한 룰이 정해져 있었다.

물론 요즘 신세대들은 다른 방식을 원한다는 소리도 들리긴 했다.

119.

한 가지 술로 1차에서 아홉 시에 마치는 회식이 바로 119다.

하지만 그것은 신세대들의 소망 사항이고 아직도 직장인들의 회식 문화는 2차를 하는 게 대세였다.

유경화를 비롯해 여자들의 주량은 남자들을 압도하고 있었다. 그녀들은 폭탄주를 그렇게 마시고도 끄떡없었는데 발걸음에 한 치의 흔들림도 없었다.

"노래 한 곡 해야지?"

"그럼요. 당연한 말씀."

유경화의 제의에 김희애가 냉큼 대답했다. 처음에는 새침한 표정을 짓고 있던 김희애였으나 술이 들어가자 어느새 얼굴에 웃음이 가득했다.

그녀의 술버릇은 감탄할 만큼 깨끗했는데 한 가지 특징이 있다면 자주 웃는다는 것이다. 아마 그녀는 술이 들어가면 웃는 것이 버릇인 모양이었다.

장소까지 들고 나온 것은 황인혜였다. 그녀는 기다리고 있었다는 듯 말했는데 은근한 목소리가 기대감에 젖어 있었다.

"피카소로 가요."

그녀의 말에 파트원 모두가 동시에 고개를 끄덕이는 걸 보니 회식 때면 자주 가는 곳인 것 같았다.

강산은 눈을 질끈 감았다가 뜨며 선배들을 바라봤다.

워낙 집중적으로 술을 받아 마셨기 때문에 눈이 제대로 떠지지 않았다. 눈이 떠지지 않는다는 건 정상적으로 걷지 못한다는 걸 의미한다.

그럼에도 아직 정신은 살아 있었기 때문에 파트원들의 의견에 적극 찬동했다.

어차피 벌어진 일, 파트원 사이에서 죽는다면 국립묘지에는 갈 수 있을 거란 생각이 들었기 때문이다.

정말 이상한 건 윤길호였다.

윤 과장의 체격은 60킬로 정도로밖에 보이지 않을 만큼 왜소했는데 술에 관한 한 천하무적으로 느껴질 정도였다.

강산이 여자들에게 둘러싸여 억지로 술을 받아 마셨다면 그는 오히려 여자들에게 술잔을 돌리며 흥을 돋우는 역할을 했다. 아마 마신 술을 따진다면 강산보다 훨씬 더 많이 마셨을 텐데 그는 아직도 생생하게 살아남아 강산을 부축하고 있었다.

뒤에서 보면 웃기는 모습이었다.

덩치가 남산만 한 강산을 왜소한 체구의 윤길호가 부축해서 걷는 모습은 코미디를 보는 것처럼 우스꽝스럽기도 했고 곧 쓰러질 것처럼 위험해 보이기도 했다.

그런 위태위태한 모습에 김희애가 얼른 다가와 오른쪽으로 붙어 섰다.

황인혜가 자리를 잡는다고 먼저 앞장섰기 때문에 지금은

노마크 찬스였다.

"너무 많이 마셨나 봐요."

"아이고, 무거워. 이봐, 강산 씨. 정신 좀 차려봐. 이렇게 누르면 나 쓰러진다고."

윤길호가 강산의 체중을 이기지 못하고 비명을 질렀다.

지금까지는 잘 참고 있었으나 그의 왜소한 체격으로 한계에 도달한 모양이었다.

유경화가 나서며 윤길호를 대신한 것은 강산이 비틀거렸을 때다.

그녀는 어느새 윤길호 옆으로 다가와 강산을 부축했다.

강산은 정신이 없는 와중에도 김희애보다 윤길호 쪽으로 의지했는데 양쪽으로 여자들이 부축하자 열심히 고개를 흔들었다.

그렇지 않아도 김희애의 체취 때문에 가뜩이나 정신이 가출한 머리가 어질어질한 상황에서 오른쪽으로 유경화가 다가와 부축하자 강산은 호흡을 가다듬고 몸을 바로 세웠다.

여기서 자칫 실수라도 하는 날에는 국립묘지는 고사하고 한강에 빠져 죽을 수도 있었다.

겨우 도착한 피카소는 전형적인 노래방이 아니라 노래를 할 수 있는 카페였다.

오픈된 홀의 무대에 노래방 기계와 피아노, 색소폰, 기타 등이 구비되어 있어 취향에 맞게 노래할 수 있는 곳이었다.

홀에는 이십여 명의 손님이 앉아서 술을 마시고 있었으나 테이블이 서른 개밖에 되지 않아 허전해 보이지는 않았다.

강산은 다시 부축해 온 윤길호의 손에 이끌려 간신히 의자에 앉은 후 크게 한숨을 쉬었다.

정신을 차려야 했다.

신입 사원이 들어왔다고 부원들이 해주는 첫 회식부터 정신을 잃고 시체가 될 수는 없는 일이었다.

그런데도 자꾸 눈이 감겨왔다.

웨이터에게 술을 시키는 황인혜의 목소리가 들려오고 화장실 갔다 온다고 신고하는 윤길호의 음성도 들려왔다.

옆에 앉은 유경화는 휴대폰으로 집에 전화를 걸고 있었는데 남편인 것 같았다.

그 모든 것이 생생하게 들려왔으나 꿈처럼 아득하게 느껴졌다. 그리고 그 목소리가 점점 멀어지고 있었다.

김현수는 갑작스럽게 밥을 먹자는 태희의 전화를 받고 수사 파일을 덮은 후 자리에서 일어났다.

새로 레이더에 잡힌 마약 유통은 홍콩에서 시작된 국제 사건이었기 때문에 상부에서도 신경을 바짝 쓰고 있었지만 태희의 전화는 그것보다 훨씬 중요했기에 현수는 주저 없이 자리에서 일어났다.

테헤란로에 있는 이탈리아 레스토랑 '돌체'에 들어서자 감미로운 샹송이 귀를 자극해 왔다.

이곳은 태희와 가끔 식사를 하러 몇 번 와봤다. 내, 외장이 모두 최고급 원목으로 꾸며져 엔틱하고 클래식한 분위기로 마음을 편안하게 해주는 곳이었다.

예약한 곳은 창가였다.

돌체는 방으로 꾸며져 있지 않고 화려한 야경을 볼 수 있도록 오픈되어 예약을 해도 홀에서 식사를 해야 하는 곳이었다.

웨이터의 안내로 자리에 앉은 현수는 홀을 가득 메운 사람들을 둘러봤다.

저녁 일곱 시. 가장 많은 사람들이 만나는 시간.

자신에게 소중한 누군가를 만나 이렇듯 즐거운 시간을 보낼 수 있다는 것은 축복임이 분명했다.

그것을 증명하듯 홀을 가득 채운 사람들은 즐거운 표정과 웃음으로 행복한 시간을 보내고 있었다.

문이 열리고 태희가 들어오는 모습이 보였다.

오늘은 검은 정장에 미색 블라우스를 받쳐 입었고 나비 문양의 타이가 곱게 늘어져 정숙함을 강조한 차림이었다.

역시 여신의 포스.

문을 열고 또각또각 걸어 들어오는 태희의 모습에 사람들의 시선이 자연스럽게 몰렸다.

그럼에도 그녀는 주변의 시선을 깔끔하게 무시하고 현수만을 바라보며 다가왔다.

　현수는 그런 태희의 모습에 또다시 가슴이 두근거렸다.

　저렇게 평생 나만 바라보게 만들 수만 있다면 무슨 짓이라도 할 수 있을 것 같았다.

　하지만 태희는 언제나 손아귀에 쥘 수 없는 신기루 같은 여자였다.

　"오래 기다렸어?"

　"아니, 방금 왔다. 오는데 차 안 막혔어?"

　"월요일이잖아. 괜찮았어."

　태희가 빙긋 웃으며 대답할 때 웨이터가 다가왔기 때문에 현수는 말을 멈췄다.

　그런 후 하려던 말을 삼키고 다른 말을 꺼냈다.

　"오늘은 뭐 먹을래? 같은 거 시킬까?"

　"그러지, 뭐."

　"우리 스테이크 둘 주세요. 와인은 리쉬부르로 주시고요."

　웨이터가 공손하게 대답하고 물러서자 현수는 태희를 빤히 쳐다봤다. 직업이 검사이다 보니 느긋하게 앉아 기다리는 것이 점점 힘들어진다.

　하지만 태희는 그의 시선을 받고도 쉽게 입을 열지 않고 가게의 장식품을 훑어보고 있었다.

　오늘도 여전히 태희는 퇴근 시간에 맞춰 전화했고, 현수는 다른 약속을 모두 취소하고 그녀에게 오고 말았다.

　이런 일방적인 일이 징그러울 만큼 싫었지만 현수는 다른 선택을 할 수 없었다.

　이 게임의 주인은 항상 그가 아니라 그녀였기 때문이다.

　"오늘은 무슨 바람이 분 거냐?"

　"겨울바람. 점점 추워지잖아."

　"겨울은 싫다면서?"

　"맞아. 그래도 오늘 같은 초겨울의 어느 날은 네가 보고 싶기도 해."

　"가슴 떨리는 소릴 하는구나."

　"정말 떨려?"

　"그래, 떨린다. 나는 네가 결혼하자고 하면 아마 죽을지도 몰라."

　"절대 그러면 안 되겠군. 아까운 친구 하나 잃기 싫으니까."

　"그러지 말고 해봐라. 나 웃으면서 죽을 수 있게."

　"싫어."

　"그럼 내가 할까? 하면 받아줄래?"

　"까불지 마. 저녁 먹다 체하겠어."

　"우리 엄마가 장가가라고 성화다. 네가 자꾸 튕기면 다른 여자 만나란다."

　"바쁘신 모양이네. 손자 보고 싶으신가 보다."

　"그러신 것 같다."

"다른 여자 만나. 나 괴롭히지 말고. 아무래도 난 아닌가 봐. 널 보면 뭐 설레고 그런 게 있어야 되는데 전혀 아니거든."

"네가 아직 내 매력을 발견 못 해서 그래."

"그럴 수도 있겠지."

빤히 바라보는 현수의 시선을 피하며 태희가 빙긋 웃었다.

다가온 웨이터가 두 사람의 잔에다 선홍색 레드 와인을 따르는 바람에 대화가 잠시 멈췄다.

그 짧은 어색함은 태희가 든 와인 잔으로 가볍게 해소되었다.

차앙.

잔이 부딪치는 경쾌한 소리가 심신을 맑게 정화시켜 주었다.

태희의 거부는 오늘이 처음은 아니다.

벌써 여러 번 반복된 거절이었으나 아무 일 없는 것처럼 만남을 가져 왔기 때문에 그녀의 말에 현수는 웃음으로 대응했다.

반은 농담, 반은 진실.

그리고 언젠가는 함락시킬 수 있을 거란 희망을 가지고 있으니 충격을 받을 이유도 실망할 필요도 없었다.

둘은 와인을 마시며 그동안 있던 일들을 이야기했다. 스테이크가 나오고 식사를 하면서는 주제가 친구들의 이야기로 바뀌었다.

그런데 어느 순간부터 태희의 입에서 강산에 관한 이야기가 흘러나오기 시작했다.

태희의 눈이 반짝이고 있었다.

벌써 십이 년을 함께 지냈으니 현수는 태희의 상태만 봐도 그녀의 컨디션과 생각을 대충 알 수 있었다.

지금의 태희에겐 가벼운 흥분과 집중, 그리고 설렘이 있었다.

한번 시작된 강산의 이야기는 그칠 줄 모르고 한동안 계속되었다.

대원그룹에 입사한 일부터 뛰어난 실력으로 연수원 경연에서 우승한 일, 기획실로 발령이 난 것까지 말하며 태희는 마치 자신이 한 일처럼 흥분했다.

이런 모습은 처음이었기에 현수의 웃음은 점점 회색빛으로 변했다.

한눈에 알 수 있었다. 그녀가 강산에게 품고 있는 느낌과 감정을.

언제부터인가 태희가 자신을 거부하는 이유가 강산 때문이 아닌가 하는 의심을 했다.

물론 강산이 사라지면서 그런 의심을 접었지만 다시 나타나면서부터 태희는 자신을 만날 때마다 강산 이야기를 빼놓지 않았다.

그리고 오늘.

오늘의 그녀는 다른 어떤 때보다 강산에 대해서 많은 이야기를 하고 있었다.

누군가를 좋아하는 여자들이 친구들에게 하는 전형적인

행동 중의 하나이다.

태희가 그에 대해서 말하는 게 싫었다.

태희와 그가 같은 공간에서 숨 쉰다는 것도 싫었다.

놈의 그 잘생긴 얼굴도 싫었고 떠나면서 보여준 그 충격적인 일도 잊고 싶었다.

더 이상 강산의 이야기를 듣고 싶지 않았다.

만약 그녀가 강산을 좋아하고 있다는 것이 사실이라면 내 얼굴에서는 영원히 웃음이 사라질지도 모른다.

'강산, 너로 인해 내가 아파한 것은 옛날에 있었던 어느 한순간으로 충분했어. 다시는 그런 일 생기게 만들지 마라. 만약 그런 일이 또 생기면 내가 무슨 짓을 할지 몰라. 그러니까 내 사랑 태희 옆에서 떨어져 줘. 다치기 싫으면 말이다.'

❖

은서는 돌아오지 않는 강산을 기다리며 대문 밖에서 서성거리고 있었다.

두꺼운 외투를 걸치고 나왔으나 초겨울의 날씨는 생각보다 훨씬 차가웠다.

들락거리기를 몇 번이나 했다.

김 여사는 춥다며 방에서 기다리라고 했으나 은서는 걱정되어 결국 참지 못하고 대문 밖으로 나왔다.

오늘 회식이 있다는 말을 들어 더욱 걱정이 되었다.

신입 사원들에게 술을 많이 줘서 취하게 만든다는 건 회사원이라면 누구나 알고 있는 상식이다.

오늘은 날씨가 추워서 술에 취해 정신을 잃으면 위험할 수도 있었다.

벌써 열 통도 넘게 전화를 했으나 받지 않아 애간장이 탔다.

어디에 있는지만 알아도 이렇게 애를 태우지는 않을 텐데 강산은 아무런 연락도 해주지 않았다.

열한 시가 넘어 이젠 사람의 인적도 뜸해졌다.

하늘은 추운 날씨에 어울리지 않게 밝은 달과 수많은 별이 총총 뜬 채 그녀를 바라보고 있었다.

저 달과 별을 바라보며 같이 걸을 수 있으면 얼마나 좋을까 하는 생각을 했지만 그는 여전히 돌아올 기미도 보이지 않았다.

삼십 분 가까이 서 있었더니 다리도 아프고 몸이 싸늘하게 식어 견디기 힘들어졌다.

큰길 사거리까지 두 번이나 왕복한 후라 더욱 추위와 피곤함이 커졌다.

먼 곳에서 시작된 자동차의 조명이 점점 가까워진 것은 그녀가 추위를 참지 못하고 대문을 향해 돌아설 때였다.

몸을 멈추고 다가와 선 택시 안을 들여다보자 강산이 정신을 차리지 못하고 누워 있는 것이 보였다.

너무나 놀라 급히 요금을 주고 뒷문을 열어 강산을 일으켜 세웠다.

"오빠, 일어나! 집에 다 왔어!"

은서가 소리를 버럭 지르자 강산이 힘겹게 눈을 떴다.

하지만 일어설 힘이 없는지 팔을 허우적거렸다.

그녀가 낑낑거리며 부축했으나 강산을 혼자 감당하기에는 무리가 있었다.

기사가 문을 열고 나와 강산을 택시 밖으로 끌어낸 것은 호의라기보다는 영업에 방해되는 강산을 얼른 치우기 위함으로 보였다.

간신히 부축해서 대문을 열고 들어가자 김 여사가 급하게 다가왔다.

"어머, 어떡하니. 얜 무슨 술을 이렇게 많이 마셨어."

걱정이 잔뜩 깃든 음성.

그녀는 서둘러 힘겹게 서 있는 강산의 옆구리를 부축하면서 연신 강산의 어깨를 때렸다. 술 마시고 늦게 들어온 아들을 혼내는 엄마의 모습과 다름없었다.

그녀의 말에 대꾸하듯 강산이 뭐라 중얼거렸지만 전혀 알아들을 수 없었고 신경 쓸 겨를도 없었다.

방까지의 거리는 칠 미터에 불과했지만 강산을 부축한 그녀들에게는 칠십 미터로 느껴질 정도였다.

간신히 침대에 강산을 눕힌 은서의 얼굴에 땀이 송골송골

맺혔다. 그녀는 가쁜 숨을 내쉬고 있었는데 무척 힘들었는지 마른기침까지 했다.

김 여사가 먼저 방을 나가자 침대에 쓰러진 강산을 은서는 물끄러미 쳐다보았다. 그러고는 이불을 덮어준 후 얼굴을 쓰다듬었다. 첫 출근 날 술에 취해 시체처럼 돌아온 모습을 보자 안쓰러움이 밀려왔다.

술에 취한 강산은 그녀가 얼굴을 만져도 아무런 움직임을 보이지 않았다.

눈, 코, 그리고 뺨과 목덜미를 어루만지던 그녀의 손이 입술로 올라와 한동안 머물렀다.

한동안의 침묵과 고요 속에 그녀는 그림처럼 앉아 있었다.

수많은 망설임이 속절없이 지나갔다.

그녀의 가슴은 두방망이질하며 정신없이 뛰었고, 반면 머리는 새하얀 광채에 사로잡혀 완전하게 이성이 사라져 버렸다.

이성을 이긴 감성이 마침내 그녀에게 용기를 심어주었다.

그녀는 천천히 고개를 숙여 차가워진 강산의 입술에 자신의 입술을 겹쳐 놓았다.

그리고 움직이지 않았다.

이대로 시간이 정지되어 모든 것을 멈출 수만 있다면 영원히 이렇게 있고 싶었다.

제2장

그녀의 미소

강산은 머리가 깨질 듯이 아파서 잠을 깨고도 한동안 일어서지 못했다.

겨우겨우 정신을 수습하고 몸을 일으키자 웃옷과 넥타이만 풀어진 모습으로 잠이 든 자신의 몰골이 보였다.

분명 2차까지 간 것은 생생히 기억이 났는데 그다음부터의 기억은 이어지지 않고 자꾸 끊어져 떠올랐다.

집에 데려다주겠다며 나선 윤길호를 뿌리치고 혼자 택시를 탄 것까지는 기억이 나는데 그다음부터는 껌껌했다.

어떻게 도착했는지, 어떻게 방에 들어와 침대에서 잠이 들었는지 전혀 기억나지 않았다.

손을 들어 얼굴을 비볐다.

정신을 차리기 위해서는 거칠어진 얼굴을 문지르는 게 가장 좋은 방법이다.

머리를 좌우로 꺾고 팔을 들어 올려 휘휘 저은 후 침대에서 벌떡 일어났다.

이전에는 술에 취해 들어온 다음 날은 오전 내내 침대에서 일어나지 않았지만 회사에 취직한 이상 무조건 출근해야 하기 때문에 뻑뻑해진 몸을 억지로 일으킨 후 기지개를 켰다.

사람의 정신은 이토록 무섭다.

백수 때는 아무리 깨워도 일어나지 못했는데 지금은 여섯 시가 조금 넘었을 뿐인데도 눈이 떠졌으니 말이다.

와이셔츠를 벗고 바지를 갈아입었다.

어제 처음 입은 와이셔츠와 바지는 갖은 얼룩으로 더러워져 다시 입기가 어려워 보였다.

입맛이 썼다.

단벌 신사가 옷을 망쳐 놨으니 오늘 출근할 일이 아득했다.

급하게 옷장을 열어 여분의 옷을 확인했으나 있어야 할 와이셔츠와 바지가 사라지고 없었다.

황당해서 옷장을 한동안 노려봤다. 만약 누군가 고의적으로 옷을 들고 튀었거나 아니면 옷이 스스로 걸어서 사라진 거라면 오늘 출근은 다 틀린 일이다.

그때 문이 열리며 은서가 나타났다.

노크는 단 세 번.

여전히 은서의 방문 여는 속도는 타의 추종을 불허할 정도로 빨랐다.

"어라, 일어났네?"

"응, 출근해야지."

"좋아, 그 자세. 확실히 취직하니까 사람이 달라지는군. 얼른 씻고 밥 먹어."

"은서야, 내 옷 못 봤어?"

강산이 벗어놓은 옷과 텅 빈 옷장을 번갈아 바라보며 묻자 은서가 한심하단 표정을 지었다.

그걸 물어보는 강산이 도대체 이해가 안 된다는 표정이다.

"엄마가 다려놨어."

"아, 그래?"

"빨리 씻어. 국 식어."

은서의 얼굴이 사라지고 뒤이어 강산이 방을 나섰다.

회사까지는 빡빡하게 잡아도 한 시간은 족히 걸리는 거리다.

부지런히 서두르지 않으면 지각할 가능성이 컸다.

강산이 세면을 끝내고 나오자 모든 식구가 그를 기다리고 있었다.

어제도 그러더니 오늘도 그렇다.

종갓집의 아침 식사 시간은 보통 일곱 시였는데 강산이 취직하면서 삼십 분이 당겨졌다.

"첫날부터 자알 한다."

"맞아. 그럼 안 돼. 그렇게 술 마시고 정신 못 차리면 안 돼."

은영이 먼저 입을 삐죽였고 뒤이어 은수가 유명한 영화 장면을 흉내 내며 숟가락을 흔들었다.

그 모습이 너무나 귀여워 머리를 쓰다듬자 은수가 도끼눈을 부릅떴다.

"어허, 어디서 다 큰 처녀의 머리를 쓰다듬어?"

"귀여운 아가씨, 요즘 힘들지?"

"응."

"이제 얼마 안 남았으니까 마무리 잘해. 언니들하고 같은 학교 갈 수 있겠어?"

"염려 마. 충분하니까."

은수가 해맑게 웃으며 강산을 빤히 쳐다봤다.

잘할 수 있으니까 걱정하지 말라는 의미가 그 예쁜 눈에 가득 담겨 있다.

다음에 나선 것은 김 여사였다.

그녀는 강산의 앞에 북어국을 놓아주며 걱정스러운 표정을 지었다.

"이거 후르르 마셔. 속이 풀릴 거야."

"고맙습니다."

"첫날이라 그런 거지?"

"그럼요. 환영한다며 주는 술이라 거부할 수 없었어요."

"그래, 잘했다. 그래도 다음에는 그렇게 많이 마시지 마. 어제 나하고 은서하고 힘들어 죽는 줄 알았어."

"아참, 어제 어떻게 된 거예요?"

"뭘 어째. 아주 시체가 돼서 들어와 놓고. 오빠, 기억 안 나?"

"응, 택시 탄 것까지만 기억나."

"젊은 사람이 벌써 그러면 어째. 큰일일세, 큰일이야."

은영이가 옆에서 지켜본 것처럼 혀를 찼다.

마치 자신이 직접 부축한 것처럼 열심히 말했기 때문에 강산은 점점 눈이 동그랗게 변했다.

"너도 부축했어?"

"아니, 난 잤다."

"어쩐지. 네가 그 시간까지 안 잘 리가 없지. 깜짝 놀랐네. 정말 부축한 줄 알고."

강산이 입을 삐죽이자 은영이 깔깔거리며 웃었다.

그녀는 강산을 놀리는 것이 무척 재미있는 모양이었다.

은서가 입을 연 것은 은영의 웃음이 잦아질 때였다.

"일은 어때?"

"아직 몰라. 첫날이라서 선배들 하는 거 구경만 했어."

"잘 가르쳐 줘?"

"응. 우리 파트원들은 다 착한 거 같아. 나한테 잘해."

"어떤 사람들이야?"

"남자 한 명에 여자 셋. 파트장님이 여자분인데 카리스마가 장난 아니야. 어제는 여선배가 일을 가르쳐 줬어. 여선배 둘 다 일류 대학 출신이라서 무척 똑똑해."

밥을 넣고 국을 마시며 아무 생각 없이 주절거리는 강산을 향한 세 자매의 표정이 일그러지기 시작했다.

거의 자살골에 가까운 실토였기에 그녀들은 숟가락을 놓고 강산을 노려봤다.

"예뻐?"

"요즘 여자들은 똑똑해야 예쁜가 봐. 둘 다 엄청 예쁜 거 있지."

"좋겠네!"

"응?"

뒤늦게 사태를 눈치챈 강산이 은수의 부릅뜬 도끼눈을 확인하곤 헛기침을 삼켰다.

그것은 은수뿐만 아니라 은서와 은영도 마찬가지였기에 강산은 즉시 자신의 실수가 뭐였는지를 맹렬하게 생각하기 시작했다.

이대로 넘어가기에는 세 여자의 눈초리가 심상치 않았다.

십일 월 말의 오후 날씨는 햇빛이 좋은데도 옷깃을 여밀 만큼 싸늘했다.

젊음으로 가득하던 대학의 캠퍼스는 며칠 있으면 시작되는 시험 때문인지 차분하게 가라앉아 있었다.

은영을 비롯한 삼총사도 일주일 전부터 도서관에서 공부를 시작했다.

은영과 미선은 장래를 생각해서 열심히 공부하는 게 당연했지만 집안이 부유한 하연까지 도서관에 나타난 것은 이례적인 일이었다.

그동안 하연은 도서관과 담을 쌓고 지냈기 때문에 은영과 미선은 그녀의 도서관 출석이 남들에게 보여주기 위한 시늉에 불과한 것이라고 생각했다.

하지만 하연은 생각과는 달리 꽤나 열심히 공부에 매달려서 그녀들을 황당하게 만들었다. 왜 공부하느냐고 물었더니 학생이 공부하는 건 당연한 거 아니냐는 반문에 할 말을 잃고 말았다.

어쨌든 삼총사가 같이 모여 있으니 수시로 얼굴을 볼 수 있어 좋았다.

더군다나 매일 같이 점심을 먹을 수 있다는 것은 꽤나 즐거운 일이었다.

오늘도 점심시간이 되자 열람실에서 빠져나온 그녀들은 도서관 앞뜰에 모였다.

"오늘은 김밥에 라면이 당긴다. 내가 쏠 테니까 가자."

"잠깐 기다려."

"왜?"

"백마 탄 기사가 오기로 했어. 점심 산단다."

"누구? 그 백수?"

하연이 은영의 대답에 눈을 부릅떴다.

자라 보고 놀란 가슴 솥뚜껑 보고 놀란다더니 은영이 남자가 오기로 했다고 하자 즉시 강산을 떠올린 모양이다.

워낙 호되게 당했기 때문에 하연은 강산을 떠올린 후 부르르 몸을 떨었다.

그러자 은영이 하얗게 눈을 치켜떴다.

"우리 오빠 백수 아니라고 몇 번이나 말해. 대원그룹 들어 갔다니까."

"알았으니까 대충 해. 믿을 걸 믿으라고 해야지. 네가 자꾸 그러면 그 백수만 바보 된다. 대원그룹이 누구 애 이름이냐, 고졸이 들어가게?"

"이년아, 내가 너한테 미쳤다고 거짓말해? 고졸 전형으로 들어갔다니까. 더군다나 기획실로 발령 났어."

"이봐, 또 그런다. 네 말대로 고졸 전형으로 들어갔다고 쳐. 그래도 어떻게 기획실로 발령 나니. 기획실은 정규 대학을 졸업하고도 최고의 인재들만 가는 곳이잖아. 이러니 네 말을 믿겠냐고."

"이씨, 정말이라니까!"

자신의 말에 계속해서 토를 다는 하연을 향해 은영이 신경질을 부리자 지켜보던 미선이 옆에서 혀를 찼다.

둘이 하는 짓을 보니 한심해 보인 모양이다.

하나는 지키려 애를 쓰고 하나는 깎아내리려고 애를 쓴다.

물론 둘 다 그만한 이유가 있겠지만 하연은 이해가 가는데 은영은 이해가 되지 않았다.

하숙생에 불과한 강산을 은영은 매번 너무 열심히 변호했기 때문이나.

"은영아, 나 정말 궁금한 게 있는데 물어봐도 돼?"

"뭔데?"

"너 혹시 그 오빠 좋아하니?"

"지랄."

"아냐?"

"아니다."

"그런데 왜 그렇게 그 오빠 얘기만 나오면 거품을 물어. 너무 과한 거 아냐?"

"그 오빠는 우리 가족이야. 그리고 우리 언니가……."

"은서 언니?"

"그래, 언니가 그 오빠를 좋아해."

"대박!"

"그리고 강산 오빠 정말 대원그룹에 입사했어. 그동안 언니가 오빠 좋아하는 거 때문에 엄마가 고민 무척 많이 했는데 정말 다행이야. 난 두 사람이 잘되길 바라고 있어."

"그게 언제부턴데?"

하연이 불쑥 나섰다.

가만 듣고 있다 보니 뭔가 이상했기 때문이다.

은영은 하연의 질문에서 낌새를 눈치채고 피식 웃었다.

"너 소개시켜 줄 때는 나도 몰랐어. 그리고 그 오빠, 잘생겼잖아. 둘이 잘 어울릴 거라고 생각해서 소개시켜 준 것뿐이니까 오해하지 마라."

"정말이지?"

되묻는 하연을 향해 은영은 더 이상 말하지 않았다.

거짓말은 한 번으로 족하다.

은서가 백수인 강산과 사귀지 못하도록 만들기 위해 떠넘겼다는 걸 사실대로 말한다면 아마 하연은 절교를 선언할지도 몰랐다.

그랬기에 입을 꾸욱 닫았는데 미선이 중간에서 끼어들어 어색함을 무마시켰다.

"그럼 은서 언니하고 강산 오빠하고 사귀는 거야?"

"그게 잘 안 되는 거 같아."

"왜?"

"언니는 좋아하는데 오빠가 반응이 없나 봐. 걱정이야."

"은서 언니 같은 여자가 어디 있다고. 똑똑하지, 예쁘지, 성격 착하지. 도대체 왜 그런데?"

"난 그게 우리 때문인 것 같아서 미안해 죽겠어."

"무슨 말이니?"

"언니가 좋아하는 거 알고 나서 나하고 엄마하고 계속해서 강산 오빠 괴롭혔거든. 거의 세뇌 수준이었어."

"은서 언니랑 사귀면 안 된다고?"

"콕 짚어서 얘기한 건 아니지만 속뜻은 거의 그런 거였어."

"미치겠네. 어쩌면 좋니."

"엄마도 그렇고 나도 지금 어떻게 해야 될지 몰라서 고민 중이야. 일류 기업에 취직했다고 언제 그랬냐는 듯 태도를 바꾸는 건 너무 속 보이는 짓이잖아?"

"하긴 그러네."

"그래서 그냥 기다리려고. 만약 두 사람 인연이 있다면 해결책이 나오지 않을까?"

"그래, 그러는 게 좋겠다. 억지로 하면 오히려 더 부작용이 클지 몰라. 그래도 은서 언니 안됐다. 많이 아플 텐데."

"내 말이. 툭하면 울어대는데 내가 다 미칠 지경이야."

은영이 한숨을 내쉬자 미선과 하연이 입맛을 다셨다.

언제나 짝사랑은 예리한 비수로 가슴을 도려내는 것처럼 아픈 법이다.

그럼에도 그녀들은 곧 표정을 회복하고 화제를 돌렸다.

사랑이란 것은 죽을 것처럼 아파도 언젠가는 거짓말처럼 회복되기도 하고 기적처럼 이어지기도 한다는 걸 잘 알고 있기 때문이다.

먼저 입을 연 것은 미선이었다.

"은영아, 오늘 온다는 백마 탄 왕자는 누구니?"

"누가 왕자래. 기사라니까."

"그 말이 그 말이지."

"왕자와 기사가 어떻게 똑같아? 신분 차이가 얼마나 심한데."

"웃겨. 그래서 오늘 오는 기사는 대리 기사냐?"

"비슷해."

"누군데?"

"강산 오빠 친구. 나 좋다고 맨날 쫓아다니는."

"석만 오빠?"

"그래."

"뭐야? 사귀기로 했어?"

"사귀기는 개뿔, 그냥 간 보는 중이야. 착한 거 같아서."

태희는 블라인드 틈을 통해 강산을 바라보았다.

열심히 뭔가를 하는 모습이 보기 좋았고 직원들과 웃으며 대화하는 강산을 보며 같이 이야기를 나눴으면 좋겠다는 생각을 했다.

벌써 강산이 기획실로 발령받고 온 지도 한 달이 지났으나 태희는 처음부터 그랬듯 지금까지 알은체를 하지 않았다.

하긴 기획실장과 신입 사원이 만날 일도 없었다.

아니, 어쩌면 사적이든 공적이든 만나는 것 자체가 이상한 일일지도 몰랐다.

그럼에도 태희는 멀리서 끊임없이 강산을 지켜봤다.

모든 것을 무시하고 강산에게 자신의 마음을 내놓기에는 그녀의 위치가 너무나 높다.

끊임없는 망설임은 그런 제약으로 만들어진 괴물이었다.

하지만 날이 지날수록 점점 태희의 표정은 굳어져 갔다.

황인혜와 김희애의 존재 때문이다.

그녀들은 늘 강산의 주변을 맴돌며 태희의 신경을 자극하고 있었다.

이대로 방치한다면 강산을 잃게 될지도 몰랐다.

남녀 간의 관계는 신도 알지 못할 정도로 심오해서 아무런 제약 없이 붙어 있게 된다면 무슨 일이 벌어질지 몰랐다.

한번 불이 붙게 되면 자신이 아니라 그 어떤 사람이 와도 말릴 수 없게 된다.

그런 일은 있어서도 안 되고 있을 수도 없었다.

내가 여기에 있는 한.

태희는 점심시간이 끝난 후 기획팀장을 불렀다.

팀장은 갑작스러운 태희의 부름임에도 기다렸다는 듯 들어왔는데 얼굴에는 살짝 긴장감이 어려 있었다.

오전에 태희가 해외사업본부장 방에서 앤더슨과 한 시간

이 넘도록 회의를 했다는 걸 알기 때문이다.

"부르셨습니까, 실장님."

"거기 앉으세요."

책상에서 일어나 다가온 태희가 손짓으로 의자를 가리켰다.

태희는 먼저 상석에 앉은 후 팀장이 따라 앉자 곧바로 본론을 꺼냈다.

"오전에 본부장님 방에서 회의가 있었습니다. 아시죠?"

"네, 알고 있습니다."

"이틀 후부터 이강산 씨는 저와 함께 당분간 해외사업본부 전략 수립 TF팀에서 일하게 되었습니다. 아마 보름 정도 걸릴 것 같아요."

"그게 무슨 말씀이신지……."

"앤더슨의 보고서가 거의 마무리돼 가고 있기 때문에 회장님 특별 지시로 해외사업 전문가들로 구성된 팀이 만들어졌습니다."

"그건 저도 들었는데 좀 이상해서 그럽니다. 이강산 씨는 둘째 치고 실장님까지 TF팀에 들어간다는 건 말이 되지 않습니다. 기획실은 어쩌란 말입니까. 부장님도 해외 출장 중인데 실장님이 자리를 비우시면 대원그룹의 심장인 기획실이 마비됩니다."

"팀장님 계시잖아요. 바쁜 건 대충 마무리되었으니 별일 없을 거예요. 그리고 제가 어디 멀리 가는 것도 아닌데 무슨 걱정을 그렇게 하세요."

"저야 원래 걱정쟁이 아닙니까."

"그렇긴 하죠."

포기할 땐 칼같이 포기할 줄 아는 기획팀장은 마무리도 항상 멋지게 했다.

적절한 타이밍에 터진 팀장의 유머에 태희가 작게 웃었다.

팀장의 입이 다시 열린 것은 태희가 입가에서 웃음을 지웠을 때다.

"이강산 씨가 가는 건 그것 때문이죠?"

"맞아요. 앤더슨이 자꾸 요구해서 거부하기 힘들었어요. 그러니까 이강산 씨, 출장 조치해 놓으세요."

"알겠습니다. 그렇게 하겠습니다.

상사가 말을 끊었다는 것은 볼일을 다 봤다는 뜻이다. 그랬기에 기획팀장은 고개를 숙여 인사한 후 방에서 나왔다.

그런 팀장의 뒷모습을 바라보며 태희는 양 손가락을 깍지 껴 입으로 가져갔다.

회장의 지시로 전략 수립 TF팀이 꾸려진 건 맞지만 이강산 정도의 레벨이 대상자는 아니었다.

전략의 커다란 틀을 결정하기 위해 꾸린 팀이기 때문에 구성원은 그녀를 포함해 임원이 대부분이었다.

더군다나 강산으로 인해 그녀에게 된통 당한 앤더슨은 아예 처음부터 강산에 대한 이야기는 입 밖으로 꺼내지 못했다.

밑밥을 뿌려준 건 오히려 그녀였다.

회의를 하면서 슬쩍 강산이 참여하는 게 어떻겠냐고 묻자 앤더슨은 펄쩍 뛰며 쌍수를 들고 환영했다.

그는 믿기지 않는다는 눈으로 태희를 한동안 쳐다봤는데 웬일이냐는 표정이 역력했다.

그러나 태희는 기뻐하는 앤더슨에게 확실히 선을 그었다.

전략 줄기를 결정하고 나면 세부적인 아이템을 검토해야 되는데 그것은 상당한 시일이 필요한 일이다.

태희가 선을 그은 것은 앤더슨이 이번 일을 끝내고 강산을 남겨달라는 요구를 할까 봐 미연에 차단하기 위함이었다.

그녀가 강산을 TF팀에 끼워 넣은 이유는 두 가지였다.

첫째는 자연스럽게 강산과 시간을 갖고 싶었기 때문이다.

전략 수립 TF팀의 위치는 경기도 분당에 있는 대원물산 사옥에 마련되었기 때문에 차가 없는 강산은 출퇴근이 어렵다.

출퇴근이 어려워진다는 것은 숙소를 새로 구해야 된다는 걸 의미하고 곧 저녁 시간이 자유로워진다는 걸 의미하기도 했다.

두 번째는 보름 동안 황인혜와 김희애는 강산을 볼 수 없도록 만들려는 게 그녀의 의도였다.

떨어뜨려 놓고 각개격파로 대응한다.

강산이 TF팀에서 일하는 보름 동안 태희는 그녀들에게 분명히 경고할 생각이다.

아니, 그녀들뿐만 아니라 대원그룹의 그 어떤 여자도 마찬가지다.

함부로 강산에게 접근했다가는 회사가 지옥이 된다는 걸 확실히 보여줄 생각이다.

"유 차장님, 그게 무슨 말씀이세요. 강산 씨가 해외전략 TF팀으로 발령이 나다니요?"

"나도 자세한 내막은 몰라."

"아니, 입사한 지 한 달밖에 안 된 사람이 출장 가는 경우도 있어요?"

황인혜의 뒤를 이어 이번에 물은 건 윤길호였다.

그는 강산을 부사수로 두고 일을 가르치는 중이기 때문에 대번에 인상을 찡그렸다.

이런 발령의 경우 대부분 돌아오지 않는다는 걸 잘 알고 있기 때문이다.

더군다나 해외 파트 쪽은 일손이 모자라서 난리도 아닌 곳이다.

그쪽에 발을 들여놓는다는 건 돌아오지 못하는 다리를 건너는 것과 똑같았다.

그랬기에 윤길호는 소리를 높이며 완강하게 반대했다.

이대로 강산을 보내면 그는 또다시 혼자서 과중한 업무에 시달리게 될 것이다.

"안 됩니다. 일 년 반 만에 겨우 충원해 줘놓고 이렇게 빼 가는 법이 어디 있습니까?"

"빼 가는 거 아니라니까요. 보름 후에는 복귀한다고 말했 잖아요."

"어린애도 아니고 그걸 믿습니까? 그렇게 말하고 돌아오 지 못한 사람이 한둘이냐고요."

"실장님하고 같이 간다니까 이번에는 믿어도 돼요."

"실장님도 간다고요? 그게 정말이에요?"

유경화의 대답에 황인혜와 김희애의 입에서 동시에 탄성 이 터져 나왔다.

그녀들은 놀란 얼굴을 하고 있었는데 점점 안색이 흐려지 고 있었다.

어제 여직원들 사이에서 은밀하게 떠도는 소문을 들었기 때문이다.

연수원에서 태희가 강산을 찾아갔다는 얘기와 둘이 고등 학교 동창이라는 사실이 화제가 되어 여직원들 사이에 급속 도로 퍼져 나가는 중이었다.

둘 다 관심의 대상이다.

신입 사원인 강산은 여직원들 사이에서 인기 폭발이었고, 기획실장인 태희는 직원들에게 우상이었으니 둘의 관계는 금방 소문이 확산되어 모르는 사람이 없을 정도이다.

문제는 둘의 관계가 단순한 동창 사이에 불과하냔 것이었다.

물론 대부분의 의견은 그렇다는 것이었지만 일각에서는 태희가 강산을 찾아온 일 때문에 혹시 사귀는 사이일지도 모른다고 추측하는 사람도 있었다.

더군다나 누군가는 태희가 직접 의미심장한 말까지 하는 것을 들었다는 소문도 나돌았다.

그랬기에 이번 출장이 찜찜했다.

갑작스럽게 어제부터 둘의 소문이 사내에서 급속도로 퍼진 것도 이상한 일이었고, 마치 기다렸다는 듯 출장이 계획되었다는 것도 심상치 않았다.

그럴 일은 없겠지만 만약 둘 사이가 정말 호감이 있거나 사귀는 사이라면 그녀들은 폭탄 근처에서 서성거린 것과 똑같은 짓을 한 것이다.

보스의 남자에게 추파를 던진 게 사실이라면 잘려도 할 말이 없게 된다.

얼굴이 회색빛으로 변한 채 두 여자가 말이 없자 유경화가 서류철을 챙기며 자리에서 일어났다.

유경화는 회사 경력이 벌써 십 년이 넘었기 때문에 오히려 그녀들보다 훨씬 많은 정보를 가지고 있었다.

그런 그녀가 황인혜나 김희애의 표정이 왜 변한지 모른다는 건 말이 되지 않았다.

그런데도 유경화는 절대 먼저 입을 열어 사적인 이야기를 꺼내지 않았다.

"강산 씨는 내일 아침 실장님하고 출발한다니까 인혜 씨는 출장 처리 좀 해줘."

"알겠습니다."

"보름 동안 혼자 있으려면 심심하겠다. 강산 씨 보니까 외로움 많이 타는 것 같던데."

기획실장 집무실을 나서는 태희의 손에는 서류 가방이 들려 있었다.

천천히 기획팀 쪽으로 걸어가자 강산을 데리고 팀장이 급히 다가왔다.

팀장은 눈짓으로 서류 가방을 받으라는 신호를 강산에게 보내고 태희의 옆에 섰다.

"가끔 올라오실 거죠?"

"그럼요. 이틀에 한 번은 사무실에 들를 거예요."

태희가 빙긋 웃었다.

들고 있던 서류 가방은 어색하게 다가온 강산에게 맡겼지만 걸음을 멈추지는 않았다.

"출퇴근은 가능하십니까?"

"가능하긴 하지만 시간이 많이 걸려서 그냥 분당에 있을 생각이에요. 친구가 쓰던 오피스텔이 비어 있다고 하니까 거기에 있으려고요."

"아, 네."

기획팀장은 대답하면서 힐끔 강산을 쳐다봤다.

태희야 어디서든 럭셔리하게 살 테지만 강산은 모텔에서 지낼 수밖에 없을 것이다.

현관으로 내려오자 태희의 아우디가 그들을 기다리고 있었다.

강산은 서류 가방을 뒷좌석에 넣은 후 조수석에 탔다.

부드러운 엔진 소리.

진보라색 아우디는 태희의 손길에 의해 곡선 로를 빠져나와 시가 도로로 합류했다.

아침 출근 시간이 끝났음에도 거리는 수많은 차로 가득 차서 속도를 올릴 수가 없었다.

태희가 처음으로 강산에게 입을 연 것은 신호등에 걸려 정지했을 때다.

"재밌어?"

"뭐가?"

"직장 생활. 내가 보니까 꽤 재밌어하는 것 같더라?"

"보긴 봤니?"

"응, 계속."

"난 전혀 관심 없는 줄 알았는데 뜻밖이네."

"왜 그렇게 생각했어?"

"그건 네가 더 잘 알 텐데 새삼스럽게 뭘 물어."

"실망했어?"

"실망은 무슨. 한편으로는 당연하겠다는 생각도 했다. 신입사원한테 실장이 살갑게 대하면 그게 더 이상했을지 몰라."

"그렇게 생각해 주니 고맙네."

"내가 더 고맙지. 네가 그렇게 해줘서 파트원들과 금방 친해질 수 있었으니까."

"그래 보였어. 특히 여직원들하고 친한 것 같더라?"

신호등이 바뀌면서 태희가 차를 출발시켰다.

그녀의 얼굴은 처음과는 다르게 굳어져 있었는데 기분이 좋아 보이지 않았다.

그랬기에 강산은 입을 닫고 창밖만 바라보고 있었다.

태희의 입이 다시 열린 것은 그로부터 오 분 정도 지난 후였다.

"왜 너하고 출장 가는지 알아?"

"그게… 잘 모르겠어."

"너하고 시간을 갖고 싶어서야. 우린 이제 둘만의 시간이 필요하다고 생각했거든."

"내 마음을 받아줄 생각이 들었다는 뜻이니?"

"거짓말하지 않을게. 난 처음부터 널 싫어하지 않았어. 네가 자격을 갖춘다면 언제든 사귈 생각이 있다고 늘 말했잖아. 고등학교 시절에는 네가 그러지 않아서 어쩔 수 없었지만 지금은 다르지. 이젠 자격을 갖추었으니 본격적으로 널 알아볼 생각이야. 정말 내 남자가 될 수 있는 사람인지 관찰하고 싶어."

"긴장되는군."

그녀의 말에 강산이 입맛을 다셨다.

목소리는 청아했으나 그 속에 담긴 뜻은 여전히 도도하고 강했다.

그녀는 자존심 하나로 세상을 살아가는 사람처럼 한 치의 허점도 보이지 않았다.

강산이 그녀의 옆얼굴을 바라보자 마치 비너스의 조각 같은 아름다움이 쏟아져 나왔다.

그녀는 정말 누구보다 아름다운 외모를 지녔다.

강산이 빤히 쳐다보는 걸 느낀 태희가 고개를 돌려 환한 미소를 지었다.

그 미소에는 강산이 느낀 자존심 대신 예상하지 못한 따스함이 담겨 있었다.

"그러니까 잘해. 최대한 매력적으로 보여봐. 날 정신 차리지 못하게 사로잡아 보라고."

"싫어."

"지금 뭐라고 그랬어?"

"싫다고 했다."

"무슨 뜻이지?"

"태희야, 난 네가 원한 대로 했으니까 이제부터는 네가 할 차례야. 날 너한테 푹 빠지게 만들어봐. 그럼 사귀어줄 테니까."

전혀 생각지도 못한 대답이 강산의 입에서 흘러나오자 태희는 운전대를 잡은 채 고개를 돌리지 않고 전방만 바라봤다.

아직도 정체는 풀리지 않고 있어 차량의 흐름이 느렸다.

두 사람 사이에 또다시 침묵이 흘렀다.

강산은 창밖을 바라본 채 움직이지 않았고, 태희는 운전에만 신경 쓰는 척했다.

고속화도로에 들어서자 차량의 흐름이 원활하게 변했다.

그렇게 두 사람은 이십여 분간을 무언의 공간 속에서 꼼짝하지 않고 움직이지 않았다.

무거움이 내려앉은 차 안의 공기는 숨이 막힐 것처럼 진득했다.

태희가 입을 연 것은 분당으로 빠져나가는 진출입로가 눈앞으로 다가왔을 때다.

그녀의 목소리는 잔뜩 경직되어 있었다.

"좋아, 알았어. 네가 원한다면 그렇게 할게."

여자로서 쉽게 하지 못할 대답이다.

더군다나 지금까지 자존심 하나로 버텨온 태희에게는 엄청난 용기와 결심이 필요한 대답이었을 것이다.

하지만 태희는 미련 없이 대답하고 밝은 미소를 지었다.

이제부터는 허례와 허식을 버리고 진짜 사랑을 해보고 싶었다.

그동안 숨겨온 열정을 원 없이 풀어 가슴 설레는 사랑으로 자신의 젊은 날을 치장하고 싶었다.

이 남자.

치명적인 매력으로 자신의 가슴속 깊이 파고든 이 남자와 후회하지 않을 사랑을 해볼 생각이다.

❖

해외전략 TF팀은 해외사업본부에서 만들어낸 대원그룹 신사업 해외 진출 전략을 마무리하기 위해 만들어진 임시 조직이었다.

경험 많은 임원급 직원들의 의견을 종합해서 최종 전략을 수립하는 것이 이번 TF팀 구성의 목표였다.

TF팀의 일정은 오전, 오후 단 두 번의 회의가 있을 뿐이다.

그것도 회의를 통해 제시된 의견이 해외사업본부의 손을 거쳐 다시 재상정되어야만 다음 회의가 소집되기 때문에 불특정하게 이루어질 수밖에 없었다.

더군다나 팀원들이 각 부서의 장들로 구성되어 있는데 그들은 수시로 급한 일이 생길 때마다 본사로 올라가야 하니 회의의 강제성도 약했다.

대원물산 소회의실에 모인 인원은 열둘.

해외사업본부장이 수장이고 앤더슨을 비롯하여 임원급이 열 명이었다.

강산은 TF 팀원이 아니었다.

굳이 강산의 지위를 말한다면 태희가 제안하고 앤더슨이

받아들여 이루어진 사이드맨 수준이라고 보면 맞았다.

그랬기에 강산은 회의용 탁자에 앉지 못하고 뒤쪽 의자에 배석해야만 했다.

앤더슨의 기조 설명이 끝나자 회의장이 쥐 죽은 듯이 조용해졌다.

지금까지의 전략 수립 과정을 대충 알고 있기 때문에 내용이 낯설지는 않았지만 마지막 검토 과정에서 분석된 천문학적인 투자 비용은 참석자들을 침묵시키기에 충분했다.

현재의 경제 사정과 대원그룹 재정 조달 능력을 감안했을 때 과도한 투자가 될 수도 있었다.

자칫 잘못하면 그룹 전체에 위기가 닥칠 수도 있다는 뜻이다.

그럼에도 앤더슨은 설명을 마친 후 침묵에 빠진 임원들을 열정적으로 설득해 나갔다.

도전하지 않는 자는 성공하지 못한다는 논리.

그의 전략은 완벽해 보였고 이대로 성공만 한다면 대원그룹은 범세계적인 글로벌 기업으로 재탄생할 수 있었다.

무엇보다 회장의 집념이 대단했다.

해외투자를 통해 대원그룹을 재계 순위 5위권 안으로 진입시키겠다는 그의 야망은 누구도 말릴 수 없을 만큼 강했다.

그런 회장의 야망을 알기에 임원들은 섣불리 앤더슨의 전략에 반대하지 못했다.

일각에서는 해외 진출을 보류하고 내수에 치중해 내실을

기하는 게 바람직하다는 의견을 가진 사람들도 꽤 있었으나 그들은 그러한 생각을 입 밖으로 꺼내지 않았다.

괜한 입놀림으로 개혁에 반대하는 보수주의자로 몰릴 이유가 없었기 때문이다.

지금 이 자리에서 할 수 있는 것은 위험 요소를 제거할 수 있도록 최선을 다하는 것뿐이었다.

그리고 그것이 TF팀을 구성한 회장의 특명이었다.

그랬기에 태희를 비롯한 팀원들은 현재와 미래에 대한 예측을 통해 위험 요소들을 하나하나 꺼내 들고 리스크 최소화 전략을 짜내느라 열띤 토론을 이어나갔다.

회의는 거의 세 시간 동안 이어져 점심시간이 훌쩍 지난 한 시 반이 되어서야 일단락되었다.

임원들이 제시한 위험 요소들과 해소 대책 수립에 관한 의견들은 이십여 가지에 달했기 때문에 본부장의 얼굴은 밝지 못했는데 그것은 뒤쪽에 배석해 있는 해외사업본부 실무자들도 마찬가지였다.

내일 있을 회의에 지금 나온 내용들을 분석해 다시 발표하기 위해서는 밤을 꼬박 새워야 할지도 몰랐다.

하지만 앤더슨만은 예상하고 있었는지 표정 변화를 보이지 않았다.

그의 입장에서는 의견이 많이 나오면 나올수록 고마운 일이었다.

대한민국과 대원그룹의 문화적 정서를 정확히 꿰뚫지 못한 그는 이론적, 기술적 부분이 아닌 정서적인 부분에서 예상치 못한 미스가 발생할지 모른다는 우려를 가지고 있었기 때문이다.

그런 측면에서 봤을 때 이번 회의 내용은 그에게 무척 고무적이었다.

앤더슨이 다시 마이크를 잡은 것은 열띤 토론을 마치고 사람들이 서류를 정리하고 있을 때였다.

"많은 의견을 내주셔서 대단히 고맙습니다. 여러분이 주신 의견은 다시 분석하고 검토해서 마무리된 내용부터 내일 회의에 상정될 수 있도록 노력하겠습니다. 그리고 마지막으로 저는 한 사람의 의견을 더 듣고 싶습니다. 이강산 씨, 의견이 있다면 말씀해 주십시오."

앤더슨이 뒤쪽에 배석해 있는 강산을 바라봤다.

그의 표정은 진지했는데 반드시 의견을 듣겠다는 의지가 담겨 있었다.

사람들은 배가 고프면 만사가 귀찮아지기 시작한다.

그것이 마라톤 회의 끝이라면 더욱 그런 현상은 심해진다.

회의에 참석한 임원들은 앤더슨이 강산에게 발언권을 넘기자 표정을 일그러뜨렸다.

강산에 대해서 전혀 모르는 임원들의 표정은 거의 불쾌한 수준까지 변했는데 이런 회의에서 신입 사원의 의견을 듣는

다고 회의를 지연시키는 것에 대해 그들은 노골적으로 신경질적인 반응을 보였다.

그럼에도 강산은 마이크를 넘겨받은 후 천천히 입을 열었다.

그의 얼굴은 신중했고 저음의 목소리는 차분했다.

"저는 식견이 짧고 아는 바도 적습니다. 그러나 한 가지는 꼭 말씀드려야 될 것 같습니다. 저는 이 회의에 참석하면서 앤더슨 씨의 해외 진출 전략에 속으로 수없이 감탄했습니다. 정말 현실적이고 타당성 있는 전략이었기 때문입니다. 하지만 이 전략에는 간과하고 있는 것이 있습니다. 그것은 대원그룹이 과연 이 시점에서 위험도가 상당한 해외 진출에 목숨을 걸어야 하느냐는 것입니다. 현재 세계 경제의 사이클은 하락 국면으로 접어들고 있습니다. 각종 논문과 분석에 따르면 이 사이클의 흐름은 최소 오 년 이상 지속될 것으로 예측되고 있습니다. 저는 해외 진출에 대한 반대하는 것이 아니라 진출 시점이 타당하지 못하다는 것을 지적하고 싶습니다. 이 전략은 진출 시점이 달라지면 처음부터 다시 수립되어야 합니다. 세계 경제의 흐름은 하루가 멀다 하고 눈이 돌아갈 정도로 빠르게 변하고 있습니다. 진출 시점의 재산정이 가장 먼저 선행되어야 확실한 전략을 구축할 수 있다고 생각합니다."

강산이 말을 하는 동안 느슨하게 앉아 있던 사람들의 얼굴이 어느새 무섭도록 경직되어 갔다.

그들도 둘째가라면 서러운 전문가들이었으니 강산이 말하

는 의도를 모를 리 없었다.

정확한 지적.

모든 전략의 우선은 타이밍이었는데 대원그룹은 회장의 특명으로 그 타이밍이 무시되고 있었다.

누구도 말하지 못한 내용을 강산이 과감하게 지적하자 실내는 침묵 속으로 빠져들었다.

어쩌면 그들은 누군가가 이런 내용을 말해주길 바라고 있었는지도 몰랐다.

하지만 앤더슨은 강산의 말을 듣고도 얼굴색이 변하지 않았다.

"미스터 리의 말이 무슨 뜻인지 잘 압니다. 하지만 서두에서 말했듯이 도전하는 자만이 성공을 획득할 수 있는 법이죠. 현재 세계 경제 상황이 좋지 않다는 것은 모두가 아는 사실이고, 우리는 그런 모든 것을 종합해서 전략을 짰소. 위험 요소를 조금이라도 줄이기 위해 이렇듯 TF팀을 구성해서 대책을 마련하고 있으니 우리는 위기를 기회로 만들 수 있다고 생각합니다. 미스터 리, 당신의 의견은 너무 늦은 감이 있군요. 이미 전략이 완료된 시점에서 처음으로 다시 돌아가 재검토해야 한다는 것은 대원그룹 차원에서도 말이 되지 않는 의견이오. 앞으로는 원론적인 이야기가 아니라 보다 진취적이고 실질적인 의견을 내주었으면 좋겠소."

앤더슨이 말을 끊어버리자 그때서야 사람들의 굳어졌던

표정이 슬그머니 풀렸다.

강산의 의견과 완전히 상반된 앤더슨의 의견은 나름대로의 타당성을 가지고 있었다.

사업이란 절대 선이 존재하지 않는 법이다.

경제가 좋지 않다고 해서 모든 사업이 실패한다고 볼 수 없으며 경제가 아무리 좋아도 실패하는 경우가 부지기수이다.

따라서 사람들은 앤더슨의 반론을 들으며 스스로를 위안했다.

회장의 적극적인 추진으로 이미 배는 바다로 들어간 상황이었으니 그의 말대로 되돌리기에는 늦었다.

조심하고 또 조심해서 배가 무사히 항해를 마치도록 하는 것만이 그들이 할 수 있는 최선의 방법이었다.

회의가 끝나고 물산 본관에서 빠져나온 태희와 강산은 곧장 차를 몰고 율동공원으로 향했다.

사무실 근처에서도 식사를 할 수 있었으나 태희는 주저 없이 강산을 데리고 경기도에서 가장 아름답다는 율동공원으로 향했다.

어차피 오후 일정은 특별하게 잡혀 있는 것이 없기 때문에 점심 식사를 핑계로 강산과 오붓한 데이트를 하고 싶었던 것이다.

공원으로 들어와 한참 둘레길을 따라 차를 몰자 호수와 인접한 곳에 위치하고 있는 카페가 나타났다.

주차를 하고 카페로 들어가자 휑한 홀이 보인다. 늦은 시간이라 그런지 손님이 하나도 없었다.

웨이터에게 음식을 시킨 태희는 살짝 흥분한 얼굴이었으나 강산은 뭔가 마음에 걸리는지 어두운 기색이다.

"강산아, 왜 그래?"

"아무래도 무리한 계획인 것 같아서 찜찜해."

"해외투자?"

"응."

"그건 앤더슨 말이 맞아. 지금 와서 다시 되돌릴 방법은 없어. 워낙 회장님이 확신을 가지고 추진하는 일이라서 임원들도 모두 두 손 든 상태야. 그리고 네가 우려하는 것처럼 그렇게 상황이 나쁜 것도 아냐. 내가 봤을 때 앤더슨의 전략은 훌륭했어. 조금만 보완해서 추진하면 좋은 성과를 얻을 수 있을 거야."

"그럴까?"

"앤더슨은 세계 최고의 베테랑 중 한 명이야. 네가 우려하는 것도 그는 면밀히 분석하고 있어. 그러니까 그건 그만 생각하고 나한테 신경 써. 우리 둘이 이렇게 있는 거 처음이잖아. 그런데 계속 일만 생각할 거야?"

"아, 미안. 내가 원래 뭔가에 빠지면 다른 건 생각하지 못해."

빤히 쳐다보며 투정하는 태희를 향해 강산이 어색한 웃음을 지었다.

　태희의 모습은 그녀의 나이와 지위에 어울리지 않게 무척 귀여웠다.

　창밖으로 보이는 풍경이 아름다웠다.

　본격적인 겨울을 앞두고 공원의 나무들은 앙상하게 변해 있었지만 호수의 찰랑이는 물결은 여전히 햇빛을 반사시키며 화려하게 움직이고 있고 아직 남쪽으로 돌아가지 않은 철새들은 호수를 차고 노닐며 사람의 눈을 현혹시키고 있었다.

　그러한 풍경을 배경으로 앉아 있는 태희의 모습은 한 폭의 그림과 같았다.

　아름다운 그녀와 함께 걸을 수만 있다면 차가운 날씨도 방해가 되지 않을 것 같았다.

　"밥 먹고 걸을까?"

　"좋아."

　강산의 제의에 태희가 활짝 웃으며 즉각 대답했다.

　그녀는 무슨 일이든 같이하겠다는 생각을 가진 것처럼 보였다.

　너무나 적극적인 대답에 강산이 화제를 돌렸다.

　"오늘 오후 일정은 어떻게 되지?"

　"강산이 넌 해외사업본부에 보름 동안 파견 나온 것으로 되어 있어. 이따가 해외사업팀 사무실로 들어가면 할 일을 가르쳐 줄 거야."

"너는?"

"나는 사무실에 중요한 일이 있어. 세 시쯤에 올라갔다가 내일 내려올 거야."

대답하는 태희의 눈이 빛났다.

뭔가 중요한 일을 행동으로 옮길 때 나타나는 그녀만의 특징이다.

그녀는 중요한 일이라고만 했을 뿐 더 이상 알려주지 않았기에 강산은 추가 질문은 하지 않았다.

그가 알아도 될 일이라면 묻지 않아도 말해줬을 것이다.

음식이 나오자 그들은 즐겁게 웃으며 식사를 했다. 그도 그녀도 둘만의 시간을 갖게 된 것이 무척 즐거운 분위기다.

식사를 마친 그들은 카페를 나와 호숫가를 따라 걸었다. 서늘한 바람이 귓가를 스치고 지나갔고, 그들은 어깨를 나란히 한 채 갈대숲 사이로 난 길을 따라 천천히 걸었다.

말을 하지 않아도 같이 걷는 걸음걸이에서 서로의 마음이 읽혔다.

태희의 손이 살며시 강산의 팔을 붙잡아온 것은 호수를 가로지르는 육교에 도착했을 때다.

그녀의 머릿결이 어깨에 닿으며 그녀의 늘씬한 몸이 팔에 밀착되어 왔다.

그녀에게서 향기로운 냄새가 났다.

그녀가 풍겨내는 향기는 달콤하고 은근했으며 숨이 막힐

듯 유혹적이었다.

✦

강산의 우려는 전혀 반영되지 않은 채 전략 회의는 줄기차게 진행되어 십 일이 지나자 세부 전략에 대한 추진 일정까지 잡혔다.

담당 부서의 임무까지 배정된 것은 그로부터 삼 일이 더 지난 후였고, 책임자까지 지정되자 회의는 파장 분위기로 변했다.

최고의 전문가들이 모인 회의였기 때문인지 매일 벌어진 전투는 그야말로 치열함의 연속이었다.

한 치의 양보도 없는 일전.

해외 전략의 수립 결과에 따라 각 부서의 운명이 결정되기 때문에 임원들은 자신이 속한 조직의 발전과 안녕을 위해 최선을 다했다.

그렇게 치열한 승부가 가려진 것은 출장이 끝나는 금요일 오후였다.

강산은 해외사업부의 요청에 따라 첫날 태희와의 데이트를 끝으로 눈코 뜰 새 없이 바쁜 나날을 보냈다.

처음에는 외부에서 들어온 강산을 경원시했으나 매일 벌어지는 회의 자료를 준비하느라 정신없던 해외사업부 직원들은 금방 강산의 도움을 자연스럽게 받아들였다.

주중은 물론이고 주말도 집으로 돌아가지 못할 정도로 바빴기 때문에 태희와의 데이트는 엄두도 못 냈다.

모든 회의가 마무리되자 참석했던 임원들은 허탈한 표정으로 하나둘 회의장을 빠져나갔고 결국엔 강산과 태희만 남게 되었다.

"강산아, 나 때문에 고생했지?"

"아냐. 덕분에 많은 걸 배웠어. 정말 보람 있는 시간이었다."

"집에도 못 갔잖아. 속옷은 갈아입었어?"

"빨리도 묻는다. 사서 갈아입었지. 요염하게."

"호호, 다행이네. 가자."

"어딜?"

"데이트하러."

"회사 안 들어가고?"

"오늘까지 우리는 정식 출장 중이야. 이런 기회 자주 오는 거 아니니까 나만 따라와."

"정말 그래도 돼?"

"걱정하지 마. 공식적인 휴가나 다름없으니까."

"알았어. 실장님이 그렇다면 지옥이라도 따라가야지."

강산이 능청스러운 표정을 지었다.

그는 요염하게 눈을 흘기는 태희의 눈을 피한 후 먼저 부지런히 걸어 나갔다.

아무도 없는 회의장이었지만 구석마다 CCTV가 설치되어 있고 언제 어떻게 무슨 일이 벌어질지 모르는 곳이었으니 단둘이 있는 장면은 가급적 피하는 것이 좋았다.

오늘 하루 남은 시간을 강산과 즐겁게 보내고 싶었기 때문에 태희는 본부장과 앤더슨이 잡는 것을 칼같이 거절하고 곧장 차를 탄 후 서울로 향했다.

그녀가 강산을 데리고 간 곳은 롯데월드였다.

파킹을 하고 걸어서 롯데월드로 들어서자 강산의 눈이 휘둥그레졌다.

그동안 어떤 곳이라도 가보겠다는 일념하에 수많은 장소를 돌아다녀 봤지만 롯데월드는 처음이었다.

동화의 나라.

어릴 때 읽은 동화의 나라가 눈앞에 펼쳐졌기 때문에 강산은 연신 감탄사를 터뜨렸다.

미국에 있을 때 디즈니랜드를 가본 적은 있으나 롯데월드는 그곳과는 다른 화려함이 존재하고 있었다.

"왜 그래? 처음 와봤어?"

"응."

"정말?"

"알고 있긴 했지만 올 기회가 없었어. 그런데 정말 화려하다. 눈이 부실 지경이야."

"맞아. 그래서 내가 가장 좋아하는 곳이기도 해."

"많이 와봤어?"

"혼자서 몇 번."

"혼자서? 왜 혼자서 와?"

"같이 올 사람이 생길 때까지 기다려야 했거든."

"친한 사람들하고 같이 오지 그랬니. 심심했을 텐데."

"어릴 때 부모님 손잡고 온 적 있어. 초등학교 3학년 때인 것 같아. 그때 난 이곳에서 공주가 되었지. 그리고 생각했어. 나와 어울리는 왕자와 함께 꼭 다시 오겠다고."

"난 왕자가 아니라 신입 사원이야."

"지금은 아니라도 상관없어. 내가 왕자로 만들 거니까. 넌 내 옆에 있기만 하면 돼."

태희가 활짝 웃으며 강산의 손을 잡았다.

그녀는 오랜 결심을 행동으로 나타내며 다시는 강산의 손을 놓지 않겠다는 듯 꼬옥 움켜쥐었다.

즐거운 시간.

같이 놀이기구도 타고 매직 아일랜드에서 사랑의 자물쇠도 걸었다.

사람들 속에 섞여 서커스도 봤고 솜사탕을 사서 나눠 먹기도 했다.

시간이 어떻게 지나가는지도 모를 만큼 그들의 시간은 짧고도 강렬했다.

길고 긴 세월을 지나 다시 만난 그들의 데이트는 그동안의 시간을 보상받기라도 하듯 즐겁고 애틋했다.

❖

"오늘 오빠 오는 날인데 아직 안 왔어?"

"응."

방금 들어온 은영이 신발을 벗자마자 강산부터 찾았다. 하지만 은서가 힘없는 목소리로 대답하자 얼굴을 잔뜩 찌푸렸다.

강산은 일이 있어서 저녁을 먹고 들어온다고 연락해 왔는데 아홉 시가 넘은 지금까지 돌아오지 않고 있었다.

은서의 힘없는 목소리에 은영의 목소리에 날이 섰다.

"연락은?"

"약속 있어서 저녁 먹고 온대."

"하필이면 오늘 같은 날 저녁 약속을 해? 오빠 어떻게 된 거 아냐? 기다리는 사람은 전혀 생각 않고 어떻게 이럴 수가 있어?"

"회사 일이라잖아. 우리가 이해해야지."

"언니는 밥 먹었어?"

"응."

"밥 먹은 사람이 왜 그래? 며칠 굶은 사람처럼. 밥 먹은 거 맞아?"

"정말이야. 넌 밥 먹었어?"

"지금이 몇 신데, 당연히 먹었지."

"그래, 그럼 얼른 씻어."

"언니, 정말 괜찮아?"

"당연히 괜찮지. 자꾸 왜 그래? 사람 이상하게."

은서가 자리에서 슬그머니 일어나며 말을 끊어버리자 은영이 한동안 노려보더니 신경질적으로 벌떡 일어나 자기 방으로 들어갔다.

그녀는 은서가 풀이 죽어 있는 모습이 보기 싫었던 모양이다.

은영이 방으로 사라지자 은서는 천천히 마당을 서성거렸다.

동생은 눈치가 참 빠르다.

그녀의 상태를 금방 눈치채는 걸 보면 말이다.

은영의 말대로 저녁을 굶었다.

먹으려 노력했으나 식욕이 생기지 않아 먹을 수가 없었다.

강산의 부재는 그녀의 일상을 점차 갉아 먹어 조금씩 그녀를 피폐하게 만들고 있었다.

그리고 오늘.

보름 동안 기다려 온 강산의 귀가가 늦어지자 그녀의 조바심은 점점 커져 갔다.

그리웠다.

그의 어리벙벙한 말투와 선한 눈이 자꾸만 떠올랐다. 신경질을 내면 어쩔 줄 몰라 하며 머리를 긁는 모습이 보고 싶었고, 반찬 투정을 하다가 은영의 잔소리에 어색한 웃음을 짓는 그의 얼굴이 머릿속에서 떠나질 않았다.

이젠 더 이상 견딜 수가 없었다.

이렇게 보고 싶고 이렇게 그립다면 어떤 것도 두려워할 이유가 없을 거란 생각이 들었다.

수많은 고민 끝에 결심했다.

다시 만나게 된다면 무조건 자신의 마음을 보여줄 생각이다.

일류 회사에 입사해서가 아니라 강산 그 사람 자체를 좋아했다.

혹시나 하는 마음으로 계속 자신의 마음을 살펴봤지만 그녀의 마음은 언제나 하나였다.

두 가지의 마음으로 그를 사랑하지 않았으니 고백해도 부끄럽지 않을 것 같았다.

"언니야!"

"추운데 왜 나왔어?"

언제 다가왔는지 은영이 외투를 걸친 채 거실에서 은서를 내려다보고 있었다.

그녀의 얼굴은 여전히 굳은 채였는데 은서를 바라보는 시선에 안타까움이 담겨 있었다.

"언니, 강산 오빠한테 말은 해봤어?"

"무슨 말?"

"사람이 왜 그러니. 나한테도 말 못 할 정도면 그 사랑, 너무 어려운 거 아냐? 그냥 때려치워!"

"네가 그걸 어떻게……."

"한심하다, 한심해. 맨날 그 모양인데 모를 거라고 생각했어?"

"조용히 해. 엄마 들어."

"언니 바보냐? 엄마는 모를 줄 알아?"

놀란 눈으로 바라보던 은서의 입에서 기다란 한숨이 흘러나왔다.

숨긴다고 숨겼는데 가족들은 전부 알고 있었던 모양이다.

하긴 가만히 생각해 보니 자신 역시 은영이 그랬다면 무슨 일인지 알아봤을 것 같았다.

그랬기에 은서는 긴 한숨을 쓸어내고 어색한 웃음을 흘려냈다.

"은영아, 네 말대로 난 참 바본가 봐."

"왜, 무슨 일 있어?"

은서는 은영의 질문에 자신의 감정과 그동안 있었던 일을 하나씩 말하기 시작했다.

이야기가 진행될수록 은영의 입이 점점 벌어졌다.

은영이 기어코 비명과 같은 신음을 흘려낸 것은 남이섬에서 있었던 일에 대해 들은 후였다.

알 것 다 아는 나이였으니 은영 역시 강산의 행동이 무얼 의미하는지 너무나 잘 알고 있었기 때문이다.

두 사람의 행동에서 대충 짐작만 했을 뿐인데 막상 은서의 입에서 직접 강산의 마음을 읽게 되자 무거운 돌을 얹어놓은 것처럼 가슴이 뻐근하게 아파왔다.

분명 강산을 그렇게 만든 이유 중에는 자신도 들어 있을 거란 생각을 하자 언니에게 너무나 미안했다.

직접적으로 표현하지는 않았지만 그녀는 수시로 강산에게 가족에 대한 감정을 불어넣으며 다른 생각을 갖지 못하도록 압박했다.

강산은 그녀의 의도가 무엇인지 알아챘을 게 분명했다. 그만큼 열심히 떠들었으니 못 알아챘다면 그게 더 이상한 일이다.

"언니야, 그래서 어쩔 건데?"

"네가 봤을 때도 나 차일 것 같지?"

"그건……."

"말하지 않아도 돼. 나도 그렇게 생각하고 있으니까."

"그러니까 오빠한테 고백하지 마."

"아니, 할래."

"하지 마. 잘못하면 오빠 잃을 수도 있어."

"무슨 뜻이니?"

"언니가 말하면 아마 오빠 집을 나갈지도 몰라."

은영이 결국 하고 싶지 않던 말을 하자 은서가 고개를 떨어뜨렸다.

은영만큼 똑똑한 은서가 그걸 모를 리 없기 때문이다.

그러나 은서는 다시 고개를 들고 처연한 눈빛으로 은영을 바라보았다.

"그래도 말해야겠어. 이렇게 아프고 괴롭다면 차라리 말하고 난 후 아프고 괴로워하는 게 맞는 것 같아. 오빠의 마음을 확실하게 알아야 되지 않겠니? 이렇게 망설이고 머뭇거리다가 내 마음도 전하지 못하면 난 평생 후회하며 살지도 몰라."

"언니……."

은영은 언니의 대답에 뭐라고 말하려 하다가 입을 닫았다. 은서의 눈빛을 확인했기 때문이다.

그녀의 눈빛은 수많은 번민 끝에 답을 찾은 선지자처럼 깊이 가라앉아 있었다.

롯데월드에서 나와 한식집에서 저녁을 먹은 태희와 강산은 최근 천만 관객을 돌파했다는 영화를 봤다.

영화는 너무나 감동적이고 관객들이 모두 일어나 기립 박수까지 칠 정도로 환상적이었다.

태희는 여자 주인공이 죽어가는 장면부터 눈물을 훔치기 시작하더니 나중에는 손수건이 흠뻑 젖을 만큼 많은 눈물을 흘렸다.

전혀 예상하지 못한 모습에 강산은 그녀의 어깨를 가만히 안아주었다.

언제나 도도하고 자신 있던 모습과 전혀 상반된 모습을 보게 되자 더욱 그녀가 사랑스럽게 느껴졌다.

영화관에서 나와 주차장에서 차를 뺀 태희를 향해 강산이 인사를 했다.

아쉽지만 보내줄 시간이었다.

"태희야, 가라. 난 버스 타고 갈게."

"타. 태워다 줄 테니까."

"괜찮아. 너희 집은 반대쪽이니까 올림픽대로 타고 가. 난 이쪽에서 버스 타면 된다."

"싫다니까. 빨리 타. 너한테 약속한 거 잊었어?"

"어떤 약속?"

"널 나한테 푹 빠지도록 만들겠다고 했잖아."

"난 또 뭐라고. 오늘 데이트 즐거웠다. 그거면 돼. 그러니까 빨리 가. 늦었어."

"난 내 남자친구가 버스 타고 가는 모습 보고 싶지 않아. 나와 같이 있을 땐 항상 널 왕자로 만들어줄 거야. 그러니까 빨리 타."

태희의 고집에 강산이 난감한 표정을 지었다.

안 타면 금방이라도 화를 낼 것만 같은 얼굴이었기 때문에 강산은 한숨을 몰아쉬며 차를 탈 수밖에 없었다.

태희는 사랑스러우면서도 고집스러웠고 도도하면서도 여린 구석을 보여줘 어떤 게 진짜 모습인지 알 수 없게 만들었다.

열 시가 훌쩍 넘은 시각이었지만 서울 시내는 여전히 차로 가득 차 있었다.

그럼에도 러시아워처럼 막힌 건 아니라서 흑석동까지 가는 데 삼십 분 정도밖에 걸리지 않았다.

집으로 들어가는 골목길을 가리키자 태희가 차를 천천히 정지시켰다.

A7 아우디는 속도를 줄이자 엔진을 켜지 않은 것처럼 부드럽게 움직이며 정지했다.

강산이 차에서 내리자 기어를 파킹에 놓은 태희가 따라 내렸다.

그녀는 강산과 헤어지는 게 아쉬운지 강산 쪽으로 다가왔는데 웃옷을 입지 않아 추워 보였다.

"태희야, 들어가. 추워."

"응, 갈게. 잘 들어가고, 꼭 내 꿈 꿔야 돼? 알았지?"

"그럴게."

마치 십 대들이 헤어질 때 하는 작별 인사가 태희의 입에서 흘러나오자 강산이 어색하게 웃었다. 낯간지러운 인사였음에도 그리 싫지만은 않았기에 그의 웃음에는 즐거움이 담겨 있었다.

갑자기 태희가 불쑥 다가와 강산을 안은 것은 빨리 가라는 듯 강산이 손을 들 때였다.

두근거리는 소리가 들릴 만큼 긴장한 그녀의 심장이 가슴으로 부딪쳐 와 강산을 자극했다.

의외였으나 강산은 거부하지 않았고 그녀의 솔직함에 용기가 생겨났다.

그랬기에 강산은 안겨온 그녀를 끌어안은 채 움직이지 않았다.

그러나 움직이지 못한 건 그들만이 아니었다.

불과 오 미터도 떨어지지 않은 곳에서 그들을 지켜보던 은서는 와들와들 몸을 떨며 넋이 나간 채 꼼짝도 하지 못했다.

그녀의 얼굴은 무섭도록 하얗게 질려 있었다.

"오빠… 오빠……."

제3장

통증

뒤에서 들리는 가녀린 목소리에 강산은 흠칫 놀라며 태희를 밀어냈다.

가로등 밑에 은서가 몸을 떨며 서 있다.

순식간에 굳어진 강산의 얼굴은 마치 가면을 쓴 것처럼 창백하게 변했다.

"태희야, 이제 돌아가."

"아는 사람이야?"

"하숙집 동생이야."

"그렇구나. 나 인사하면 안 돼?"

"나중에 해."

"알았어. 그럼 갈게."

이상한 분위기에 태희가 머쓱한 얼굴을 했다.

그러다 강산이 슬쩍 밀어내자 어쩔 수 없다는 몸짓으로 차에 올라탔다.

태희의 차가 시야에서 사라지자 은서는 겨우 정신을 차리고 돌아서서 걷기 시작했다.

강산이 다가가 어깨를 잡자 그녀는 마치 허깨비처럼 힘없이 돌아섰다.

"은서야!"

"늦었네."

"그렇게 됐어. 미안하다."

"미안하긴, 엄마 기다려. 빨리 가자."

아무렇지 않은 듯 말하고 있었으나 은서의 목소리는 심하게 떨리고 있었다.

괜찮은 척 노력하는 그 모습에 마음이 아팠다.

강산이 뭐라 말하려 했으나 그녀는 어떤 말도 듣지 않겠다는 듯 발걸음을 빨리했다.

점점 빨라지던 그녀의 발걸음은 집에 다가왔을 때는 거의 뛰는 것처럼 보였다.

강산은 그 모습을 보며 우뚝 멈춰 섰다.

그녀의 아픔이 비수처럼 날아와 심장에 박혀 걷기가 힘들어졌다.

그녀의 고통이 자신의 것처럼 느껴져 숨을 쉬기가 곤란했다.

정신이 먹먹하고 아무 생각도 나지 않았다.

태희의 몸을 안았다는 기쁨보다 은서가 그것을 봤다는 충격이 훨씬 더 컸다.

왜일까.

왜 이리 미치도록 아픈 건지 정말 알 수가 없었다.

태희는 차를 타고 돌아가며 깊은 생각에 잠겼다.

강산이 입사하기 전부터 하숙하고 있는 집이 어딘지 알고 있었다.

그 집에 있는 여자들과 강산을 좋아하는 은서의 존재도 사람을 시켜 철저히 조사했기 때문에 미리 인지하고 있는 상태였다.

흥신소 사람은 은서와 강산의 관계에 대해 그리 깊은 관계가 아니라 설명하면서 일방적인 짝사랑에 불과하다고 일축했지만 태희는 찜찜함을 떨쳐 버릴 수 없었다.

일방적인 짝사랑이라 해도 그런 여자와 같이 산다는 것은 결코 기분 좋은 일이 아니었다.

차가 골목길에 섰을 때 강산은 자신을 보느라 알아채지 못했지만 태희는 골목길 어귀에 은서가 서 있는 것을 확인했다.

단아하고 어딘지 모르게 우수에 젖어 있는 얼굴이었다.

그녀의 얼굴은 여러 각도로 찍은 사진을 통해 봤기 때문에 금방 알아볼 수 있었다.

강산을 따라 내린 것은 강산이 그녀를 보지 못하도록 시선을 분산시키기 위함이었다.

그리고 그녀가 보는 앞에서 과감하게 그를 안았다.

사내에 있던 황인혜나 김희애, 그리고 엄정화 등 강산에게 조금이라도 관심을 가지고 있는 여자들은 출장 기간 동안 틈틈이 본사로 올라와 하나씩 만나서 확실하게 싹을 잘라 버렸다.

출장이 끝나고 강산이 사무실에 돌아가도 그녀들은 일과 관련된 말 이외에는 사적인 어떠한 말도 붙이지 못하도록 만들었다.

물론 그렇게 하기 위해서는 많은 방법이 동원되었다.

당근과 채찍.

진급 시기에 있는 사람에겐 미끼를 주었고 줄을 찾는 사람에겐 줄을 마련해 줬다.

엄정화처럼 말귀를 못 알아듣는 경우는 특단의 조치를 취했다.

싫다고 버티는 그녀를 보며 태희는 이를 악물었다.

불쌍하다고 생각한 적은 한 번도 없었다.

황인혜를 비롯해 사내에 있는 여자들은 대부분 태희가 내민 당근과 채찍에 금방 마음을 돌렸으나 엄정화만은 끝끝내 버텼기 때문에 창원에 있는 경남 본부로 발령을 내버렸다.

경남 본부로 발령 난 이상 그녀는 당분간 서울에 올라오지 못할 것이다.

거부한다면 방법은 얼마든지 있으니 앞으로도 강산에게 관심을 보이는 여자가 생긴다면 즉시 처리해 버릴 생각이다.

문제는 강산과 같이 사는 은서였다.

은서는 특별한 방법이 없어 고민에 고민을 거듭하고 있는 중이다.

특별하게 맺어진 이해관계가 없기 때문에 그녀를 회유하거나 협박할 수 있는 어떤 빌미도 마련하기 힘들었다.

하지만 기회는 우연하게도 금방 찾아왔다.

비상한 머리는 뜻하지 않던 기회가 찾아오자 맹렬하게 회전했다.

여기서 확실하게 대못을 박아놓는다면 그녀가 더 이상 강산에게 다가서지 못할 것이란 판단이 들었다.

그랬기에 그녀는 은서가 보는 앞에서 깊고 깊은 포옹을 했다.

생각 같아서는 키스까지 하고 싶었으나 강산이 자신을 쉽게 생각할 것 같아 간신히 참았다.

물론 이렇게까지 안 해도 충분히 강산을 사로잡을 자신이 있었다.

한때 그녀는 대학 친구인 윤서경과 함께 강남의 클럽을 드나들며 수많은 남자로부터 선망의 대상이 된 적도 있었다.

그런 한때를 보내며 남자들에 대해서 많을 것을 알게 되었다.

누군가를 간절히 원하고 사랑한 적은 없었으나 사내라는

존재가 추구하는 것이 뭔지를 알기에는 부족함이 없는 시간이었다.

남자들은 똑똑하고 잘난 것도 좋아하지만 착하고 여린 여자를 더 좋아했다.

자존심을 세우는 여자보다는 복종하는 여자를, 돈이 많은 여자보다는 남자를 위할 줄 아는 여자를 더 사랑했다.

본능을 쉽게 채워주지 않고 애를 태우는 것도 남자를 유혹하는 기본이며 애교와 질투, 신경질도 적절히 조화시킬 줄 알아야 남자의 사랑을 받았다.

오늘 강산과 가진 데이트는 그런 지혜로 가득 찬 시간이었다.

롯데월드를 택한 것은 어린 시절을 떠올리게 만들어 강산이 심리적으로 편안함을 느끼도록 배려한 것이었고, 영화를 보면서 눈물을 흘린 것은 자신에게도 이런 면모가 있다는 것을 보여줌으로써 사랑을 시작하는 그에게 신선함을 심어주고 싶었기 때문이다.

그녀의 노력은 예상한 대로 강산의 눈에서 따뜻함을 만들어내었다.

장난으로 시작한 사랑이 아니었다.

자신의 마음을 움직인 사람은 강산이 처음이었으니 이제부터 제대로 된 사랑을 해보고 싶었다.

누구의 방해도 받지 않는 완벽한 사랑을.

❖

　은서가 문을 밀치고 들어와 곧장 방으로 들어가자 김 여사
는 놀란 눈으로 말을 더듬었다.

　그만큼 은서의 행동은 너무나 갑작스럽고 이해하기 힘든
것이었다.

　강산을 기다리며 서성이는 딸의 모습을 보면서 김 여사는
한숨을 내쉬어야 했다.

　같은 여자의 입장에서 은서가 너무나 안타까워서 눈물이
나왔다.

　누군가를 짝사랑한다는 것은 수많은 고통과 슬픔을 가슴
에 품고 살아가는 것을 의미한다.

　은서를 볼 때마다 김 여사는 가슴이 미어져 내렸다.

　강산을 처음 보고 그 착한 마음에 하숙생으로 들여놓으면
서 가장 크게 걱정한 것은 딸들이었다.

　딸들만 있는 집에 건장한 남자가 같이 산다는 것은 커다란
걱정거리를 스스로 만드는 것과 다름없었다.

　그랬기에 간곡히 부탁했다.

　딸들을 친동생처럼 귀하게 여겨달라고 강산에게 수시로
부탁했다.

　다행히 강산은 그녀의 말을 너무나 잘 따라주었다.

　비록 뚜렷한 직업은 없었으나 든든하고 자상한 오빠가 되

어 딸들을 돌봐주었다.

비 오는 날이면 우산을 들고 큰길까지 나갔고, 혹시라도 늦는 날이면 아무리 추운 날이라도 버스 정류장까지 나가 데리고 들어왔다.

그렇게 강산은 그녀의 아들이 되어갔다.

그리고 어느 날.

은서의 눈에서 사랑을 읽고 그녀는 아득한 절망 속에 사로잡히고 말았다.

혼자서 평생을 산다는 것은 너무나 어려운 일이다.

가장 없이 딸들을 키운 그녀의 삶은 지옥처럼 힘든 날이 너무나 많았다.

남편의 빈자리로 서러운 날이 많아질수록 그녀는 딸들이 자신처럼 살지 않기를 간절히 바랐다.

건강하고 훌륭한 남자와 결혼해서 평생을 행복하게 살아만 준다면 더 이상 바랄 게 없었다.

그랬기에 강산이 다른 생각을 먹지 않도록 틈날 때마다 애초의 약속을 상기시켰다.

아무리 강산이 착하고 성실해도 제대로 된 직업을 갖지 못했으니 딸의 앞날이 걱정되었기 때문이다.

문제는 은서였다.

은서의 사랑은 날이 갈수록 점점 깊어지고 있었다.

강산이 대원그룹에 입사했기 때문은 아니었다.

은서의 성격을 누구보다 잘 아는 김 여사였다.

이십육 년간이나 키워온 딸이니 그녀가 지닌 온유한 성격과 일편의 정성, 그리고 사랑에 대한 관념을 너무나 잘 알고 있다.

은서는 환경에 따라 카멜레온처럼 변하는 성격이 아니기에 손해 보는 경우가 많았다.

은영처럼 김 여사도 강산에게 두말을 하지 못했다.

상황이 변했다고 해서 말을 바꾸는 짓을 하기에는 그녀의 양심이 너무나 곧았다.

하지만 은서가 고통스러워할수록 그녀의 마음은 자꾸 무너져 내리고 있었다.

가족이 모두 외식을 하던 날, 강산이 노래를 부르던 그때 딸은 설움을 참지 못하고 결국 자리에서 일어나고 말았다.

일부러 못 본 체했지만 그때 그녀의 마음도 딸과 함께 무너졌다.

딸이 행복할 수만 있다면 말을 바꾸고 싶었다.

부끄럽지만 강산이 돌아오면 그동안 해온 말을 억지로라도 주워 담으려 했다.

은서의 사랑이 결실을 맺을 수만 있다면 얼마든지 그리해 줄 생각이었다.

얼마나 뻔뻔스러운 짓인지 알고 있다.

아마 강산이 계속해서 백수였다면 무슨 수를 쓰든 반대했을 게 분명하다.

하지만 어쩌겠는가. 이게 엄마의 마음인 것을.

예상대로 강산이 문을 열고 들어서는 것을 보며 김 여사는
반갑게 맞아주었다.

"왜 이렇게 늦었어?"

"죄송합니다."

"그런데 은서가……."

"저 때문에 화난 것 같아요. 제가 내일 달래줄게요."

"싸운 거니?"

"그건 아니에요."

김 여사의 질문에 강산이 곤혹스러운 표정을 지었다.

무슨 일이 있었는지 말하기가 어렵다.

왜 그런지 모르겠지만 김 여사에게도 집 앞에서 벌어진 일
을 말하면 안 된다는 생각이 들었다.

다행히 김 여사는 더 이상 묻지 않고 그저 다가와 강산을
빤히 바라보았다.

"고생 많이 한 것 같구나. 얼굴이 핼쑥해졌어. 오늘은 늦
었으니까 얼른 씻고 쉬어. 내일 엄마가 맛있는 거 해줄게."

"그럴게요."

강산은 김 여사에게 인사한 후 거실에 서서 자신을 바라보
는 은영에게도 손을 들어주었다.

은영은 뭔가 할 말이 많은 것 같아 보였지만 결국 아무 말 없이 강산이 방으로 돌아가도록 해주었다.

방으로 돌아오자 따뜻한 온기가 그를 맞아주었다.

김 여사가 오늘 그가 돌아온다는 걸 알고 미리 보일러를 틀어놓은 모양이었다.

옷을 벗지 않은 채 침대에 벌렁 누워 눈을 감았다.

저절로 떠오르는 영상.

가로등 아래에서 덜덜 떨고 있던 은서의 얼굴이 떠올랐다.

절망에 찬 그녀의 눈이 낙인처럼 가슴으로 파고들어 머릿속에서 지워지지 않았다.

도대체 왜 이럴까.

고등학교 시절 좋아하던 여학생은 십여 년이 지난 지금 화려한 여인이 되어 다시 자신의 곁으로 돌아왔다.

볼수록 아름답고 시간이 지날수록 점점 매력이 더해가는 태희는 충분히 사랑할 만한 여자였다.

아니, 어쩌면 지금의 자신을 태희가 좋아해 준다는 그 자체만으로 행운일지도 모른다.

그 정도로 태희는 모든 사람의 사랑을 받을 만큼 완벽한 조건을 갖춘 여자였다.

하지만 그런 태희와 같이 있으면서도 은서가 계속 떠올랐다.

그저 예쁜 동생으로 바라보겠다고 마음을 다잡았지만 시간이 지날수록 그녀는 점점 가슴 깊은 곳으로 파고들었다.

은영은 이불을 뒤집어쓴 채 누워 있는 은서를 한동안 노려보며 움직이지 않았다.

분명 무슨 일이 벌어진 것 같은데 말을 하지 않으니 답답해서 미칠 지경이었다.

간혹가다 어깨가 들썩이는 걸 보면 이불 속에서 울고 있는 것이 틀림없었다.

가슴이 부글부글 끓어올랐다.

가족이라는 이름으로 어릴 때부터 함께 웃고 울며 살아왔다.

서로 가지고 있는 고민에 대해서는 언제나 함께 이야기하며 위로하고 격려했다.

그런 언니가 말을 안 한다.

더 이상 참지 못하고 은영은 침대로 다가가 이불을 확 젖히며 소리를 질렀다.

"일어나!"

"나 좀 그냥 내버려 둬. 부탁이야."

두 손으로 얼굴을 가린 은서가 엎드리며 중얼거렸다. 그러나 은영은 절대 그만둘 생각이 없었다.

바람 소리가 나도록 다가간 은영이 은서의 얼굴에서 손을 끌어 내렸다.

역시 예상처럼 은서의 얼굴은 눈물로 범벅이 되어 있었다.

"도대체 왜 그러는 건데? 말을 해야 알지!"

"은영아……."

"일어나 봐. 일어나서 말해봐. 왜, 무슨 일인데?"

"…오빠가 사귀는 사람이 있어."

"정말이야?"

"응."

"언니가 그걸 어떻게 알아?"

"오늘 어떤 여자 차에서 내리는 거 봤어."

"언니 바보냐? 그것만 가지고 사귄다고 단정할 수 없잖아."

"아니야. 두 사람이 차에서 내려 서로 포옹까지 하더라. 그 여잔 눈이 부실 만큼 예뻤어."

"정말 집 앞에서 끌어안고 있었어?"

"응."

"이 인간을 그냥!"

은서가 멍한 눈으로 말하자 은영이 자리에서 벌떡 일어났다. 은서가 말리지 않았으면 당장에라도 달려 나갈 기세였다.

"왜 그래, 창피하게?"

"창피한 거 알긴 해!"

"그러지 마. 언니 힘들어."

"언니만 힘든 줄 알아? 나도 미칠 지경이야!"

"미안해."

"다시 말해봐. 두 사람, 어떤 거 같았어? 어디까지 간 것 같았어?"

"꽤 오래된 사인 거 같더라."

"그럼 그동안 오빠가 우릴 속였다는 거네. 그렇게 예쁜 여자를 두고 사귀는 사람이 없다면서 거짓말한 이유는 뭐냐고. 도대체 왜 그런 짓을 한 거야?"

"그걸 왜 나한테 물어. 그러잖아도 속상해 죽겠는데."

"그러니까 이 손 좀 놔봐. 가서 알아보고 올 테니까."

"그만해."

"어휴, 이 답답아! 좋아한다면서 사귀는 사람이 있는 줄도 몰랐어?"

기어코 은영이 소리를 빽 질렀다.

소리를 질렀지만 그것은 은서에게 지른 것이 아니라 자신에게 지른 것이나 다름없었다.

자신이 망치질을 해서 못도 박았고 아교로 빈틈까지 모두 막았기 때문에 강산에 대한 정보가 차단된 것인지도 몰랐다.

이제 은서에게는 가능성이 없다고 봐야 했다.

언니의 아픔을 누구보다 잘 알기에 어떻게든 엮어보려고 했는데 이제는 다 틀린 것 같았다.

정말 강산에게 사귀는 사람이 있다면 이제 상황은 정말 최악이라고 봐야 했다.

그랬기에 은영은 한숨을 몰아쉬고 천천히 자리에서 일어났다.

더 이상 같이 앉아 있을 수가 없었다.

눈물을 매단 채 반쯤 정신이 나가 버린 은서 옆에 있다가
는 같이 눈물을 쏟아낼 것만 같았다.

은영이 은서의 방에서 나와 신경질적으로 부엌에 들어서
자 김 여사와 은수가 심각한 표정으로 앉아 있었다.

분위기를 보니 그녀들은 은영이 나오기를 기다리고 있던
모양이다.

그걸 증명하듯 김 여사는 은영이 물을 컵에 따른 후 자리
에 앉자마자 물어왔다.

"은서 어떠니?"

"다 죽어가."

"혹시 왜 그런지 알아?"

"강산 오빠가 다른 여자 만나는 거 봤대. 그래서 저러는
거야."

"뭐라고? 강산 오빠가 다른 여자를 만나? 어떤 년인데?"

은서의 상태를 궁금해하던 은수의 입에서 뾰족한 음성이
튀어나왔다.

그녀는 사랑하는 큰언니를 아프게 한 대상이 누군지 알기
만 하면 가만 안 놔둘 기세였다.

예전 같으면 동생의 과도한 행동을 금방 징계하던 은영이
었으나 이번에는 그저 한숨만 내쉴 뿐이었다.

"누군지는 모르는데 엄청 예쁘더래. 너무나 예뻐서 눈이

부실 지경이었대."

"그년 혹시 룸살롱에 다니는 거 아냐? 요즘 예쁜 여자들은 전부 거기에 있다며!"

"은수야, 넌 이 마당에 그런 소릴 하고 싶니?"

"신경질 나니까 그렇지. 그렇게 예쁜 여자가 왜 강산 오빠 좋아한다는 거냐고. 미치고 펄쩍 뛰겠네, 정말."

"은수 넌 좀 조용히 해봐. 은영아, 자세히 말해봐. 도대체 어떻게 된 건지 궁금해 죽겠어."

김 여사가 나서서 은수를 제어하고 묻자 은영이 천천히 은서에게 들은 말을 전해주었다.

이야기가 진행될수록 김 여사와 은수의 얼굴은 더할 나위 없이 심각해져 갔다.

아들처럼, 친오빠처럼 지내왔는데 사귀는 사람이 있다는 것을 지금에서야 알게 되자 배신감보다 황당함이 먼저 들었다.

도대체 이해가 되지 않았기 때문이다.

강산이 대원그룹에 들어간 것은 이제 겨우 오십 일도 채 되지 않았는데 아주 오랫동안 사귄 여자가 있다니 믿어지지지 않았다.

더군다나 강산은 사귀는 여자가 있다는 말을 한 번도 입 밖으로 내본 적이 없었다.

그렇다고 강산을 욕하거나 비방할 생각은 없었다.

지금 생각해 보니 진지하게 물어본 기억이 없었기 때문이다.

그저 강산은 집에서 뒹구는 백수라고 생각했기 때문에 사생활에 대해서 제대로 된 의문을 가져 본 적이 거의 없었다.

아무래도 강산은 그녀들이 생각하고 있는 것보다 훨씬 대단한 사람일지도 몰랐다.

하긴 가만히 생각해 보니 의문이 한두 가지가 아니다.

고졸 출신으로 일류 회사에 입사한 것도 펄쩍 뛸 일인데 거기다가 기획실로 발령이 났는데도 그녀들은 아무런 생각도 없이 지나쳤다.

대원그룹에 입사하기 위해서는 아무리 고졸 전형이라 해도 빵빵한 스펙이 있어야 가능하다는 걸 지인들을 통해 뒤늦게 알게 되었다.

그래서 물어봤지만 강산은 그저 웃기만 할 뿐 얼버무리며 대답을 해주지 않았다.

반드시 한 번은 짚고 넘어갈 내용이었다.

김 여사와 두 딸은 한동안 입을 열지 않고 가만히 생각에 잠겨 있었다.

물론 그녀들의 생각은 온통 은서와 강산에게 향해 있었다.

어떤 식으로든 결론을 내야 할 일이었다.

언제까지 이렇게 불편하고 힘든 생활을 계속할 수는 없었다.

한숨을 쉬며 먼저 입을 연 사람은 김 여사였다.

그녀는 결심을 굳힌 사람처럼 얼굴에 결연한 의지를 담고 있었는데 목소리도 평소와 달리 경직되어 있었다.

"은영아, 은수야, 너희들 엄마 말 잘 들어."

"뭘요?"

"나는 강산이한테 사귀는 사람이 있다면 여기서 끝내야 된다고 생각해. 은서가 비록 아프겠지만 어쩔 수 없는 거 아니겠니?"

"그게 과연 될까?"

"그러니까 우리가 도와줘야지."

"어떻게 도와?"

"평상시처럼 지내면 돼. 강산이한테 절대 내색하지 말고."

"언니는?"

"은서도 그래야 되겠지. 아직 강산이는 모른다고 하지 않았어?"

"오늘 고백한다고 했는데 이 지경이 됐으니 아마 못 했을 거야."

"휴우, 그나마 다행이다."

은영의 대답에 김 여사는 길게 한숨을 내쉬었다.

정말 다행이었다.

만약 직접적으로 좋아한다는 말을 했다면 매일 얼굴을 부딪칠 때마다 두 사람은 엄청난 부담감을 느껴야 했을 것이다.

은수가 대뜸 나선 것은 김 여사가 말을 이으려고 할 때였다.

"강산 오빠가 둔해 보여도 얼마나 여우처럼 총명한데. 분명 언니 마음을 알고 있었을 거야."

"그래도 직접 말하지 않았잖아. 그걸로 충분해."

"우리가 이렇게까지 해야 되는 거야? 두 사람 일은 두 사람한테 맡기면 안 돼? 우리가 그러면 언니가 불쌍하잖아."

"안 되는 일을 가지고 자꾸 꼼지락거리는 것처럼 미련한 짓도 없어. 잊을 건 잊어야 하고 자를 건 확실히 잘라야 덜 아픈 법이야."

"엄마, 도대체 왜 그러는 건데?"

"난 강산이를 잃고 싶지 않아."

"그게 무슨 소리야?"

"강산이가 부담스러워서 집을 나간다면 어쩔래? 은수 넌 오빠가 은서 때문에 집을 나가면 좋겠어?"

"엄마!"

"나도 은서 불쌍하고 마음이 아파. 하지만 이렇게 된 이상 우리가 정리를 잘해야 된다고 생각해. 강산이한테 사귀는 사람이 없다면 나라도 나설 생각이었어. 하지만 지금은 늦은 거 같아. 그러니 너희들도 마음 단단히 먹고 잘해줘. 언니한테는 내가 말할 테니까."

뭔가 더 말하려는 은수를 손으로 제어한 김 여사가 결론짓듯 말을 끊었다.

그러면서도 그녀의 눈에는 어쩔 수 없는 안타까움이 가득했다.

어느 것 하나라도 잃고 싶지 않은 그녀의 마음은 결국 하고 싶지 않은 선택을 하고 있었다.

가족들은 자신을 예전처럼 대하려 노력하고 있었으나 왠지 모를 어색함에 결국 집을 나서고 말았다.

토요일은 그럭저럭 버틸 수 있었으나 일요일마저 집에서 보내기엔 분위기가 너무나 무거웠다.

다른 가족과는 다르게 은서는 끝내 모습을 보이지 않아 더욱 그런 마음을 크게 만들었다.

석만과 만난 곳은 그들이 자주 가는 포장마차였다.

포장마차는 일요일 저녁이라 그런지 손님이 많지 않았다.

석만이 먼저 와서 기다리며 안줏거리와 소주를 시켜놨기 때문에 강산이 도착해 자리에 앉자마자 곧장 술잔을 건넸다.

"어이, 대기업 사원, 일요일 저녁에 무슨 바람이 불어서 형님을 찾은 거야?"

"그냥 술이 고파서."

"까불지 말고."

"진짜다, 인마!"

단숨에 술잔을 비운 강산이 잔을 건네며 눈을 부라렸다.

그러자 석만이 의심스러운 눈빛으로 잔을 받았다.

"강산아."

"왜?"

"너도 알다시피 내가 잘하는 게 별로 없는데 그럼에도 불구하고 딱 하나 남들보다 잘하는 게 있다. 그게 뭔 줄 아냐?"

"뭔데?"

"남 이야기 들어주는 거."

빤히 쳐다보는 석만을 향해 강산이 입맛을 다셨다.

이렇게 눈치 빠른 놈이 학교 다닐 때 성적이 바닥을 긴 건 순전히 공부를 안 해서인 게 분명했다.

"술이나 마셔."

"좋아, 원래 인생 상담은 술이 좀 들어가야 깊이가 있는 법이니까. 마시자, 마셔!"

시원하게 술을 들이켠 석만이 인상을 썼다.

놈은 술만 마시면 저렇게 오만 인상을 써댔다.

술잔이 다시 돌아오자 강산이 곧바로 마시고 다시 잔을 건넸다.

그는 오늘따라 술이 받는지 잠시도 술잔을 탁자에 내려놓지 않았다.

"이놈, 확실히 뭔가 있네, 있어."

"있긴 뭐가 있어. 우리 곰장어 하나 더 시킬까?"

"오뎅도 하나 더 시켜야겠다."

식사를 건너뛰고 안주로 배를 채우는 중이기 때문에 시켜 놓은 안주가 금방 동이 났다.

새로 시킨 안주가 탁자에 놓이자 강산이 술잔을 빙글빙글 돌리며 슬그머니 입을 열었다.

"석만아, 넌 은영이하고 잘돼가냐?"

"나도 잘 모르겠어. 열심히 쫓아다녀서 그런지 가끔 만나는 주는데 확 끌려오는 게 없다."

"뭔 소리야?"

"걔가 나한테 마음이 있는 건지 없는 건지 잘 모르겠다고. 밥 사주면 넙죽넙죽 잘 먹긴 하는데 사귀자고 하면 반응이 없어."

"이상하게 생각할 거 없다. 당연하니까."

"뭐가 당연해?"

"걔가 얼마나 깍쟁인데 두 달 만에 얼씨구나 하고 너같이 못생긴 놈한테 넘어오겠냐."

"얼씨구, 이놈이 이제 보니 나를 오재미로 보고 있었구만."

"그러니까 조금 더 기다려 봐. 걔 마음에 없으면 만나지도 않는 성격이야."

"정말?"

"그렇다니까. 대신 절대 이상한 짓거리 하지 마라. 그리고 계속 진심을 보여줘. 내가 다른 놈 같으면 도시락 싸들고 다니며 반대하겠지만 너라서 허락하는 거니까 열심히 해."

"내가 너랑 가장 친한 친구라서?"

"아니. 너희 집 부자잖아. 못생겼어도 집이 부자니까 우리 동생이 잘 먹고 잘살 것 같아서 그런다."

"이런… 싸가지."

석만이 풀썩 웃으며 잔을 들어 입으로 가져갔다.

말은 저렇게 하고 있지만 강산의 성격상 자신이 꽤 괜찮은 놈이란 걸 인정하지 않았다면 저런 소리는 절대 하지 않았을 것이다.

그랬기에 그는 잔을 건네며 은근한 목소리로 물었다.

"시간 됐다."

"무슨 시간?"

"인생 상담 시간. 자, 이제 네 고민이 뭔지 말해봐라. 이 형님이 시원하게 해결해 줄 테니까."

석만의 질문에 강산은 술잔만 만지며 한동안 말을 하지 않았다.

쉽게 말하기 어려운 얘기라는 뜻이다.

한참이 지난 후 강산의 입이 열린 것은 포장마차 문이 열리며 새로운 손님이 들어올 때였다.

"석만아, 나… 자꾸 가슴이 아프다."

그해의 겨울은 여느 때보다도 짧았다.

태희와 데이트를 시작한 그날 이후 많은 일이 변하며 시간이 화살처럼 지나갔다.

은서는 며칠이 지난 후부터 다시 제자리로 돌아와 강산에게 잔소리를 하기 시작했고, 은수는 무사히 한강대학교에 입학해서 가족들을 기쁘게 해주었다.

정말 다행스러운 일이었다.

회사 생활은 더없이 평온했다.

알게 모르게 태희와의 관계가 회사에 퍼진 이후로는 여직원들은 일에 관한 것 이외에는 강산에게 말을 붙이지 않았다.

처음에는 왜 그런가 걱정도 하고 의문도 가졌지만 그것이 태희와의 관계 때문임을 알게 된 이후로는 신경 쓰지 않으려 노력했다.

업무에 관한 부분도 만족스러웠다.

선배들과 상사들에게 능력을 인정받아 강산은 빠르게 부서에 적응했고 대인 관계의 폭도 넓혀갈 수 있었다.

회사에서 강산은 태희에게 절대 알은체를 하지 않았다.

공과 사는 엄밀하게 구분해야 된다는 게 그의 생각이었고 그것은 태희도 마찬가지였다.

워낙 직급 차이가 컸기 때문에 사무실에서는 만날 일도, 부딪칠 일도 없었지만 가끔씩 스쳐 지날 때마저 그들은 서로의 시선을 피했다.

하지만 일과가 끝나고 나면 그들은 언제 그랬냐는 듯 사랑하는 사람들로 돌아갔다.

태희의 바쁜 일정 때문에 매일 만나지는 못했지만 시간이 날 때마다 그들은 다른 연인들처럼 데이트를 하며 사랑을 키워갔다.

사월의 둘째 주 토요일.

태희의 제안으로 여의도로 나간 강산은 엄청난 인파에 입을 떠억 벌렸다.

서울에 사람들이 많이 살고 있다는 것은 잘 알고 있었지만 오늘 이곳 여의도는 사람들로 미어터질 지경이었다.

그런데 더욱 그를 놀라게 만든 것은 혼잡한 사람들과 다르게 윤중로 양쪽을 가득 채운 벚꽃이었다.

화려하게 핀 벚꽃은 사람들의 머리 위로 꽃잎을 떨어뜨리고 있었는데 그것은 마치 눈이 내리는 것처럼 아름다웠다.

두 사람은 누가 말하지 않았음에도 팔짱을 끼고 벚꽃 길을 걸었다.

머리 위로 떨어지는 벚꽃 속에서 서로의 체온을 느끼며 걷는 그들의 얼굴엔 따뜻한 미소가 가득 담겨 있었다.

"태희야, 이렇게 좋은 곳을 어떻게 알고 있었어?"

"몰랐어."

"모르다니?"

"나도 처음 와봤거든."

"정말?"

"응, 저번 주 텔레비전을 보니까 여의도 벚꽃에 대해서 나오더라. 그래서 인터넷 검색해 봤더니 마침 이번 주가 축제 기간이라서 너한테 오자고 한 거야. 어때, 예쁘지?"

"난 이렇게 많은 벚꽃 처음 봤어."

"그건 나도 그래."

강산이 말하면서 떨어지는 벚꽃을 향해 손을 내밀자 태희도 왼손을 내밀었다.

그러면서도 오른손은 강산의 팔에서 떨어지지 않았다.

마주 오는 사람들을 피하며 걷는 그들은 한 몸이 되어 움직였는데 태희가 강산에게 꼬옥 달라붙어 있는 모습이다.

그리고 벚꽃으로 가득 찬 윤중로에서 강산의 시선을 부지런히 움직이게 만든 것이 있었는데 수많은 가판이 그것이었다.

거리 양쪽에는 수많은 가판이 길게 늘어서 사람들을 유혹하고 있었다.

강산은 호객하는 가판을 신기하게 바라보며 걷다가 기어코 걸음을 멈추었다.

리어카를 개조해서 만든 가판들은 먹거리에서부터 액세서리, 어린이 장난감 등을 팔고 있었는데 강산이 멈춘 곳은 액세서리를 파는 곳이었다.

강산과 태희가 걸음을 멈추고 다가오자 선하게 생긴 이십대 초반의 청년이 꾸벅 절하며 반갑게 맞아주었다.

"어서 오세요. 없는 게 없는 만물상입니다. 형수님한테 어울리는 모든 액세서리가 다 있으니 마음껏 골라보세요. 이럴 때 점수 따놓으면 오랫동안 사랑받으실 수 있을 겁니다."

분명 준비된 멘트임이 틀림없었다.

그럼에도 강산은 청년의 멘트에 얼굴을 활짝 펴고 웃었다.

태희와 사귀는 오 개월 동안 한 번도 선물을 해주지 않았기 때문에 뭔가 사주고 싶었다.

강산은 가판을 가득 메운 액세서리를 하나씩 주의 깊게 구경하기 시작했다.

액세서리는 청년의 말처럼 대부분 여성용이었는데 반지에서부터 목걸이, 팔찌, 귀고리 등 없는 게 없었다.

태희는 옆에 서서 열심히 고르고 있는 강산을 미소를 지은 채 바라보고 있었다.

너무나 궁금하고 기대가 되었다.

과연 이 남자가 나에게 무엇을 선물해 줄까.

사랑하는 남자에게 무언가를 받는다는 것은 단순히 선물을 받는 것이 아니라 사랑을 받는 것이기에 태희는 떨리는 마음으로 강산이 고를 때까지 숨을 죽이고 기다렸다.

이곳저곳 헤매던 강산의 손이 한곳에서 한참 머물다가 이윽고 반지를 들어 올렸다.

그의 손에 들린 반지는 인조 보석이 박혀 있었는데 도금이 되어 있어 외형상으로는 화려하게 보였다.

태희의 눈이 반짝였다.

반지는 약속의 의미를 가진다고 했다.

"이거 얼마예요?"

"형님, 눈썰미 좋으시네요. 형수님께 잘 어울릴 것 같습니다. 더도 말고 덜도 말고 오천 원입니다. 설마 오늘같이 좋은 날 깎아달라고 하진 않겠죠?"

강산이 묻자 청년이 슬그머니 눈치를 보며 말했다.

아마도 그는 깎일 걸 각오하고 반지값을 조금 더 높게 부른 것 같았다.

분명 여자가 옆에 있다는 약점을 이용하는 상술이 발동된 것이 틀림없었다.

그리고 그 약점은 확실하게 먹혀들어 강산의 주머니에서 나온 곱게 접힌 오천 원짜리 지폐를 그의 주머니로 옮길 수 있었다.

강산은 반지를 주먹에 쥐고 싱글거리며 가게를 돌아 나왔다.

그 뒤를 태희가 바짝 따라왔으나 기분이 좋은지 웃기만 할 뿐 그는 반지를 줄 생각이 없어 보였다.

기다리다 못한 태희가 바짝 따라붙으며 신경질적으로 입을 연 것은 가판대에서부터 오십 미터나 걸은 후였다.

"왜 안 줘?"

"뭘?"

"반지 샀잖아."

태희가 도끼눈을 하고 강산의 바지주머니를 노려봤다.

그녀는 모른 체하는 강산을 향해 손을 내밀며 얼른 내놓으라는 시늉을 했다.

그 모습이 너무나 귀여워 와락 안고 싶었으나 강산은 수많은 주변 사람의 시선 때문에 슬그머니 눈을 돌린 후 주머니에서 반지를 꺼냈다.

"이거 갖고 싶어?"

"응."

"아주 싼 가짜 반지야. 그래도 갖고 싶니?"

"응."

"얼마나?"

"많이."

"그냥 기념으로 가지고 있으려던 거였는데… 할 수 없네. 네가 그렇게 원하니까 줄게."

말도 안 되는 변명이었지만 듣는 내내 태희는 초조해했다.

정말 안 줄까 봐 걱정하는 얼굴이다.

강산이 손을 내밀자 그때서야 태희가 왼손을 마주 내밀며 활짝 웃었다.

그 손에 강산은 조심스럽게 반지를 끼워주었다.

반지를 낀 태희의 얼굴이 밝게 빛났다.

그녀의 얼굴은 세상을 다 가진 여자처럼 보였다.

"태희야, 미안해. 나중에 내가 돈 많이 벌면 그때 아주 좋은 걸로 해줄게."

❖

대원그룹 회장 유호성은 경제 신문을 보면서 눈살을 찌푸렸다.

세계 경제의 흐름이 이상했다.

EU에 속한 몇 나라가 부도 사태를 맞더니 주축 국가들도 휘청거린다는 소식이 실려 있다.

더군다나 미국과 중국의 사정도 악화일로로 들어서고 있었다.

달러는 미친 듯 하락했고 중국은 긴축재정을 펼치며 허리띠를 바짝 졸라매고 있었다.

앤더슨의 해외투자 전략이 마무리되면서 대원그룹은 공격적으로 투자를 하기 시작했다.

물론 팔 개월밖에 지나지 않았기 때문에 막대한 자금이 들어간 것은 아니지만 벌써 발을 담근 프로젝트가 꽤 되기 때문에 자금 소요는 눈덩이처럼 불어날 전망이다.

그 때문에 흰머리가 늘어갔다.

가뜩이나 반백이던 머리는 요즘 들어 거의 백발로 변했고, 가끔가다 괴롭히던 두통은 더욱 심해져 약이 없으면 견디지 못할 정도이다.

벌써부터 재무 부서 쪽에서는 위험신호를 지속적으로 보내오고 있었다.

이대로 진행되다가는 큰일이 생길 수 있다면서 특단의 조치를 취해야 한다는 보고서가 연속으로 올라오는 중이다.

아버지의 대를 이어 대원그룹을 맡은 지 올해로 꼭 삼십 년째가 되는 해다.

100대 기업에도 끼지 못하던 대원그룹을 재계 순위 15위 까지 끌어올린 것은 그의 탁월한 리더십 덕분이었다.

다른 자들과는 다르게 순수한 능력으로 동경대 경제학과 를 졸업할 만큼 뛰어난 머리와 실력을 지닌 그는 오너가 되 자마자 기업의 장단점을 철저하게 분석하여 체질을 개선시 키며 엄청난 기세로 대원그룹을 키웠다.

그런 그가 유독 해외 진출에 욕심을 부린 것은 제2의 도약 을 위해서였다.

이미 재계 10위 안에 들어 있는 기업들은 해외 진출을 성 공적으로 이끌며 확고한 이윤을 창출하는 중이다.

국내에서는 알짜 기업으로 소문났지만 해외 진출이 적은 대원그룹은 더 이상 재계 서열을 끌어올리기가 불가능해진 상태였다.

그랬기에 욕심을 부렸는데 세계 경제는 그의 판단보다 훨 씬 가파르게 나락으로 떨어지고 있었다.

빠른 판단력으로 조금이라도 무리하다고 판단되는 계획은 모두 취소시켰으나 체코의 전자 공장과 이라크의 물류 기지 등은 빠르게 진행되어 발을 빼기 늦은 상태였다.

물론 지금이라도 발을 뺄 수는 있겠지만 그러기에는 너무 나 큰 대미지를 입어야 했다.

해당 국가에 물어주어야 할 위약금도 엄청났고 부지 매입 비용과 장비 투자 부분도 상당 부분 진행된 상태였다.

다른 건 몰라도 이 두 가지 프로젝트는 어떻게든 밀어붙여야 했다.

그리고 세계 경제가 조금만 회복된다면 충분히 승산 있는 게임이 가능했다.

또 하나 믿는 것은 대원그룹의 자금 회전력이었다.

워낙 국내에 탄탄한 기업들을 거느리고 있기 때문에 대원그룹의 자금 회전력은 우수한 것으로 정평이 나 있었고, 그 영향으로 금융권의 지원도 원활했다.

그럼에도 그가 골머리를 앓고 있는 것은 두 가지 이유 때문이었다.

하나는 큰아들인 유준성이 아직도 정신을 차리지 못하고 도박에 빠져 있는 것이고, 다른 하나는 해외 진출이 완료될 경우 원활하게 제품을 판매할 수 있는 유통망을 확보하지 못했다는 것이다.

신생으로 해외에 진출한 기업은 유통망 확보가 절대적인 요소였는데 대원그룹은 그쪽 방면에 취약했다.

유통망 확보를 위해 반드시 필요한 것이 해외 진출에 성공한 기업과의 협력이다.

그리고 그 협력을 위해 가장 좋은 방법은 바로 정략결혼을 통한 신뢰 확보였다.

기업은 말로 하는 건 어떤 약속도 믿지 않았다.

오로지 서류로 약속하고 서류로 신뢰하며 서류로 결과를 말했다.

하지만 가끔가다 서류로 할 수 없는 것들도 존재하는데 그 것에 대한 기업 간의 신뢰를 확보하기 위해 쓰이는 방법이 바로 정략결혼이었다.

그리고 그가 쓸 수 있는 카드는 태희밖에 없었다.

유호성은 비서실장을 통해 태희를 부른 후 소파에 눈을 감 고 앉아 생각에 잠겼다.

억지로 강행시킬 일이 아니었다.

태희의 성격은 너무나 잘 알고 있었는데, 억지로 밀어붙이 다가는 오히려 역효과가 날 가능성이 컸다.

그리고 최근 사람을 시켜 조사한 결과 태희가 사랑에 빠져 있다는 것을 알게 되었다.

지금까지 누구와도 깊게 사귀지 않던 태희가 기껏 고졸 전 형으로 들어온 사내놈과 사랑에 빠졌다는 것을 알았을 때 그 는 책상에 있는 서류를 집어 던지며 화를 냈다.

자칫 잘못하면 그가 지닌 최상의 패를 잃어버릴 수도 있었 기 때문이다.

그럼에도 그는 태희를 볼 때마다 조금의 내색도 하지 않았다.

어려서부터 지켜본 태희는 절대 고졸 출신의 집안 내력도 변변치 않는 사내놈에게 올인할 아이가 아니었기 때문이다.

그만큼 태희는 똑똑하고 야망이 있는 여자였다.

그랬기에 그는 지켜만 볼 뿐 사내놈을 처리하지 않았다.

순리대로 흘러가도록 내버려 두고 있다가 조금의 처방만 한다면 태희는 자신의 뜻대로 따라올 수밖에 없다는 것을 너무나 잘 알고 있었기 때문이다.

똑똑!

노크 소리가 들린 후 연두색 정장을 입은 태희가 방문을 열고 들어왔다.

그녀의 외모는 날이 갈수록 빛을 발하고 있었다.

유호성은 자리에서 일어나지 않았지만 과장된 제스처를 취하며 태희를 맞아들였다.

태희가 자리에 앉으며 그런 회장을 의아한 눈으로 바라보았다.

회장은 아주 특별한 어떤 일이 있을 때만 이런 제스처를 취하기 때문이었다.

"부르셨습니까, 회장님."

"그놈 참, 점심은 먹었냐?"

"네, 먹었습니다."

"오늘은 큰아버지와 조카로서 얘기하고 싶다. 그러니까 편하게 말하자."

"말씀하세요."

"아무래도 네가 대원화학으로 나가야겠다."

"그게 무슨 말씀이시죠?"

"대원화학이 어렵다. 한성이 놈한테 맡겼더니 제대로 돌아가지 않아. 네가 가서 다시 살려봐."

유호성이 끊듯이 말하자 태희의 얼굴이 순식간에 굳어졌다.

유한성은 회장의 셋째 아들로 어릴 때부터 공부와는 벽을 쌓고 지낸 망나니였다.

돈으로 싸 발라서 그럴듯한 외국 학위는 만들었지만 일보다는 노는 것을 좋아해서 회장의 속을 무던히도 썩인 아들이다.

그런 유한성이 정신을 차리고 회사에 출근하기 시작한 지가 십 년이 넘었다.

그는 나름대로 성실하게 일했고 그것을 인정받아 삼 년 전부터 대원화학 사장을 맡고 있었다.

대원화학은 대원그룹이 가지고 있는 알짜 중의 하나였고 매출액과 순이익도 상당했다.

그랬기에 회장의 말이 이해가 되지 않았다.

어렵다는 것도 이해가 되자 않는데 방계인 자신보고 사장으로 나가라는 말은 더더욱 받아들이기 어려웠다.

직계를 쳐내고 방계가 들어선다는 것은 쿠데타나 다름없기 때문이었다.

집으로 들어서자 아버지인 유문혁이 거실에 앉아 있어 태희는 걸음을 멈추었다.

보통 유문혁은 집에 돌아오면 서재에 있는 경우가 많았는데 오늘은 소파에 앉아 뭔가를 생각하고 있었다.

다른 날과는 확실히 다르다.

태희는 그렇지 않아도 유문혁에게 할 이야기가 있었기 때문에 소파 쪽으로 다가가 인사를 했다.

"다녀왔습니다."

"조금 늦었구나."

"약속이 있었어요. 엄마는요?"

"나 여기 있다."

태희의 궁금증은 즉시 풀어졌다.

윤 여사가 과일이 담긴 쟁반을 들고 거실로 들어섰기 때문이다.

유문혁의 입이 열린 것은 태희가 그의 앞쪽에 앉을 때였다.

다른 날 같았으면 태희는 인사만 하고 올라갔을 텐데 불쑥 다가와 앉자 이상한 모양이었다.

"할 얘기 있니?"

"네."

슬쩍 묻자 즉시 대답이 나왔다.

유문혁의 얼굴에 긴장감이 떠오른 것은 태희의 대답 때문이었다.

딸을 누구보다 잘 알고 있었다.

정말로 중요한 일이 아니라면 이렇게 대답하지 않는다는 걸 너무나 잘 알기에 그는 먼저 입을 열지 않고 태희가 말하기를 기다렸다.

그 역시 산전수전 다 겪은 경영자였으니 대화를 이끌어내는 방법에 대해서는 도가 튼 사람이다.

그의 예상대로 얼마 지나지 않아 태희의 입이 열렸다.

"오늘 회장실 호출로 올라갔었어요."

"무슨 일로?"

기획실장이 회장실에 올라가는 것은 특이한 일이 아니다.

평소에도 일주일에 두세 번은 꼭 올라가서 보고할 일이 있을 만큼 기획실의 업무는 중요했다.

유문혁이 되물은 것은 딸의 이야기에 다른 뜻이 담겼다는 걸 눈치챘기 때문이다.

"저보고 대원화학을 맡으라고 하셨어요."

"정말이냐?"

"네, 다음 주부터 그쪽으로 출근하래요."

"한성이는?"

"그건 말씀하지 않으셨어요."

"음."

태희의 대답에 유문혁의 입에서 억눌린 신음 소리가 흘러나왔다.

불편함을 나타낼 때 나오는 그만의 특유한 버릇이다.

그랬기에 옆에 있던 윤 여사가 끼어들었다.

"잘된 거잖아요. 대원화학 사장을 맡으란 건 태희를 잘 봤기 때문인데 당신 왜 그래요?"

"그게 그렇게 간단한 게 아냐."

"다른 뜻이 있다는 건가요?"

유문성의 대답에 이번에는 태희가 물었다.

그녀 역시 뭔가 이상함을 느끼고 있었기 때문에 아버지의 말투에 즉각 반응했다.

유문혁이 무겁게 입을 연 것은 딸의 눈에서 조급함을 확인한 후였다.

"너는 직계가 아니다. 그런 너를 그룹 주력 기업에 내보낼 때에는 그만한 이유가 있기 때문이야. 네 큰아버지는 절대 손해 보는 장사를 하는 사람이 아니다."

"회장님은 대원화학이 어렵다고 했어요."

"대원화학은 어렵지 않다. 하지만 어려워질 수도 있긴 하다."

"무슨 말씀이시죠?"

"지금 회사는 비상 경영 체제로 돌입하고 있다. 너도 기획실장이니 잘 알겠지. 세계 경제가 어려워지면서 해외로 진출한 것이 화근이 되고 있어. 그게 해결되지 않으면 대원그룹은 코너에 몰릴 소지가 다분해."

"그게 저를 대원화학으로 보내는 것과 무슨 상관이죠?"

"우리는 해외에서 생산한 전자제품과 국내에서 생산한 제품의 해외 유통망을 확보하지 않으면 커다란 어려움에 직면할 거다. 그러기 위해서는 해외 유통망을 확보하고 있는 기업과의 협력이 절대적으로 필요하지."

"절… 정략적으로 이용하겠다는 뜻이군요."

유문혁의 설명에 즉각 속에 담긴 의미를 파악한 태희가 얼굴을 굳혔다.

대원화학 사장으로 자신을 내보내는 것은 일종의 미끼에 불과하다는 뜻이었기 때문이다.

그렇다면 멀쩡한 사촌 오빠 유한성까지 쳐내면서 자신을 밀어 넣는 이유는 결국 자신을 회유하겠다는 속셈이다.

순식간에 상황 파악을 끝낸 태희가 말을 끊고 입을 다물자 유문혁의 입술 끝이 올라갔다.

그는 말을 꺼내면서 딸이 금방 의미를 파악할 것이라고 생각했다.

"태희야, 지금부터 내 말 잘 들어라."

"말씀하세요."

"우린 이 기회를 놓치면 안 된다. 회장님이 널 대원화학으로 내보내는 이유는 널 회유하기 위함이 분명하다. 하지만 다른 뜻도 있다. 더 높은 자리에 올라 더 높은 세상을 보라는 뜻이다. 아마 너의 큰아버지는 네가 그 친구를 사귀고 있다는 걸 알고 있는 모양이다."

"아빠!"

"네 나이 이제 곧 서른이야. 충분히 인생을 감당할 수 있는 나이가 되었다. 너는 이제 네 위치가 어딘지 깨달아야 된다."

"아빠도 그 사람을 알고 있나요?"

"당연한 걸 묻는구나. 태희야, 사랑 놀음은 그만하면 충분하다. 이제 제자리로 돌아와 더 넓은 세상으로 나가야 할 때다. 큰아버지가 널 대원화학 사장으로 내보내는 걸 회유로 생각하지 말고 배려라고 생각해라. 누구와 만나도 부족함이 없도록 자격을 마련해 줬으니 오히려 고마워할 일이다."

"난 정략결혼은 하지 않겠어요."

"아니, 너는 해야 한다. 직계가 아닌 방계가 당당하게 살아남기 위해서는 너만의 배경을 지녀야 하기 때문이다. 네가 그런 배경을 갖게 된다면 대원화학뿐만 아니라 대원그룹 전체를 장악할 수도 있다."

"그럴 수는 없어요!"

태희는 아버지의 말에 강하게 고개를 흔들었다.

무슨 뜻인지는 안다.

대원그룹의 후계자들은 하나같이 치명적인 약점을 가지고 있었다.

첫째인 유준성은 도박에 빠져 정신을 못 차리는 중이고, 둘째인 유민성은 그림을 그린다고 미국으로 떠나 그룹 일에는 관심도 없다. 그리고 마지막 그나마 사람처럼 행동하는 유한성은 아무리 좋게 봐도 무능력자라는 타이틀을 벗지 못할 만큼 실력이 없다.

아버지는 후계자들의 그런 약점을 염두에 두고 딸의 미래를 이야기한 것이다.

그럼에도 태희는 받아들이지 않았다.

그녀는 강산을 사랑하고 있었다.

아버지와 회장의 제의를 받아들이는 순간 강산과는 슬픈 이별을 해야 한다.

그러나 강하게 부정하는 태희를 바라보는 유문혁의 눈은 차갑게 가라앉아 있었다.

"이것은 너만의 문제가 아니다. 네가 거부하는 순간 나 역시 무사하지 못한다. 아니, 대원그룹 전체가 흔들릴지도 몰라. 그러니 내 말대로 해라."

침대에 누운 태희는 눈을 감은 채 생각에 잠겼다.

아버지의 말이 계속 귓가에서 맴돌고 있었다.

차가운 이성으로 생각해 보면 한 치도 틀리지 않은 정확한 분석이다.

방계에 불과한 그녀가 대원그룹에서 당당히 살아남기 위해서는 든든한 배경을 마련해야 한다.

·더군다나 이번에는 이전과 확연히 다르다.

지금까지 그녀는 상대를 가리지 않고 선을 봐왔다.

자신의 결정에 의해서가 아니라 주변의 압박에 의해서였고,

관심도 없었기에 자리만 차지하고 있다가 금방 일어서곤 했다.

선을 본 대상도 대부분 쓰레기들이었다.

재벌 3세치고 제대로 된 놈은 찾아보기 힘들었다.

하지만 아버지의 분석에 따르면 회장이 생각하고 있는 사람은 우일그룹의 셋째일 가능성이 컸다.

우일그룹은 재계 서열 5위로서 사십여 개의 방계 회사를 거느린 글로벌 기업이다.

정말 우일의 힘을 뒤에 업을 수만 있다면 태희로서는 날개를 단 것과 다름없었다.

더 중요한 것은 물망에 오른 황요성이었다.

그는 우일그룹 회장의 셋째 아들로 순수한 자기 실력으로 케임브리지에서 수학했으며 핸섬한 외모에 뛰어난 머리까지 지녔고 인성도 탁월해서 주변 사람들에게 인정받는 재계의 총아였다.

일각에서는 우일의 회장이 그에게 대권을 물려줄 것이라는 소문이 있을 만큼 그의 평판은 훌륭했다.

아버지는 회장한테 언질을 받은 것이 분명했다.

다음 주 중으로 자리가 마련될 것이라며 반드시 이번 기회를 잡아야 한다고 반복해서 주지시켰다.

머리를 흔들고 생각을 떨치려 했으나 한번 떠오른 생각은 쉽게 떠나지 않았다.

괴로웠다.

이 괴로움이 오늘 하룻밤의 유혹으로 그치기를 간절히 바랐다.

하지만 이 괴로움은 멈추지 않을 것이다.

아주 오랫동안.

❖

"오빠야."

"응."

"봄이다."

"나도 안다. 날씨 따뜻해졌잖아."

"내 모습에서 뭐 생각나는 거 없어?"

빤히 바라보던 은수가 스스로 자신의 몸을 만지며 부스럭댔다.

그 모습에 강산이 고개를 갸우뚱했다.

뭔가 목적이 있는 것 같은데 아무리 살펴봐도 그게 뭔지 알 수 없었기 때문이다.

가벼운 티에 청바지 차림을 한 은수는 젖살이 빠져서 고등학생 때보다 훨씬 매혹적이고 날씬해졌다.

한참을 바라보던 강산이 이윽고 갸우뚱거리던 고개를 아래위로 끄덕거렸다.

뭔가를 눈치챘다는 뜻이다.

"남자친구 생겼냐?"

"헐. 생각하는 게 꼭."

"아냐?"

"여기 이 시점에서 어떻게 그런 생각을 해? 내 옷 안 보여?"

"보여."

"오빠는 새내기 대학생이 이렇게 입고 다니는 걸 어떻게 생각해?"

"예쁘다고 생각해."

"오빠!"

"아우, 깜짝이야. 왜 소릴 지르고 그래."

"내가 감정적으로 나가지 않게 이성적으로 생각 좀 해라. 오빠, 나 대학 입학 선물 안 해줬잖아!"

"내가 왜 안 해. 만년필 사줬잖아."

"이씨, 그게 만년필이냐. 만년필 모양을 한 볼펜이지."

"생각하기 나름이야. 그게 얼마나 잘 써지는데."

"까불지 말고, 선택해."

"뭘?"

"원피스 사줄래, 투피스 사줄래?"

"이 귀신. 오늘이 월급날인지 어떻게 알았어?"

"히힛, 오빠가 가르쳐 줬잖아."

은수가 애교를 떨며 팔을 잡아오자 강산이 입맛을 쩍쩍 다셨다.

이렇게 된 이상 발뺌을 했다가는 정말 사망신고를 해야 될지도 몰랐다.

"알았다. 이따 퇴근 시간에 맞춰서 오빠 사무실 쪽으로 와. 남대문시장에 가서 예쁜 걸로 사줄게."

아주 여유 있게 국에 밥을 말아서 숟가락으로 휘젓는 강산을 향해 옆에서 구경하던 가족들이 도끼눈을 부릅떴다.

명품은 아니더라도 최소한 백화점 정도는 예상했는데 남대문 이야기가 나오자 은수는 벌떡 일어섰고 나머지는 황당하다는 표정으로 말을 잇지 못했다.

그런 후 벌 떼처럼 강산에게 덤벼들어 인정사정없이 공격하기 시작했다.

아침부터 종갓집에 강산의 비명이 난무했다.

여전히 강산은 매를 버는 데 일가견이 있었다.

카페 비창에 들어서자 창가에 앉아 있던 윤서경이 손을 드는 것이 보인다.

그녀는 화려한 원피스를 입고 있었는데 등 쪽에 붉은 장미가 수놓아져 있어 정열적으로 보이는 옷이다.

그녀는 태희가 다가와 맞은편에 앉자 눈을 오므렸다.

근래에 들어 통화만 했을 뿐 보름 동안 만나지 못했는데 오늘따라 무슨 바람이 불었는지 태희가 먼저 약속을 잡았기 때문이다.

태희는 강산과 사귄 이후로 그녀와 만나는 빈도가 뜸해졌다.

"무슨 바람이 분 거냐?"

"뭐가?"

"갑자기 밥은 왜 산다는 거냐고."

"우리가 밥 먹는 것도 이상한 사이가 된 거야?"

"지랄. 뭐냐, 그 손가락에 낀 건?"

반문하는 태희에게 눈을 흘기던 윤서경이 손가락에 낀 반지를 보며 황당한 표정을 지었다.

태희의 손에 끼워진 반지는 도금이 벗겨져 보기 흉하게 변해 있었고 가짜 보석도 빛을 잃어 까맣게 변해가는 중이었다.

윤서경의 질문에 태희가 당황한 표정을 지으며 손을 움츠렸다.

아무리 친구라지만 보이기 싫었다.

"야, 아무리 그래도 그건 너무한 거 아니냐?"

"그만해."

"황당해서 그런다."

"뭐 시키자. 배고프다."

마침 다가온 웨이터에게 스파게티를 시킨 태희가 어정쩡한 웃음을 지었다.

그 모습에 윤서경이 인상을 긁었다.

"그 친구 잘 있니?"

"응."

"그 불장난, 언제까지 할 건데?"

"장난 아니야. 난 걔 좋아해."

"얼씨구. 장난 아니면 그 손가락에 낀 건 뭐고. 그놈이 정말 널 사랑한다면 그래서는 안 되는 거 아냐?"

"걘 돈이 없어."

"돈 없는 게 자랑은 아니지. 그래서 걔는 안 되는 거고."

"시끄러워."

"신경질은."

"넌 잘돼가?"

"나한테 푹 빠져서 정신을 못 차려. 금방이라도 청혼할 기세다."

윤서경은 강남병원장의 차남과 열애 중에 있었다.

수많은 남성 편력이 있던 윤서경이지만 이제는 혼기가 찼다고 생각했기 때문인지 마음잡고 결혼을 염두에 둔 채 사귀는 중이었다.

윤서경의 얼굴이 환하게 빛나는 걸 보니 이번에는 제대로 된 짝을 찾은 것 같았다.

태희의 얼굴이 잠시 어두워졌다가 원상태로 회복되었다.

"다행이네. 네가 나보다 먼저 시집가겠다."

"네가 그 불장난을 그만두지 않는 한 그렇겠지. 태희야,

이젠 그만둬."

"그 얘긴 더 이상 하지 마."

"친구로서 하는 부탁이야. 너한테 걔는 어울리지 않아. 너한테는 그런 가짜 반지보다 이런 게 어울려. 아니, 이것보다 훨씬 비싸고 좋은 걸 끼어야 해."

윤서경이 자신의 손에 낀 반지를 내보였다.

그녀의 손가락에는 최소 5캐럿 이상으로 보이는 다이아몬드가 화려하게 빛나고 있었다.

"이 반지, 그 사람이 생일 선물로 사준 거야. 태희야, 이제 정신 차리고 예전으로 돌아와. 난 네가 불행해지는 거 보고 싶지 않다."

제4장

사랑이란

데이트는 나이에 따라 그 횟수와 열정이 차이를 보인다.

십 대는 매일 만나야 사귀는 사이라고 생각하지만 이십 대만 되어도 그 횟수는 현저히 줄어들고 삼십 대는 더더욱 그렇다.

태희와 강산은 그런 면에서 볼 때 아주 특별한 커플이었다.

그들의 데이트는 일주일에 한 번 정도였고, 그나마 태희의 일정이 꽉 차 있으면 뒤로 밀리는 경우도 많았다.

태희는 대원그룹의 기획실장으로서 정재계의 인사들과 많은 약속이 있었고, 공식적인 행사도 잦아서 시간을 빼기가 무척 어려웠기 때문에 주로 그들의 데이트는 태희에 의해서 결정되곤 했다.

강산의 입장에서는 기다림의 연속이었고, 사랑하는 여자를 마음대로 볼 수 없는 안타까움을 늘 가슴속에 품고 살 수밖에 없었다.

오늘의 데이트는 예정에 없는 것이었다.

보통 그들의 데이트는 미리 날짜를 정하고 만났는데 오늘은 태희의 갑작스러운 전화로 인해 이루어졌다.

물론 특별한 약속이 없는 강산에게는 아주 즐거운 토요일이 될 수 있는 전화였지만 지금까지 한 번도 없던 일이었기에 당황스럽기는 했다.

아침부터 서둘러서 약속 장소로 나간 강산은 순백의 원피스를 입고 나온 태희를 바라보며 잠시 동안 아무런 말도 하지 못했다.

오늘따라 그녀는 눈부시도록 아름다웠다.

사람들은 태희를 연예인으로 오해하는 것 같았다.

지나가던 사람들은 태희의 아름다운 모습에 한참을 쳐다본 후에야 걸음을 옮겼기 때문에 그녀의 주변에는 사람들로 북적였다.

강산은 얼른 다가가 그녀의 손목을 잡고 자리를 피했다.

사람들의 심리는 묘해서 몇 사람만 주시해도 전부 따라서 보게 되는 군중심리가 발동한다.

태희를 데리고 커피숍에 들어간 강산은 창가에 자리를 잡은 후 아메리카노 두 잔을 사 들고 돌아와 맞은편에 앉았다.

"오늘은 더 예쁘네. 그런데 갑작스럽게 무슨 일이야?"

"중요한 약속이 있었는데 취소되었어. 그래서 너 보고 싶어서 전화한 거야."

"그랬구나. 점심은?"

"안 먹었지."

"그럼 커피보다 점심 먼저 먹을 걸 그랬다."

"괜찮아. 배 안 고파."

강산의 걱정에 태희가 물끄러미 강산을 바라보며 고개를 흔들었다.

같으면서도 다른 모습.

뭔가 이상했지만 강산은 태희의 아름다운 모습에 머릿속에 떠오른 의문을 지워 버리고 유쾌한 웃음을 지었다.

"오늘은 내가 풀코스로 모실게. 먹고 싶은 거, 사고 싶은 거 뭐든지 말해. 네가 원하는 거라면 내가 오늘 모두 쏜다."

"정말이야?"

"당연하지."

자신의 질문에 큰 소리로 대답하는 강산을 향해 태희가 어색하게 웃어 보였다.

지금까지 강산과 데이트하면서 대부분의 비용은 그녀가 계산했다.

강산이 회사를 다닌다고는 하나 월급이 그녀의 십분의 일도 되지 않았다.

더군다나 하숙비를 비롯해 쓸 데가 많다고 엄살을 떨었기 때문에 그녀는 강산에게 돈 내라는 소리를 한 번도 한 적이 없었다.

그동안에 있었던 회사 일과 주변에서 벌어진 일들을 이야기하며 시간을 보낸 그들이 커피숍을 나선 것은 그로부터 삼십 분이 지난 후였다.

강산은 오늘 데이트를 명동에서 보내려고 생각한 모양인지 태희를 데리고 현대백화점 맞은편의 지하 통로를 건너 중앙통으로 들어갔다.

토요일이라 수많은 사람이 거리를 메우며 지나갔고, 호객을 하는 점원들의 목소리가 째질 듯한 소음을 만들어냈다.

사람들 사이를 뚫고 강산이 태희를 안내한 곳은 지하에 있는 분식집이었다.

삼십 평 정도에 불과한 분식집은 오십여 명의 사람이 빽빽이 자리에 앉아 있었는데 웃고 떠드는 소리에 귀가 멍멍할 정도였다.

"뭘 먹을까?"

"아무거나."

잠시 기다려서 자리를 잡은 강산이 묻자 태희가 주변을 둘러보며 성의 없이 대답했다.

그녀는 이렇게 지저분하고 사람들로 가득 찬 분식집에 적응하지 못하는 것 같았다.

지금까지 그들은 데이트하면서 한 번도 이런 곳에 와본 적이 없기 때문에 태희는 어딘가 부자연스럽고 불안해 보였다.

음식이 나오자 맛있게 먹는 강산을 태희는 젓가락을 쥔 채말없이 바라봤다.

그녀의 눈은 아련하고 깊이 가라앉아 무슨 생각을 하는지알 수 없게 만들었다.

분식집을 나온 그들은 명동 거리를 거닐며 상점과 사람들을 구경하다가 영화관으로 들어갔다.

다리가 아프다며 태희가 더 이상 걷기 힘들다고 말했기 때문이다.

얼떨결에 들어간 영화관에서 강산은 잠시 망설였다.

미리 정보를 확보하지 못해서 어떤 영화가 재밌는지 알 수없었지만 강산은 금방 영화를 고른 후 태희에게 돌아왔다.

그가 고른 영화는 가장 빠른 시간대에 상영하는 영화였다.

무슨 일이 있었던 걸까.

오늘의 태희는 마치 영혼이 없는 사람처럼 넋을 잃은 모습을 자주 보여주고 있었다.

무슨 일인지 말해줄 때까지 기다리려 했지만 자꾸 그녀가말하지 않을 것이란 생각이 들었다.

기다릴 생각이다.

그녀가 입을 열 때까지.

현수가 일식집 한호에 도착해서 예약실로 들어서자 특수 부장이 반갑게 손을 들었다.

　　그의 맞은편에는 대머리의 중년인이 앉아 있었는데 현수가 들어서자 벌떡 일어섰다.

　　"차 좀 막히지?"

　　"예, 주말은 원래 많이 막히잖습니까."

　　"그래도 칼같이 시간 맞춰 왔구만. 역시 시계추 김 검사다워. 아참, 인사해. 서라벌의 황명주 이사장님이셔."

　　특수부장이 소개하자 기다렸다는 듯 황명주가 거의 구십 도로 인사하며 명함을 건넸다.

　　가볍게 인사를 받은 현수는 명함에 적힌 내용을 확인한 후 자리에 앉았다.

　　주말인 토요일에 밥을 사겠다고 시간을 비우라더니 이자를 소개시켜 주기 위해서인 모양이다.

　　황명주.

　　서라벌 문화재단의 이사장으로서 그가 수사하고 있는 탈세 혐의의 조사 대상자였다.

　　피의자와 식사 자리를 마련한 특수부장의 의도가 뭔지 뻔히 짐작이 갔지만 현수는 얼굴색 하나 바꾸지 않았다.

혼자는 살 수 없는 세상이다.

하나를 주면 하나를 받고 둘을 주면 둘을 받는다.

그것이 세상의 이치이고 현재 대한민국을 주무르는 자들이 살아가는 삶의 방식이었다.

말도 안 되는 이야기를 주고받으며 억지로 권하는 잔을 비웠다.

최고급 양주의 부드러운 향기가 위를 자극하며 넘어갔지만 결코 즐겁지 않았다.

술은 돌고 돌았지만 특수부장은 쉽게 자리를 정리할 생각이 없는지 계속 시간을 끌고 있었다.

"저, 잠시 화장실 좀……."

슬쩍 자리에서 일어난 현수는 방문을 열고 나왔다.

얼마를 받아 처먹었는지 모르지만 특수부장이 직접 나섰으니 이 사건은 유야무야 수면 아래로 잠길 가능성이 구십 퍼센트도 넘었다.

양주를 거의 반병 가까이 마셨기 때문에 머리가 띵했다.

한호는 최고급 일식집으로 정재계 사람들이 자주 이용하는 곳이지만 전부 밀실 형태로 만들어져 마주치는 경우는 거의 없었다.

현수는 천천히 걸어 나와 휴게실로 들어섰다.

휴게실은 한호의 중앙 쪽에 고급스럽게 꾸며져 있었는데 사람을 기다리거나 술을 마시다 잠시 쉴 때 이용하는 곳이다.

그는 천천히 담배를 빼어 물고 길게 한 모금 내뿜었다.

지금쯤 방에서는 특수부장과 황명주가 자리를 정리하는 수순을 밟고 있을 것이다.

충분히 이야기했고 처리 방안도 대충 마련했으니 이제 남은 것은 하나뿐이다.

줄 걸 주었기 때문에 이제 받는 것만 남았다.

이야기 과정에서 섭섭하지 않게 하겠다는 소리를 몇 번이나 들었으니 최소한 큰 것 세 장 이상은 담길 게 분명했다.

자주 있는 일은 아니나 가끔 있는 일이었기 때문에 양심의 가책 같은 건 이미 국 말아 먹은 지 오래다.

담배 연기가 폐 깊숙이 들어가자 정신이 잠시 멍해졌다.

한참을 몸속에 머물고 있던 담배 연기가 빠져나가자 태희의 모습이 스르륵 피어올랐다.

태희와의 만남은 오 개월 전이 마지막이었다.

몇 번이나 전화를 했지만 반은 받고 반은 받지 않았다.

그것도 건성으로 받는 것이 느껴졌기 때문에 전화기를 내동댕이치고 싶은 걸 간신히 참아야 했다.

몇 번이나 데이트 신청을 했지만 거절당했기 때문에 현수는 비참한 심정으로 전화를 끊곤 했다.

그러던 한 달 전 어느 날 그는 우연히 강산과 태희가 나란히 앉아 식사하는 모습을 보았다.

어머니의 성화에 견디다 못해 할 수 없이 나간 소개팅 자리였다.

금방 일어나 나오려 한 자리였지만 그들이 식사를 마칠 때까지 이를 악물고 참으며 기다렸다.

두 사람의 모습은 누가 봐도 영락없는 연인 사이로 보였다.

자신에게는 얼음처럼 차갑게 대하던 태희가 강산 앞에선 사랑스러운 웃음을 짓고 있었다.

보면 볼수록 머리 꼭대기에서 피가 솟구쳐 올랐으나 끝까지 참고 그들이 나가는 것까지 지켜보았다.

괜한 오해로 바보가 되고 싶지 않았다.

대한민국의 검사란 직업은 어려운 일도 쉽게 처리할 수 있는 특권이 있다.

그랬기에 두 사람이 사귄다는 것을 아는 것은 손바닥 뒤집는 것보다 쉬운 일이었다.

무려 십이 년을 키워온 사랑이다.

한 번도 태희 이외의 여자가 자신의 짝이 될 것이라 생각해 본 적이 없었다.

그런 태희가 자신을 비참하게 만들고 떠난 강산과 사귀는 걸 알게 되자 이성이 마비되었다.

그 사실을 알고 현수는 오랜 시간 충격에서 빠져나오지 못했다.

이럴 수는 없는 일이었다.

남자의 한결같은 사랑을 짓밟은 태희보다 갑자기 나타나

자신의 사랑을 무참하게 꺾어버린 강산이 때려죽이고 싶을
정도로 미웠다.

어떤 일이 있어도 태희는 남의 여자가 되면 안 되었다.

내 모든 것을 걸고 지켜야 할 여자였고 오직 나만의 여자
로 남아야 했다.

반드시.

어느새 생명을 다한 담배가 필터를 태우고 있었기에 현수
는 재떨이에 꽁초를 던진 후 자리에서 일어났다.

이제 자신이 방으로 들어가면 기다렸다는 듯 자리는 끝날
것이다.

그러면 그는 트렁크에 007가방이 실린 자신의 차를 끌고
모른 척 집으로 돌아가면 된다.

슬리퍼를 끌면서 방으로 돌아가던 현수의 몸이 거짓말처
럼 멈춘 것은 현관이 마주 보이는 마루 근처였다.

그의 상상과 생각을 마치 비웃기라도 하듯 강산이 태희의
어깨를 감싼 채 들어오고 있었다.

강산과 헤어져 돌아온 태희는 샤워를 하고 침대에 누웠다.

오늘 있는 재계 기획실장 모임에 불참하고 강산과 데이트
를 결심한 것은 분명 죄책감 때문이었을 것이다.

회장은 아버지를 통해 결국 자신의 맞선 날짜를 잡았다. 상대는 예상대로 우일그룹의 셋째인 황요성이었고 날짜는 바로 내일이었다.

처음에는 안 보겠다고 버텼으나 아버지는 강력하게 태희의 주장을 꺾어버렸다.

만약 이번에 자신의 뜻을 어긴다면 딸로서 생각하지 않겠다고 협박하며 나가서 마음에 안 들면 금방 다시 돌아와도 된다고 회유도 했다.

물론 한번 나가면 쉽게 일어서지 못한다는 것을 알고 있다.

어쩔 수 없이 나갔다 해도 나간 이상 한동안 그와 많은 이야기를 나눠야 할 것이다.

그랬기에 망설이고 망설였으나 결국 그녀는 아버지의 뜻을 따르겠다고 약속하고 말았다.

여기서 자신이 계속 버티면 아버지는 물론이고 수많은 사람이 어려움에 빠질 수 있었다.

하지만 그녀는 너무나 잘 알고 있었다.

그 어떤 이유도 핑계에 불과하다는 것을.

강산을 사랑하는 자신의 마음이 철벽처럼 변함이 없다면 어떤 이유도 그녀를 움직이지 못하게 했을 것이다.

그랬기에 강산을 만나고 싶었다.

그와 함께 있으면서 이 상황에 대한 자신의 마음과 의지를 되새기며 전의를 불태우려 했다.

하지만 오늘의 데이트는 그녀의 바람과는 전혀 달랐다.

처음으로 강산과의 데이트가 즐겁지 않았다.

그가 사준 라면과 김밥은 싸구려로 맛이 없었으며, 분식집은 불결해서 앉아 있는 것이 힘들었다.

함께 걸었던 명동 거리는 타인들의 세계였고, 그와 같이 본 영화는 재미없었으며 지루했다.

왜 이럴까 고민했지만 해답을 찾지 못했다.

혹시나 내가 살고 있는 세상과 다른 곳에 갔기 때문이 아닌가 하는 생각에 비싼 일식집에서 저녁을 먹었어도 그런 기분은 바뀌지 않았다.

뭔가 분명히 잘못되어 가고 있다는 생각이 들었다.

그녀는 강산을 사랑하고 있다.

그의 잘생긴 얼굴을 바라보고 있으면 여전히 기분 좋고 가슴 설레며 함께 오랫동안 있고 싶었다.

하지만 그녀는 끝끝내 강산에게 내일 선을 본다는 고백을 하지 않았다.

화려한 샹들리에.

미성호텔 커피숍으로 들어선 태희는 천천히 걸어 창가로 다가갔다.

처음에는 아무렇지 않던 가슴이 점차 가쁘게 뛰기 시작했다.

창가에는 잘생긴 사내가 조용히 앉아 있었는데 반사되어 비춘 햇빛과 어울려 한 폭의 그림 같았다.

사진보다 실물이 낫다는 말이 절실히 어울릴 만큼 황요성은 조각처럼 잘생긴 외모를 가지고 있었다.

이런 사람이 다른 쪽에 한눈팔지 않고 스스로의 힘으로 케임브리지를 졸업했다니 믿어지지 않았다.

천천히 다가가자 황요성이 일어나 정중히 태희를 맞아주었다.

그는 허리를 숙여 인사한 후 태희가 자리에 편하게 앉을 수 있도록 의자를 뒤로 빼주었다.

지금까지 그녀에게 어떤 놈도 하지 않았던 행동이지만 그가 하자 전혀 어색하게 느껴지지 않았다.

자리로 돌아가 앉은 황요성은 입가에 부드러운 미소를 매단 채 입을 열었다.

그의 목소리는 중저음으로 솜사탕처럼 감미로웠다.

"재계의 여신이라는 소문은 이전부터 듣고 있었는데 막상 뵙게 되니 훨씬 더 아름다우시군요."

"고마워요."

그냥 하는 소리가 아니다.

진심을 담은 이야기는 눈에서부터 시작되어 가슴으로 전달되는 법이기 때문에 태희는 눈을 내리며 살짝 웃었다.

그녀처럼 그 역시 사전에 충분한 정보를 가지고 나왔을 것이다.

태희가 어떤 여자라는 건 재계에 속한 사람은 대부분은 알고 있는 사실이니 황요성 역시 그녀의 성장 과정과 학벌까지 꿰뚫고 있을 게 분명했다.

하지만 그것은 기본에 불과한 것이고 가장 중요한 것은 그녀가 여기에 나온 이유다.

대원그룹의 희생양.

아니, 정확하게 말한다면 대원그룹의 제물이다.

대원그룹은 태희를 이용해 우일의 힘을 얻으려 몸부림치는 중이기 때문에 힘의 균형으로 따지자면 황요성은 절대적으로 유리한 가운데 그녀를 상대할 수 있었다.

당당하게 행동하고 있었지만 태희 역시 너무나 잘 아는 내용이니 황요성의 태도가 제일 먼저 눈에 들어왔다.

비즈니스는 힘의 균형이 누구에게 기울였느냐에 따라 여유를 가질 수 있고 거드름도 피울 수 있다.

그러나 황요성의 태도에는 조금의 거만함이나 거드름을 찾아볼 수 없었다.

아니, 오히려 그녀를 편안하게 만들어주기 위해 배려하며 집중하고 있었다.

인성 면에서도 좋은 평판을 듣고 있다더니 왜 그런 평판을 받고 있는지 이해가 갔다.

그의 목소리는 처음도 좋았지만 시간이 갈수록 더욱 매력적으로 들렸다.

"태희 씨는 선을 거의 보지 않은 걸로 알고 있는데 이렇게 나와주셔서 감사합니다."

"별말씀을……."

"아실지 모르겠지만 사실 이번 만남은 제가 어른들께 여러 번 부탁해서 만들어진 겁니다."

"저는 처음 듣는 말이에요."

"그럴 겁니다. 어른들은 이번 만남이 단순한 만남이 아니라며 대원 쪽에서 먼저 중매가 들어오길 기다렸으니까요. 하지만 제가 끝내 우겼습니다."

"왜죠?"

황요성의 말이 무슨 뜻인지 너무나 잘 알기에 궁금증이 커졌다.

어쩌면 당연한 말이다.

목마른 자가 우물을 판다는 속담처럼 이번 건에 있어서 급한 쪽은 대원이었기 때문에 그녀는 이번 만남이 큰아버지에 의해 만들어진 것으로 알고 있었다.

알고 있던 사실이 바뀌자 잠시 혼란이 몰려와 태희는 황요성을 빤히 바라봤다.

본능적인 경계심이 발동되고 그 진의가 의심스러워졌다.

그러나 황요성은 여전히 한 치의 흔들림도 보이지 않고 태희를 똑바로 쳐다보고 있었다.

"태희 씨를 만나고 싶었기 때문입니다."

"이해가 되지 않는 말씀이네요."

"태희 씨는 제가 처음이겠지만 저는 멀리서 태희 씨를 두 번 본 적이 있습니다. 태희 씨를 처음 본 이후로 연모해서 어머님을 많이 괴롭혔지요."

"정말 저를 본 적이 있단 말인가요?"

"그렇습니다. 태희 씨를 처음 본 것은 일 년 전이었습니다. 우연히 강남의 백화점에 갔다가 스쳐 지나듯 보게 되었죠. 그땐 태희 씨가 누군지 몰랐습니다. 태희 씨의 정체를 안 것은 오 개월 전이었죠. 관훈클럽에 나타난 태희 씨를 보고 무척 놀랐습니다. 세상에 이런 인연도 있구나 하는 마음이 들어서 기쁘고 즐거웠습니다."

"고마운 말씀이에요."

진심이 담긴 눈을 보자 저절로 가슴이 콩닥거리며 뛰었다.

이 사람은 오래전부터 호감을 가지고 자신을 기다렸다는 것이다.

재벌 3세.

재벌 3세들이 대부분 망나니짓을 하는 건 어찌 보면 당연한 것인지도 몰랐다.

인생을 살아가는 이유와 목적이 없으니 최선을 다하는 삶을 살 필요가 없기 때문이었다.

마약, 여자, 도박.

재벌 3세들에게 꼬리표처럼 따라붙는 단어들이다.

목적이 없는 삶에서 마약, 여자, 도박은 마지막 탈출구나 다름없었다.

하지만 이 남자는 전혀 그런 것과 상관없는 사람으로 보였다.

건강한 정신과 뛰어난 지식, 사람에 대한 포용력까지 가진 것으로 보이니 진짜 쉽게 찾아보기 어려운 군계일학이다.

그때부터 그들은 많은 이야기를 나누었다.

황요성은 자신의 성장 과정과 유학 시절에 겪은 애환을 이야기했는데 스스로 학비를 벌어서 다녔다는 소릴 듣고는 깜짝 놀랐다.

가진 건 돈밖에 없다는 재벌 3세가 부모의 도움을 거절하고 스스로 학비를 벌었다는 것은 있을 수 없는 일이었기 때문이다.

그는 자신의 부모님에 대해서도 상세히 이야기를 했고, 위의 형들과 여동생에 대해서도 빠짐없이 소개했다.

그다음으로 그가 한 것은 질문이었다.

그는 태희의 모든 것을 알고 싶어 했다.

성장 과정은 물론이고 좋아하는 것과 싫어하는 것, 취미와 이상형까지 물었다.

그러면서 그는 자신이 태희의 이상형이었으면 좋겠다고 덧붙였다.

대화는 물 흐르듯 이어졌고, 시간은 그들의 대화를 방해하지 못했다.

마음과 마음이 통하고 지식과 지식이 이어졌으며 감성과 감성이 조율된 대화는 그들의 만남을 유쾌하고 즐거운 시간으로 만들어줬다.

"오빠야, 밥 먹어라."

"뭐했는데?"

"라면."

"그냥 라면?"

"아니, 만두라면."

"맛있겠다."

은서가 방문을 열고 재촉하자 강산이 침대에 누워 있다가 벌떡 일어났다.

그는 추리닝 차림이었는데 앞장서서 걸어가는 은서의 목을 조르며 장난치다가 옆구리를 한 방 얻어맞고 비명을 질렀다.

거실 쪽에서 나타난 은수가 듣기 싫은 비명 소리에 신경질을 부렸다.

"거참, 시끄럽게."

"은수야, 오빠 아무래도 이쪽에 문제가 생긴 것 같아. 너무 세게 맞았어."

"또 목 졸랐지?"

"난 살살 했다니까. 근데 쟤는 날 아주 죽이려고 그래. 갈비뼈에 금 갔나. 무지 아프네. 은서야, 너 오늘 그날이냐?"

"죽을래?"

둘의 대화를 못 들은 체하던 은서가 되돌아서며 쌍심지를 켰다.

그녀의 손은 어느새 번쩍 들려 있고, 한 마디만 더 하면 인정사정없이 날아올 기세였다.

그랬기에 강산은 움찔하며 뒤로 물러나 은서의 손이 내려오길 기다렸다.

그런 둘을 보며 은수가 한심하다는 듯 혀를 찼다.

"오빠야, 라면 불어터진다. 한 대 맞고 싱싱한 라면 먹어라."

은수의 경고에 먼저 반응한 것은 은서였다.

그녀는 신경질적으로 들었던 손을 내려놓으며 강산을 한 번 더 노려본 후 먼저 식당으로 들어갔다.

식당에는 김 여사와 은영이 먼저 자리를 잡고 기다리고 있었는데 벌써 각자의 앞에 놓인 만두라면에선 모락모락 김이 올라오고 있었다.

"오빠야, 이제 웬만하면 그거 하지 마라. 잘못하면 목에 멍 생긴다. 여자들 피부는 나이가 들수록 무척 예민해져서 쉽게 멍이 생겨."

"그래?"

"그러니까 할 거면 멋있게 백허그를 해. 내가 아주 예쁘게 안겨줄게."

눈을 동그랗게 뜬 강산을 향해 은영이 음흉한 웃음을 지었다.

은영은 강산을 놀릴 때마다 기분이 좋은 모양이었다.

강산이 황당한 표정을 지었다가 고개를 흔든 후 젓가락을 들고 라면을 먹기 시작했다.

그는 맛있는 걸 먹을 땐 다른 데 신경 쓰지 않는 경향이 있었다.

먹는 것에 집중하던 식구들 사이에서 가장 먼저 입을 연 것은 은수였다.

"오빠, 오늘 갈 거지?"

"일요일인데 가자고?"

"일요일이 어때서."

"일요일은 공휴일이고, 집에서 쉬는 날이잖아."

"그만큼 쉬었으면 됐지 얼마나 쉬어. 까불지 말고 가자."

"넌 왜 월급날 오라니까 안 오고 지금에서야 날 괴롭히는 거야. 나 피곤하다니까."

"날씨도 엄청 좋다. 나들이하기엔 죽이는 날씨다."

은수가 창문을 통해 들어오는 햇빛을 바라보며 압력성 멘트를 토해냈다.

그러자 옆에 있던 은영이 맞장구를 쳤다.

"은수야, 어디로 갈 건데?"

"오빠가 처음으로 사주는 옷인데 백화점으로 가야 되지 않겠어?"

"백화점은 무슨. 거기가 얼마나 비싼데. 오빠 월급 가지곤 무리야. 그러니까 은수야, 우리 명동으로 가자."

"언니도 가려고?"

"응."

"명동 가면 나도 간다. 은서야, 너도 가자. 우리 오랜만에 가족 나들이 하지 뭐."

뒤늦게 김 여사까지 소매를 걷고 나서자 강산이 입을 떠억 벌렸다.

정말 여기서 안 가겠다고 버티다가는 맞아 죽을지도 몰랐다.

강산이 입맛을 다시고 앉아만 있자 네 여자가 향후 계획을 짜느라 난리 법석을 떨기 시작했다.

그녀들은 오랜만의 나들이에 가벼운 흥분을 느끼고 있는 것 같았다.

강산은 그런 그녀들을 바라보며 아무 말도 못 했다.

이젠 할 수 없었다.

어제 다녀온 명동은 다른 명동이라 생각하며 강산은 두 눈을 질끈 감고 남아 있는 라면을 먹는 데 정신을 집중했다.

❖

폭력 조직 재건파는 강남의 반을 차지하는 잠실과 압구정동, 그리고 서초와 반포를 주 무대로 삼는 서울 5 대 조직 중하나였다.

주 업무는 유흥가를 장악하고 주류를 도매하는 것이었으나 점점 영역을 확장해서 이젠 마약까지 손을 대고 있었다.

현수가 재건파의 보스 정원부를 비롯해서 중요 조직원을 전격적으로 검거한 것은 한 달 전의 일이다.

홍콩에서 수입한 마약을 유통시킨 혐의였다.

재건파 식구 중 서른 명이 한꺼번에 딸려 들어간 강남 히로뽕 사건은 재건파를 박살 내기에 충분했다.

폭력 조직도 약육강식이 철저하게 통용되는 세계다.

조금이라도 약점을 보이면 다른 조직의 먹이가 되는 건 순식간이었다.

더군다나 재건파가 차지하고 있는 강남 동부는 모든 조직이 군침을 흘리는 노른자위였기 때문에 수많은 조직이 재건파의 와해를 기다리고 있었다.

룸살롱 청연의 밀실에 마주 앉아 술을 마시고 있는 자들은 재건파 서열 2위 박태춘과 행동대장 정백호였다.

그들은 아가씨도 부르지 않은 채 술을 마시고 있었는데 벌써 양주병이 바닥을 보이고 있었다.

"형님, 이대로라면 당하고 맙니다. 아무래도 영등포의 불곰파 움직임이 예사롭지 않습니다."

"알고 있어."

"우리한테 남은 간부급은 형님을 비롯해서 몇 명 되지 않습니다. 거기다 수배까지 당한 상태라서 우린 움직이지 못합니다."

"김현수 그 개새끼!"

정백호가 분한 듯 주먹을 쥐자 결국 박태춘이 술병을 들어 벽을 향해 집어 던졌다.

요란한 소리와 함께 술병이 깨졌으나 밀실 쪽으로는 아무도 들어오지 않았다.

미리 차단해 놨기 때문에 그들이 부르지 않는 한 이곳에는 누구도 접근하지 않을 것이다.

두 사람의 분위기는 어느 때보다 무거웠다.

조직을 결성한 이래 최악의 상황에 처했기 때문에 두 사람은 고개를 박은 채 침묵을 지켰다.

아무리 대단한 폭력 조직이라 해도 공권력의 타깃이 된 이상 산산조각 날 수밖에 없었다.

워낙 막대한 이윤이 생기는 마약이었기 때문에 손을 댄 것이 조직을 박살 내는 원인이 되고 말았다.

보스를 비롯해 삼십 명이 검거됐음에도 특수부의 김현수는 아예 재건파를 제거할 생각인지 간부들을 수배해서 옴짝달싹 못하게 압박을 해왔다.

다른 조직들이 군침을 삼키며 이쪽을 주시하고 있지만 대항할 수조차 없었다.

도피 중인 마당에 권역 싸움을 벌인다는 건 스스로 화약을 지고 불속으로 뛰어드는 짓이나 다름없었다.

정말 더 이상 물러설 수조차 없는 최악의 상황에 몰렸기에 박태춘은 인상을 쓴 채 앞에 있는 술잔을 들어 단숨에 들이부었다.

그때 밀실 문이 열리며 이태호가 들어섰다.

그는 잠실 쪽을 맡고 있는 재건파의 핵심 간부로 오늘 모임에 참석하기로 되어 있었지만 약속한 시간보다 한 시간이나 늦게 도착했다.

그랬기에 심사가 뒤틀려 있던 박태춘이 그를 보고 으르렁댔다.

"왜 이리 늦어?"

"형님, 살길이 생길 것 같습니다."

"무슨 소리야?"

"김 검사가 만나자는 연락을 해왔습니다."

"만나자고? 그 개새끼, 수배 때려놓고 만나자면 순순히 잡히라는 거야, 뭐야?"

"아닙니다. 할 말이 있답니다."

"무슨 말?"

"수배 풀어놓을 테니 형님보고 다음 주 수요일에 남산으로 오랍니다."

"속이는 거겠지. 씨발놈, 날 홍어 좆으로 아는 모양이군."

"아닌 것 같습니다. 그리고 속인다 해도 우리로서는 다른 방법이 없습니다. 어차피 이대로 있다가는 모든 거 다 뺏기고 평생 도망 다녀야 된단 말입니다."

"이런, 씨발!"

"제가 가겠다고 했더니 형님이 꼭 와야 된다고 했습니다. 형님 말씀대로 혹시 속일 수도 있으니 제가 애들 데리고 뒤를 따르겠습니다."

"됐다. 날 원하는데 네가 뭐하러 가. 나 혼자 가겠다. 네 말대로 우린 이제 빼도 박도 못하게 생겼는데 무서울 게 뭐가 있어. 씨발, 가서 무슨 소릴 하는지 들어나 봐야겠다."

※

오늘은 다른 날과 달리 강산이 날짜를 잡았다.

대원화학에 취임해 매우 바쁘다는 것을 알고 있었지만 강산은 태희의 모든 약속을 취소하게 만들고 오늘 데이트 약속을 잡았다.

보름 만에 만난 태희는 야위어서 안타까운 마음이 들게 만들 정도로 초췌했다.

"어디 아프니?"

"아니."

"그런데 얼굴이 왜 그래?"

"난 괜찮아."

"요새 너무 무리한 모양이다. 대원화학이 조금 어렵다고 들었는데 힘든 거야?"

"그렇긴 한데 버틸 만해. 걱정하지 마. 그런데 오늘 무슨 일이야? 나 잡힌 약속 취소하느라 힘들었어."

"미안. 오늘 꼭 갈 데가 있어서 어쩔 수 없었어."

"어딜 가는데?"

"우리 집."

"하숙집 말하는 거야?"

"아니, 우리 부모님이 사는 집. 부모님이 널 무척이나 궁금해하셔."

강산의 말에 태희가 충격을 받았는지 눈을 동그랗게 떴다. 그러더니 잠시 후 빙그레 웃음을 지었다.

"장난하지 마."

"정말이야."

"통영에 계신다고 했잖아. 오늘 수요일인데 거길 어떻게 가니?"

"저번 주에 이사 오셨어."

"너… 정말이구나?"

웃음기가 걷힌 얼굴로 강산이 대답하자 그때서야 태희가

말을 더듬었다.

너무나 갑작스럽고 당황스러워 무슨 말을 해야 할지 생각이 떠오르지 않았기 때문이다.

남자의 부모가 혼기에 찬 여자를 보겠다는 것은 상당한 의미가 있다.

"어머니가 널 저녁에 초대하셨어. 밥 먹는 모습을 보고 싶대."

"싫어. 안 갈래."

"왜?"

"갑자기 이러는 게 어디 있어? 난 아무런 준비가 안 됐어."

"준비는 필요 없어. 그냥 가기만 하면 돼."

"정말 왜 그래?"

태희의 입에서 뾰족한 음성이 튀어나왔다.

그녀는 강산의 대책 없는 행동에 화가 난 것 같았다.

하지만 강산은 그런 태희의 반응에 아랑곳하지 않고 자리에서 일어났다.

커피숍에는 일곱 명의 손님이 앉아 있었는데 태희의 목소리에 이쪽을 바라보며 뭐라고 속삭였다.

그들의 눈에는 강산과 태희가 싸우는 것으로 보인 모양이다.

"넌 가야 해. 왜냐하면 우리 부모님이 널 보고 싶어 하시니까."

태희는 앞만 보며 운전을 했다.

강산의 강한 주장에 어쩔 수 없이 따라가는 척했지만 내심 궁금하기도 했다.

그녀가 모르는 강산의 잃어버린 십 년은 늘 그녀의 한쪽 가슴에 궁금증으로 자리 잡고 있었다.

강산은 그녀가 물을 때마다 대충 이런저런 변명으로 대화를 회피하거나 아예 말도 안 되는 농담으로 시간을 때우곤 했다.

화도 내봤고 달래도 봤으나 강산은 절대 십 년 동안의 행적에 대해서 자세히 말해주지 않았다.

오직 그녀가 알게 된 것은 그가 고등학교를 졸업하고 미국에 넘어가 생활했다는 것뿐이다.

강산은 집안에 대해서도 거의 말하지 않았다.

대화가 그쪽으로 진행될 기미가 보이면 엉뚱한 행동을 해서 신경을 분산시켰고, 기회를 잡아서 물어보면 부모님이 살아계시고 독자라서 다른 가족은 없다는 말만 되풀이했다.

뛰어난 머리를 지닌 그녀는 강산의 행동에 뭔가 있다는 의심이 들었다.

고졸 출신으로 엄청난 스펙을 쌓은 것도 이해가 되지 않았고, 경영에 대한 전문 지식도 이해가 불가능할 만큼 뛰어났다.

그럼에도 지금까지 악착같이 파고들지 않은 것은 강산에 대한 사랑 때문이었다.

사랑에 눈먼 여자는 조건과 배경에 대해 따지지 않는 경향이 있다.

그녀는 지난 보름 동안 황요성을 두 번이나 더 만났다.

선을 본 다음부터 그는 매일같이 전화했고, 끊임없이 그녀의 스케줄을 확인해서 변명하지 못하도록 만들었다.

처음처럼 그와의 대화는 흥미로웠다.

같은 위치에 서서 같은 목표를 향해 달려 나가는 사람들이라 수많은 공감대가 형성되어 있었기 때문이다.

점점 볼수록 매력 있는 사람이었다.

그럼에도 그녀는 황요성의 대시를 적절한 선에서 차단했다.

아직 그녀의 가슴에는 강산에 대한 사랑이 멍울처럼 자리 잡고 있었다.

강산의 안내에 따라 태희의 아우디가 골목길을 힘겹게 빠져나갔다.

서울에도 이런 곳이 있었나 싶을 만큼 경사가 심했고 금방이라도 쓰러질 것 같은 집들이 다닥다닥 붙어 있는 곳이었다.

봉천동.

도시계획에 의해 많은 곳이 개발되었지만 아직도 상당수의 빈민촌이 자리 잡아 서울에서 가장 낙후된 동네 중 한 곳이다.

가파른 골목길을 지나 그나마 평지가 나오자 강산이 손가락으로 평지를 가리켰다.

이곳에서 유일하게 주차가 가능해 보이는 곳이었다.

마음이 무겁게 가라앉았다.

그녀의 아우디는 뽑은 지 일 년도 되지 않은 최고급 승용차라서 이런 빈민촌에 세워놓았다가는 어떤 험한 꼴을 당할지 알 수 없었다.

하지만 그녀의 마음을 무겁게 가라앉힌 이유는 차 때문이 아니라 이곳이 봉천동이기 때문이었다.

오는 내내 가벼운 기대를 하고 있었다.

강산이 이토록 당당하게 부모님에게 그녀를 데려가는 것은 이유가 있을 것이라 생각했다.

그랬기에 그녀는 비밀에 싸여 있던 강산의 부모님이 대단한 분들일지도 모른다는 기대를 하며 잘 보일 방법을 머릿속에 그리기도 했다.

그런데 그녀의 상상과는 다르게 그들이 도착한 곳은 빈민이 많기로 유명한 봉천동이었다.

강산을 따라 지저분한 골목을 한참 동안 걸은 후에 목적지에 도착했다.

초인종도 없고 그저 문만 열면 되는 허름한 기와집이었다.

"엄마, 저 왔어요."

강산의 외침에 안쪽에서 문이 열리며 사람이 나왔다.

나온 사람은 몸뻬에 시장에서 산 듯한 봄 셔츠를 입고 있었는데 환갑이 훌쩍 넘어 보이는 여인이었다.

그녀는 강산이 마당에 서 있는 걸 확인하곤 맨발로 뛰어나왔다.

"아이고, 우리 아들 왔네. 어서 와라."

"엄마, 여긴 내 여자친구. 인사해, 태희야. 우리 엄마야."

"안녕하세요. 유태희라고 합니다."

"어서 와요. 그렇지 않아도 엄청 기다리고 있었어. 강산아, 뭐해. 어여 아가씨 데리고 들어가자. 아버지 기다리신다."

엄마가 먼저 안내하듯 앞장서자 강산이 멋쩍은 웃음을 지으며 태희의 손을 이끌었다.

강산의 엄마는 태희를 바라보며 연신 선한 웃음을 보이고 있었는데 마치 며느리를 본 시어머니처럼 기꺼워하는 모습이었다.

방으로 들어서자 밥상을 앞에 두고 앉아 있는 노인이 보였다.

다른 설명이 없어도 상황상 그는 강산의 아버지가 분명했기에 태희는 들어서면서 고개를 숙여 인사했다.

그는 강산보다 훨씬 작은 체구를 가졌고 바짝 말라서 앉아 있는 모습이 왜소해 보였다.

"험험, 뭐하냐, 들어왔으면 앉지 않고."

"네."

강산이 먼저 앉자 그 뒤를 따라 태희가 주춤거리며 앉았다.

"저 처녀가 네가 말한 아가씨냐?"

"예, 아버지."

"참하게 생겼구먼."

"그렇죠?"

강산이 빙긋 웃으며 대답하자 아버지의 얼굴이 찡그려졌다.

바보처럼 웃은 아들의 반응이 마땅치 않은 모양이다.

그럼에도 강산에게서 눈을 돌린 그의 눈은 태희를 바라보며 반가움을 숨기지 않았다.

"어서 와요. 오느라 고생했죠?"

"아닙니다."

"누추하지만 편하게 앉아요."

아버지가 손으로 앉을 자리까지 지정해 주자 태희는 머뭇거리다가 밥상 건너에 조심스럽게 앉았다.

"시장하죠. 일단 먼저 먹고 얘기합시다. 차린 건 없지만 애 엄마가 나름대로 준비했으니까 맛있게 먹어줘요."

아버지가 먼저 숟가락을 들자 강산이 눈짓으로 태희에게 먹자는 신호를 보내왔다.

강산의 부모는 눈치를 보면서 조심스럽게 밥을 먹었는데 태희가 밥을 먹지 못할까 봐 걱정하는 모습이다.

강산 엄마의 손짓에 어쩔 수 없이 젓가락을 든 태희의 얼굴이 점점 굳어져 갔다.

밥상에 놓은 된장찌개에는 강산 식구들의 숟가락이 번갈아 들락거렸는데 태희의 집에서는 상상할 수도 없는 일이었다.

처음 보는 나물을 무친 반찬과 김치, 그리고 고등어조림과 전이 있었지만 몇 개 집어 먹은 후 입맛에 맞지 않아 태희는 맨밥만 입에 넣은 채 우물거리며 시간을 보내야 했다.

미치도록 긴 식사 시간이었다.

강산의 부모는 태희가 반도 먹지 않은 채 젓가락을 놓았기 때문에 안절부절못하며 당황했으나 끝내 더 먹으라는 말을 하지 못하고 상을 치웠다.

태희에 대한 질문이 시작된 것은 강산의 엄마가 차를 내온 다음부터였다.

자라온 환경을 비롯하여 가족 관계 등 며느릿감에게 묻는 내용이 대부분이었다.

나름대로 대답은 했지만 점점 시간이 지나가면서 지치기 시작했다.

강산의 부모는 선하게는 보였지만 그녀가 기대한 모습과 는 전혀 다른 사람들이었다.

내가 뭘 하고 있는 건가 하는 자괴감이 떠올랐고, 곧이어 강산에 대한 미움이 시작되었다. 아무런 상의 없이 이런 자리로 데려온 것은 그녀를 전혀 배려하지 않은 짓이었다.

태희가 자리에서 일어난 것은 질문이 시작된 지 삼십 분이 지나서였다.

최소한의 예의는 지켰으니 이제 버티는 것만으로도 힘든 이 자리를 빨리 벗어나고 싶었다.

"죄송하지만 이제 일어나야겠습니다. 다른 곳에 약속이 있어서 가봐야 하거든요. 나중에 기회가 되면 다시 뵙겠습니다."

어쩔 줄 몰라 하며 어이없어하는 강산의 부모를 남겨두고 태희는 급하게 집을 빠져나왔다.

부모님께 간다는 인사를 하고 빠른 걸음으로 강산이 따라왔으나 태희는 뒤돌아보지 않고 앞만 보며 걸었다.

"같이 가자."

"싫어. 나 혼자 갈래."

강산이 차 앞으로 다가갔으나 먼저 차에 올라탄 태희는 단호하게 거절하고 후진 기어를 넣었다.

그녀의 얼굴에는 서리가 하얗게 내려앉아 있었다.

화를 참지 못해서 창백해진 그녀의 얼굴에는 극도의 실망감도 같이 들어 있었는데 강산을 향해 눈길도 주지 않았다.

도망치는 것처럼 빠져나가는 태희의 아우디가 판잣집들과 대비되며 무척이나 부자연스럽게 보였다.

어울리지 않는 물건들은 언제나 부자연스러운 법이지만 태희의 차는 유독 어색하게 보였다.

강산은 태희의 차가 내려간 길을 따라 천천히 걸었다.

그의 얼굴은 가면을 쓴 것처럼 굳어져 있고 발걸음은 더없이 무겁게 가라앉아 있었다.

그날 이후로 태희는 강산의 전화를 받지 않았다.

화가 난 이유를 충분히 짐작했지만 전화마저 거부할 줄은 몰랐기에 강산은 맥없는 신호음을 들으며 입술을 깨물었다.

그렇게 시간은 흘러 또다시 보름이 지났다.

기획실이라고 언제나 바쁜 것은 아니었다.

특별한 프로젝트가 없으면 기획실도 다른 부서처럼 시간에 맞춰서 퇴근했다.

3파트의 유일한 남자 직원인 윤길호는 유부남이라서 그런지 땡 하면 집으로 도망쳤다.

그는 요즘 세 살 난 딸을 보는 게 유일한 낙이라며 공식적인 회식 자리가 아니면 무조건 집으로 돌아갔다.

여자들은 두말할 것도 없었다.

그녀들은 태희 때문에 아예 강산의 존재를 없는 사람 취급했기 때문에 사적인 자리를 갖는 것은 불가능에 가까웠다.

고졸 전형으로 들어와 본사에 입성했으니 동기가 있을 리 만무했고 정식으로 들어온 놈들은 강산을 동기로 취급하지 않았다.

회사에서 가장 큰 활력은 동기들로부터 생기는 법인데 동기가 없으니 강산의 저녁은 언제나 외로울 수밖에 없었다.

똑같은 하루.

지하철에서 내려 버스로 갈아타고 집으로 돌아오는 길이 이제는 점차 지겨워지기 시작했다.

누군가에 의해 어쩔 수 없이 결정한 일이었는데 목적이 희미해져 가자 자꾸 회의감이 들었다.

버스에서 내려 터벅터벅 걸었다.

이대로 십 분만 걸으면 집으로 돌아갈 수 있었지만 오늘따라 발길이 무거웠다.

"악!"

고개를 숙이고 걷던 강산의 귀에 여자의 째질 듯한 비명 소리가 들려왔다.

번뜩 고개를 들고 소리가 난 곳을 확인하자 어두운 골목에서 네 명의 사내가 여자를 때리고 있는 것이 보였다.

거리를 지나가는 사람들은 여자의 비명 소리를 듣고도 워낙 사나운 사내들의 기세에 주춤거리며 도망치듯 자리를 피했다.

강산은 자신도 모르게 발걸음이 그쪽으로 향했다.

무서움에 벌벌 떨고 있는 여자의 모습이 한 마리 비 맞은 참새처럼 안타깝고 불쌍했다.

"당신들 뭐야?"

"꺼져, 새끼야. 죽고 싶지 않으면."

한 놈이 돌아서며 인상을 긁었다.

놈의 얼굴은 칼자국이 길게 나 있었는데 번들거리는 눈빛이 섬뜩하게 느껴질 만큼 독해 보였다.

그러나 강산은 얼굴색 하나 변하지 않고 특유의 저음으로 입을 열었다.

"그냥 돌아가지 않으면 경찰에 신고하겠습니다."

"어디 해봐, 씨발놈아!"

칼자국이 기다렸다는 듯 주먹을 날려왔다.

슬쩍 피하며 뒤로 물러서자 놈이 따라붙으며 연속으로 원투펀치를 얼굴을 향해 뻗어왔다.

본능적인 회피와 반격.

고개를 슬쩍 젖힌 강산의 주먹이 자연스럽게 비어 있는 놈의 옆구리를 강타했다.

휘청.

의외의 일격을 당한 칼자국이 비틀거리며 뒤로 물러서자 이번에는 뒤에 있던 놈들이 한꺼번에 강산을 덮쳐 왔다.

그 와중에도 한 놈은 여자의 얼굴을 무차별적으로 두들겨 패고 있었다.

강산은 이를 악물었다.

처음에는 대충 하고 끝내려 했지만 여자를 구타하는 놈들의 모습을 보게 되자 머리끝까지 피가 솟구쳐 올라왔다.

인간이 아닌 자들에게 어울리는 것은 오직 하나.

자신의 죄를 뉘우치게 만드는 강력한 처벌뿐이었다.

칼자국이 뒤로 물러선 것과 동시에 목에 뱀 문신을 한 놈이 뛰어오르며 옆차기를 해왔다.

바보 같은 놈이다.

몸이 공중에 뜨면 조금만 건드려도 균형을 잃는다는 것조차 모르니 싸움할 자격도 없는 놈이다.

슬쩍 옆으로 비켜선 강산이 그대로 놈의 상체를 받아버렸다.

놈은 공중에 뜬 채 밀리며 땅바닥에 처박혔는데 충격으로 인해 쉽게 일어서지 못했다.

다음으로 공격해 온 놈은 네 놈 중에서 가장 체구가 큰 놈이었다.

놈은 대충 봐도 키가 190센티에 가까웠고 체중도 100킬로는 돼 보였다.

그런 체격에서 뿜어져 나오는 주먹의 강도는 해머나 다름없기 때문에 한번 걸리면 치명적인 피해를 당하게 된다.

하지만 단점도 컸다.

체구가 크다는 것은 속도가 느리다는 걸 의미했고, 공격해 온 덩치도 그 범주를 벗어나지 못했다.

위잉!

주먹에서 바람 소리가 들리며 머리 위로 스쳐 지나가는 순간 강산은 놈의 하체 쪽으로 파고들며 무릎으로 낭심을 가격했다.

체구가 큰 자들에게도 치명적인 타격을 가할 수 있는 곳이 있는데 그중 하나가 낭심이고 다른 하나는 지금 강산이 연이어 공격한 관자놀이이다.

급소를 연속으로 얻어맞은 덩치가 개구리 뻗듯 바닥에 처박히자 여자를 구타하던 노랑머리가 나이프를 꺼내 들고 천천히 다가왔다.

놈은 쉽게 공격하지 못하고 나이프로 강산을 견제한 채 시간을 벌었다.

싸움에 대해서 아는 놈이 분명했다.

놈의 견제에 의해 잠깐 시간이 지체되자 바닥에 쓰러졌던 놈들이 하나씩 일어서기 시작했다.

이대로 시간이 지나면 놈들은 또다시 정신을 차리고 공격에 가담하게 될 것이다.

그랬기에 강산은 나이프에게 대시하는 것처럼 페인팅을 걸었다가 좌측에서 일어나는 칼자국의 좌측 종아리를 짓밟았다.

파각!

급하다는 생각에 과도하게 힘을 썼는지 다리가 부러지는 소리가 나며 칼자국의 입에서 처절한 비명 소리가 흘러나왔다.

하지만 강산은 조금도 망설이지 않고 이번에는 주먹을 던져 오는 뱀 문신의 안쪽으로 파고들며 팔꿈치로 옆구리를 찌른 후 곧바로 돌아서며 턱을 부쉈다.

팔꿈치는 인체에서 가장 강한 공격 수단 중의 하나이기 때문에 옆구리와 턱을 연타당한 뱀 문신은 마치 영화에서 나올 법한 슬로모션으로 아주 느리게 바닥으로 무너져 내렸다.

두 놈을 박살 낸 강산은 가볍게 심호흡을 하고 다시 나이프의 전면으로 다가갔다.

덩치는 아까 당한 낭심 공격의 충격에서 벗어나지 못한 채 바닥에 널브러져 죽는소리를 하고 있었다.

뱀처럼 차가운 눈을 가진 나이프의 입에서 독사의 울음소리 같은 듣기 싫은 숨소리가 새어 나왔다.

놈은 동료들이 바닥을 기고 있음에도 조금도 당황하지 않은 채 강산의 눈을 향해 나이프를 겨냥하고 있었다.

그런 놈을 향해 강산의 입이 묵직하게 열렸다.

"하나 묻자. 생양아치는 아닌 것 같은데 여자를 저렇게 때린 이유가 뭐냐?"

"이유라……. 당연히 이유가 있지. 하지만 알려 하지 마라. 알아봤자 눈깔만 뒤집힐 테니까. 자, 이젠 끝내자."

나이프는 말을 끝내자마자 칼을 곧장 찔러왔는데 그 속도가 상상보다 훨씬 빨랐다.

급하게 뒤로 물러난 강산의 얼굴이 일그러졌다.

이 정도로 칼을 쓴다는 것은 놈이 예상대로 동네 양아치가 아니란 얘기이기 때문이다.

새삼 마음을 다잡고 강산은 다시 한 번 접근했다.

주먹이 아니라 칼이기 때문에 조금만 방심해도 피를 봐야 한다.

강산의 접근에 놈의 나이프가 조금씩 흔들리며 움직였다.

일종의 견제.

공격 루트를 칼로 사전에 차단하는 고급 기술이다.

놈의 행동에 강산이 쉽게 공격하지 못하고 어깨를 털었다.

긴장을 최대한 완화시켜야 순발력이 극대화된다는 것을 경험으로 알기에 한 행동이다.

두 사람의 균형은 나이프가 먼저 깼다.

놈의 칼이 펜싱처럼 상중하를 연속으로 찌른 후 회전하며 목을 쳐 왔다.

기회다.

찌르는 것은 방어도 어렵고 반격도 어려우나 베는 것은 기회만 잡으면 일거에 때려잡을 수 있다.

강산은 놈이 가슴과 명치, 그리고 아랫배를 연속으로 찔러 오자 뒤쪽으로 한 발, 좌로 한 발 움직여 피한 후 회전하며 목을 쳐 오는 놈의 오른팔 회전축을 팔꿈치로 찍었다.

비틀.

놈이 충격을 받으며 뒤로 물러나자 곧바로 따라 들어간 강산의 무릎이 놈의 옆구리에 작렬했다.

사람은 복부에 충격을 받으면 다리에 힘이 풀리며 주저앉게 되어 있다.

하지만 어쩐 일인지 놈은 옆구리를 정통으로 맞고도 버티며 뒤로 물러났기에 강산은 따라 들어가며 놈의 오른발 무릎 회전근을 향해 로우킥을 날렸다.

워낙 강력한 공격이었기 때문에 놈은 더 이상 버티지 못하고 바닥에 쓰러져 다리를 잡고 신음 소리를 냈다.

이 정도의 타격이면 회전근은 당분간 쓰지 못할 정도로 손상이 됐을 것이다.

놈들을 모두 쓰러뜨린 강산이 무거운 한숨을 내쉰 후 천천히 여자 쪽으로 걸어갔다.

여자는 어느새 일어나 두려운 눈으로 강산을 바라보고 있었다.

"괜찮아요?"

"네, 괜찮아요."

"잠깐만 기다려요. 내가 경찰을 부를게요."

"싫어요. 그냥 갈래요."

"아가씨, 그냥 가면 안 돼요."

강산이 전화기를 꺼내자 여자가 질겁하며 급히 골목길을 빠져나갔다.

만류하려 했으나 여자가 작심한 듯 비명을 지르며 달렸기 때문에 강산은 미처 따라가지 못했다.

여자는 겁에 질려선지 고맙다는 인사도 하지 않고 도망가 버렸기 때문에 강산은 황당한 얼굴로 골목에 쓰러진 놈들을 바라봐야 했다.

피해자가 가버렸으니 이제 신고해 봤자 모양만 우스워질 뿐이다.

그랬기에 강산은 고개를 설레설레 흔들며 휴대폰을 주머니에 집어넣고 쓰러진 놈들을 내버려 둔 채 골목길을 빠져나왔다.

강산이 집으로 들어서자 은서가 마당에서 채소를 씻다가
반갑게 일어났다.

그녀는 언제나 강산보다 먼저 퇴근해서 집으로 돌아왔다.

아마 끝나는 시간은 비슷하지만 회사와의 거리 차 때문인
것 같았다.

"오늘도 일찍 오셨군. 젊은 사람이 맨날 이렇게 일찍 다녀
도 되는 거야?"

"사돈 남 말 하시네. 너야말로 꽃다운 처녀가 뭐하세요.
데이트도 좀 하고 그러시지."

"죽는다!"

"상추 씻는 거 보니까 오늘 저녁은 고기인 모양이네?"

"하여간 눈치는 백 단이야. 먹는 거엔 귀신이라니까."

"너도 알다시피 오빠가 오랜 세월 백수로 보냈잖아. 백수
는 눈치가 빨라야 먹고살거든요. 식구들은?"

"엄마는 고기 사러 가셨고, 애들은 지금 들어온다고 연락
왔어."

"오늘 배고파서 많이 사 와야 될 텐데. 애들 먹성도 장난
아니고. 내가 엄마한테 전화할까?"

"알아서 하시겠지. 빨리 옷이나 갈아입고 씻어."

"오케이."

은서의 눈 흘기는 모습은 언제 봐도 예쁘다.

악의가 전혀 담겨 있지 않은 그녀의 눈은 아무리 고양이처럼 날을 세워도 순하게만 보였다.

강산은 은서를 뒤로하고 방으로 들어와 옷을 갈아입었다.

그가 집에서 입는 추리닝은 언제나 뽀송뽀송하게 새 옷이 되어 그를 맞아주었는데 김 여사가 강산이 출근하면 꺼내어 빨거나 햇볕에 말려놓기 때문이었다.

옷을 갈아입고 밖으로 나왔을 때 문이 열리며 세 명의 사내가 들어서는 것이 보였기 때문에 강산은 기계처럼 움직임을 멈췄다.

둘은 잠바 차림이었고 하나는 흰색 마이를 입었는데 팔을 걷어서 최대한 편하게 움직일 수 있도록 만든 차림이다.

은서가 누구냐고 물으며 다가섰으나 그들의 눈은 강산을 향하고 있었다.

"이강산 씨죠?"

"그런데요?"

"경찰입니다. 같이 가주셔야 되겠습니다."

중간에 마이를 입은 사내가 주머니에서 신분증을 꺼내 확인할 수 있도록 내밀었다.

아주 능숙해서 여러 번 해본 솜씨란 걸 알 수 있었다.

대충 훑어보니 영등포 경찰서란 단어가 눈에 들어왔다.

옷차림이나 생긴 것, 신분증을 종합해 볼 때 이들은 진짜 형사가 분명했다.

"무슨 일이십니까?"

"그건 가보면 알 거요. 일단 갑시다."

잠바를 입은 형사들이 강산에게 다가서자 옆에서 지켜보던 은서의 입에서 비명 소리가 흘러나왔다.

"도대체 왜 그래요? 우리 오빠가 무슨 죄를 지었다고 그러는 거예요!"

형사들을 가로막으며 은서가 강산의 앞에서 팔을 벌리고 섰다.

그녀는 원인을 알지 못하면 절대 비켜주지 않을 기세였다.

"비키세요!"

"못 비켜요! 말해주세요! 왜 그러는 건지 알아야 될 거 아니에요!"

"이강산 씨는 폭행상해죄로 고소되었습니다. 저 사람에게 맞은 사람들이 다섯 명이나 병원에 누워 있단 말입니다."

"말도 안 되는……."

형사의 말에 은서가 너무 놀라 말을 제대로 잇지 못하고 강산을 쳐다봤다.

그녀의 눈은 형사의 말이 사실이냐고 묻고 있었다. 강산은 은서의 눈을 바라보며 한숨을 내쉬었다.

어쩐지 돌아오면서 계속 찜찜한 기분이 들었다.

내심 괴로운 맘과 놈들의 악질적인 행동이 과하게 손을 쓰도록 만들었다.

아마 병원에 입원했다면 최소 전치 12주 이상은 무조건 나올 게 뻔했다.

그런데 뭔가 이상했다.

네 명이 아니라 다섯 명이라니 이해가 되지 않는다.

그러나 강산은 형사들에게 자신의 의문을 물을 수 없었다.

형사들이 마치 강산이 도주라도 할 것처럼 은서를 제치고 다가왔기 때문이다.

"잠깐만 기다리세요. 옷 좀 갈아입고 나오겠습니다."

은서는 강산이 형사들에게 수갑을 차고 끌려가자 방으로 들어가 지갑과 핸드폰을 챙긴 후 미친 듯 뛰어나갔다.

형사들은 차를 큰길가에 세워놓았기 때문인지 뛰어서 따라간 그녀에게 금방 따라잡혔다.

그녀의 얼굴엔 얼굴 가득 눈물이 매달려 있었는데 그럼에도 형사들에게 해야 할 질문들을 잊지 않았다.

"어느 경찰서예요?"

"영등포 경찰서입니다."

"그럼 우리 오빠 거기로 데려가는 건가요?"

"맞아요. 면회는 그쪽으로 오시면 될 겁니다. 그러니 그만 따라오세요."

"싫어요. 내 눈으로 봐야 안심이 될 것 같아요."

집에서 큰길까지 걷는 시간은 오 분도 채 걸리지 않았으나 은서는 마이를 입은 형사를 붙잡고 앞으로 벌어질 일들에 대해서 꼬치꼬치 캐물었다.

그런 은서를 귀찮아하면서도 형사는 그녀의 질문에 대답해 주었다.

큰길에 도착해서 경찰차에 오르며 형사들은 은서를 더 이상 따라오지 못하도록 제지했다.

생각 같아서는 경찰차로 같이 가고 싶었으나 그렇게 할 수 없었기 때문에 은서는 택시를 이용해서 경찰차를 따라갔다.

처음 와본 경찰서.

차에서 내린 강산이 자신을 바라본 후 고개를 떨어뜨린 채 경찰서로 들어가자 은서의 눈에서 눈물이 홍수처럼 쏟아져 나왔다.

우리 오빠가 사람을 때리다니 믿어지지 않았다.

세상 누구보다 착한 오빠가 그럴 리 없었다.

뭔가 잘못된 것이 아니면 누군가가 음해한 것이 틀림없었다.

머리가 텅 비었고 가슴이 미칠 듯 아파왔다.

택시를 타고 오면서 그녀가 할 수 있는 모든 곳에 전화를 했지만 막상 강산의 집에는 연락할 수 없었다.

그렇게 좋아한다면서 그런 것조차 알지 못하는 자신이 너무나 미워 소리 내어 울었다.

모든 게 미안했다.

어떻게든 도와주고 싶은데 그녀가 할 수 있는 것은 아무것도 없었다.

무조건 경찰서 안으로 따라 들어갔으나 사무실로 들어서자 형사들이 가로막아 왔다.

막무가내로 버텼다.

형사들의 말처럼 집에 돌아가서 기다린다면 영원히 오빠를 잃어버릴 것만 같았다.

그래서 눈물을 흘리며 그냥 바라볼 수만 있게 해달하고 부탁했다.

오빠 옆에서 조용히 지켜보기만 하겠다고 사정했다.

하지만 형사는 그녀의 사정을 들어주지 않고 밖으로 끌어내었다.

복도로 쫓겨났으나 문에서 떨어지지 않고 고개를 빼 들어 강산이 있는 곳을 봤다.

문틈으로나마 오빠가 무사한지 지켜보고 싶었다.

제5장

그리움

폭력 행위 피의자가 되어버린 강산은 형사들로부터 1차 조사를 받은 후 유치장에 수감되었다.

조사는 두 시간이나 소요되었는데 아무리 상황 설명을 해도 형사는 강산의 말을 믿지 않았다.

깡패들로부터 구타를 당한 여자는 어느새 강산에게 맞은 피해자가 되어 깡패들과 같이 병원에 누워 있었다.

그녀와 깡패들의 증언은 일치했다.

저녁을 먹기 위해 뭘 먹을까 의견을 나누고 있는 그들에게 갑자기 강산이 다가와 주먹을 휘둘렀다는 것이다.

깡패들은 다리가 부러져 전치 12주가 나온 놈이 있었고,

갈비뼈와 턱뼈에 금이 간 놈은 8주, 고환에 문제가 생겨 수술이 필요하다는 소견을 받은 놈이 전치 20주의 판정을 받았다.

너무나 큰 상해였기에 피해자와 합의를 하지 않으면 실형을 살 수밖에 없는 상황이었다.

누군가의 음모란 생각이 들자 이가 저절로 악물어졌다.

음모가 아니라면 이런 함정이 만들어질 리 없다.

조사 과정에서 보인 태도를 봤을 때 형사는 아무런 내용도 모르는 것 같았다.

답답한 마음에 침이 말랐다.

누구의 짓인지만 알 수 있다면 대처 방안이라도 마련하련만 배후를 알 수 있는 방법이 없었다.

더 괴로운 것은 왜 자신을 상대로 이런 짓을 벌였는지 모른다는 것이다.

아무리 곰곰이 생각해 봐도 자신은 세상을 살아오면서 남에게 원한을 산 적이 없었다.

형사의 태도는 한결같았다.

상식에 의거한 증거 수사가 원칙이기 때문에 피해자의 편을 들고 있는 형사의 태도는 충분히 이해가 갔다.

양측의 주장이 다를 경우 피해자들의 주장 쪽에 무게가 실리는 것은 당연한 일이고 이번 일은 여자의 증언이 결정적으로 강산을 불리하게 만들었다.

형사는 피해자들의 증언을 기초로 정황을 분석하고 기정 사실화했기 때문에 그의 수사는 강산의 폭력 원인을 찾아내는 데 초점을 맞추고 있었다.

똑같은 말을 수없이 반복했으나 대답 없는 메아리가 될 수밖에 없었다.

믿지 않는 사람에게 믿어달라고 말하는 것처럼 힘든 일도 없었다.

하지 않은 일을 한 것으로 자백하라는 형사의 취조 방식도 강산을 힘들고 지치게 만들었다.

끝까지 버티자 형사는 불쌍하다는 얼굴로 강산을 향해 혀를 찼다.

아무리 버텨도 처벌을 면할 수 없으니 솔직하게 진술하고 피해자와 합의하는 것이 최선의 방법이라며 강산을 회유하기 시작한 것은 취조가 시작된 지 삼십 분이 지나고 나서부터였다.

조사를 마치고 유치장에 들어서자 먼저 들어온 자들이 여기저기 널브러져 있는 것이 보였다.

몇은 벽에 기댄 채 강산이 들어오는 걸 지켜보고 있었는데 매우 기분 나쁜 눈빛이었다.

그중 가운데 비스듬히 누워 있는 놈은 대놓고 징그러운 미소를 짓고 있었다.

빈자리를 찾아 바닥에 앉은 강산은 천천히 눈을 감았다.

수많은 생각이 떠올랐고 수많은 지난날이 스쳐 지나갔다.

머리가 맹렬하게 팽이처럼 돌기 시작했다.

과거와 현재를 넘나들며 자신에게 이런 짓을 할 수 있는 자들을 하나씩 꺼내어 분석해 보았다.

수많은 인물이 떠올랐고 떠오른 것처럼 하나씩 사라져 갔다.

그런 과정을 거치며 마지막으로 남은 인물은 현수였다.

서울지검 특수부 검사 김현수.

고등학교 동창인 현수가 갑자기 자신에게 전화를 해온 것은 두 달 전이다.

술이나 한잔하자는 그의 제안에 선뜻 수락했지만 전혀 예상치 못한 일이라서 나가면서도 꺼려졌다.

현수와는 고등학교 때도 거의 말을 섞지 않을 만큼 소원한 사이였다.

동창 모임 이후로 한 번도 통화하지 않았고 개인적으로 만난 적 없는 현수에게서 갑자기 만나자는 연락이 오자 찝찝한 생각이 들었다.

그리고 그 예상은 정확하게 맞아들어 듣고 싶지 않은 이야기를 들어야 했다.

현수는 술이 몇 순배 돌자 태희를 십이 년이나 사랑해 왔다면서 강산에게 헤어지라고 요구해 왔다.

현수의 눈은 촉촉하게 젖어 있어 사람의 마음을 아프게 만들 만큼 진심이 담겨 있었다.

문득 고등학교 3학년 때 둘이 사귄 게 떠올랐다.

맞다. 그때 두 사람은 공식 커플로 유명했는데 현수는 그 사랑을 지금까지 끌어온 모양이다.

진심이 담긴 부탁이었으나 강산은 그의 요구를 들어줄 수 없었다.

누군가의 요구로 자신의 사랑을 포기한다면 그것은 아마 사랑이 아닐 것이다.

그랬기에 불쌍했지만 단호하게 그의 부탁을 거절했다. 그러자 그때부터 현수의 행동이 달라졌다.

촉촉하게 젖어 있던 눈은 붉은색으로 변하며 번들거렸고, 말투는 늑대의 울음처럼 거칠게 바뀌었다.

지속되는 협박에 강산이 자리에서 일어나자 현수는 비릿한 웃음과 함께 후회하게 될 것이라는 말을 남기고 사라졌다.

원래 사랑은 그런 것이라 치부하며 깊이 생각하지 않았다.

사랑에 상처받은 영혼은 원래 아픈 법이기 때문에 현수의 행동을 이해할 수 있었다.

하지만 지금은 아니다.

만약 정말 자신을 함정에 빠뜨린 사람이 현수라면 진정한 사랑을 모르는 놈이란 생각이 들었다.

집착에 빠진 놈의 사랑은 다른 사람을 불행으로 이끌 만큼 위험한 것이다.

경찰서에 뒤늦게 도착한 김 여사와 은영, 은수는 은서에게 자초지종을 들을 후 망연자실한 표정을 지었다.

강산이 다섯 사람이나 다치게 만들었다는 이야기를 그녀들은 믿으려 하지 않았다.

세상에서 가장 착하다고 믿고 있는 강산이 폭력을 휘둘렀을 거란 생각은 아예 해보지도 않았기에 그녀들은 이야기를 듣고도 강하게 거부반응을 나타냈다.

하지만 시간이 지날수록 그녀들의 표정은 시시각각 불안하게 변해갔다.

은영의 전화를 받은 석만이 수단을 발휘해서 경찰서를 들락거리며 알아낸 정보가 그것이 사실임을 알려주고 있었기 때문이다.

석만은 마지막 확인을 위해 한 시간 전 피해자들이 입원해 있다는 병원으로 갔기에 그녀들은 그가 돌아오기를 기다리고 있는 중이었다.

형사들은 단편적인 정보만 줬기 때문에 석만이 병원에 다녀오면 더 자세한 경과를 알 수 있을 거란 판단이다.

하염없이 기다린 끝에 석만이 돌아온 것은 열한 시가 훌쩍 넘어서였다.

그는 경찰서에 돌아와 곧장 김 여사가 있는 쪽으로 다가왔는데 얼굴이 굳어 있었다.

그 모습에 김 여사의 목소리가 떨려 나왔다.

"알아봤어?"

"아무래도 강산이가 때린 것이 맞는 것 같습니다."

"아냐! 그럴 리가 없어요!"

석만의 대답에 은수가 소리를 빽 질렀다.

그녀는 울음에 잠겨 소리를 지른 후 끅끅거리며 뒷말을 이었는데 제대로 알아들을 수가 없었다.

그런 은수를 바라보는 석만의 표정이 착잡하게 가라앉았다.

"너무 많이 다쳤기 때문에 무조건 합의부터 봐야 하는데 놈들은 절대 합의를 봐주지 않겠다고 우기고 있어요."

"그럼 어쩌니?"

"일단 변호사부터 선임할게요. 내일 날이 밝는 대로 괜찮은 변호사를 알아보겠습니다."

"그래, 그래. 돈은 어떻게든 내가 마련할 테니 수고 좀 해줘."

"걱정하지 마세요. 제가 알아서 할게요."

"오빠는 언제 볼 수 있대?"

두 사람의 대화를 듣고 있던 은영이 조심스럽게 물었다. 그녀는 석만의 태도가 듬직했는지 가깝게 다가와 있었다.

"내일이면 면회가 될 거야. 그러면 강산이 이야기를 들어봐야지. 나는 지금도 믿을 수가 없어. 회사에 잘 다니던 놈이 그런 짓을 했다는 건 정말 말도 안 되는 일이야."

"면회는 내일 몇 시에 해요?"

"그건 내일 와봐야 해. 내가 전화해 줄게. 그런데 올 수 있겠어? 회사 가야 되잖아?"

"휴가 내면 돼요."

석만의 질문에 은서는 미리 생각하고 있던 듯 즉각 대답해 왔다.

그러자 석만이 피곤해 보이는 김 여사를 향해 말했다.

"여기 있어봤자 밤이 늦어서 우리가 할 일이 없어요. 그러니 이제 그만 들어가세요. 내일 제가 모시러 갈게요."

"강산이는……."

김 여사의 얼굴에 또다시 눈물이 흘러내렸다.

강산이를 생각하자 저절로 흐르는 눈물이다.

이대로 강산이를 두고 가면 안 될 것 같다는 생각에 그녀는 석만의 독촉을 받으면서도 쉽게 걸음을 떼지 못했다.

그러나 그것은 그녀뿐만 아니라 은서를 비롯한 자매들도 마찬가지였다.

자매들은 강산을 두고 경찰서를 떠나야 한다는 생각에 눈물부터 흘리고 있었다.

현수가 취조실에 나타난 것은 그다음 날 오후 무렵이었다.

송치도 안 된 사건에 검사가 나타났다는 것은 그가 함정을 판 범인이라는 것을 증명하는 것이나 다름없는 일이었다.

형사에게 자리를 비켜달라고 부탁한 현수는 모든 시스템을 꺼버리고 강산의 맞은편에 앉았다.

현수의 얼굴은 가면을 씌워놓은 것처럼 아무런 표정도 없었다.

강산의 입이 열린 것은 현수가 말없이 그저 지켜만 봤기 때문이다.

"네가 한 짓이냐?"

"은팔찌가 잘 어울리는군."

"검사를 하면서 못된 짓만 배운 모양이구나."

"못된 짓의 기준이 뭔지 알고나 하는 소리냐? 옳고 그름의 차이는 백지장 하나인 경우가 대부분이지. 너도 이만큼 살았으니 힘 있는 자가 정의라는 것 정도는 알아야 되지 않겠어?"

"개소리."

"굳이 따지자면 못된 짓을 한 건 너다. 너는 사람을 때린 범인이 되어 이곳에 왔으니 말이다. 그리고 조만간 나한테 오게 될 테니 누가 못된 짓을 했는지 확실하게 알려주마."

"네 마음대로 되지는 않을 거다."

"아니, 꼭 그렇게 돼. 왜냐하면 넌 절대 합의를 할 수 없을 테니까."

"철저하게 준비했구나."

"난 한번 손대면 끝장을 본다. 나를 사람들이 미친개라고 부르더군. 한번 물면 명줄이 끊어질 때까지 놓지 않기 때문에 붙은 별명이지."

"너하고 잘 어울리는 것 같구나."

"기대해도 좋아. 내가 확실히 보내줄게."

"병신, 그런다고 태희가 너한테 갈 거라고 생각해?"

"너만 사라지면 모든 게 해결된다."

"태희는 내가 잘못돼도 너한테 가지 않을 거다. 헛물켜지 마라."

"좆 까는 소리 하지 마!"

"검사란 새끼가 그 정도 정보력도 없으니 이 지랄을 떨지. 가소로운 놈이다, 넌."

"마음대로 지껄여도 좋다. 곧 지겹게 볼 테니 그때 심도 있는 대화를 나눠보자. 내가 얼마나 무서운 사람인지 그때 확실하게 알게 해주마."

"꺼져, 이 새끼야. 죽여 버리기 전에."

❖

태희가 강산의 소식을 들은 것은 그가 구속된 지 이틀이 지난 후였다.

석만에게 강산이 경찰서 유치장에 구속되었다는 전화를 받은 그녀는 창밖을 바라보며 하염없이 서 있다가 책상으로 돌아와 앉았다.

그런 후 급한 결재를 하고 나서 회사의 자문 변호사를 불러 올렸다.

사장의 긴급 호출에 자문 변호사가 올라온 것은 불과 십 분도 지나지 않아서였다.

태희가 석만에게 들은 대로 이야기하며 자문을 요청하자 변호사의 얼굴이 어둡게 변했다.

그런 경우라면 합의가 무조건 선행되어야 한다는 것이다.

합의가 안 되면 실형을 살아야 한다는 소리에 태희의 주먹이 꽉 쥐어졌다.

화가 나서 강산의 전화를 받지 않은 것이 벌써 보름이 넘었다.

화풀이의 대상은 강산임과 동시에 그녀 자신이었다.

강산의 배경에 극도의 실망감을 느낀 스스로가 너무나 비참하고 부끄러워 그의 전화를 받을 수 없었다.

수많은 고민을 했고 수많은 후회를 했다.

밤잠을 설치며 자신의 삶과 강산의 삶을 비교했고 앞으로 살아가야 할 미래도 상상했다.

그러나 결론은 언제나 똑같았다.

그녀가 살아온 인생은 보통 사람들과는 근본적으로 다른 삶이었다.

다른 세계, 다른 인생.

보통 사람들이 이해하지 못할 삶이지만 그 속에서 그녀는 행복하고 즐거웠다.

그런 인생을 포기한다는 것은 남은 인생을 절망 속에서 살겠다는 것과 같은 이야기였다.

그랬기에 그녀는 끝끝내 강산의 전화를 받지 않았다.

보름 동안 황요성은 세 번의 꽃다발을 보내왔고 세 번이나 고급 외제차를 보내서 그녀를 환상의 세계로 모셨다.

그의 데이트 코스는 그녀가 살아온 세상보다 한 단계 더 화려한 것이었다.

그와의 데이트가 끝나고 집으로 돌아갈 때면 다음 데이트가 기다려질 만큼 흡족해서 행복한 마음으로 잠자리에 들 수 있었다.

강산과의 데이트에서는 절대 맛볼 수 없던 행복이었다.

변호사를 대동한 태희는 피해자들이 입원해 있다는 병원을 찾았다.

강산에 대한 미안함을 이렇게라도 보답하고 싶었다.

얼마를 요구해도 들어줄 생각이었다.

강산이 싸움귀신이란 건 옛날 그때부터 알고 있었지만 그는 이렇듯 무모하게 주먹을 휘두를 사람이 아니었다.

그런 측면에서 봤을 때 강산은 요새 극성을 부린다는 신종 사기극에 걸린 것이 분명했다.

합의를 해주지 않겠다고 강짜를 부리는 것은 돈을 더 뜯어내기 위한 수법이라고 생각했다.

병실로 들어서자 깁스를 하고 누워 있는 자와 압박붕대로 턱을 감싼 자가 눈에 들어왔다.

놈들은 태희를 보고 눈을 휘둥그레 떴는데 그녀의 아름다움에 놀란 모양이다.

칼자국이 태희의 접근에 몸을 일으키며 인상을 긁었다.

자신도 모르게 튕겨 나온 버릇이 분명했다.

평소와 다른 일이 생기면 먼저 인상부터 긁는 것이 버릇이 될 만큼 거칠게 살아온 놈이다.

"당신 뭐야?"

"합의 보러 왔어요."

"무슨 합의?"

"이강산 씨 아시죠? 얼만지 말해봐요. 최대한 맞춰줄게요."

삐딱하게 고개를 꼰 칼자국의 말투가 위로 올라갔지만 태희는 흔들리지 않고 끝까지 자신의 용건을 말했다.

하지만 칼자국은 입술 한쪽을 끌어 올리며 대뜸 거부반응을 나타냈다.

"그 새끼가 보낸 모양인데 그냥 돌아가."

"금액을 말하세요."

"우린 합의 안 해. 못 들었어?"

"당신들, 짜고 돈 뜯어내는 사람들인 거 다 알아요. 그러니까 그만하고 대충 합의 봐요. 원하는 대로 줄 테니까."

"아가씨 돈 많은 모양이지?"

"당신들도 버텨봤자 좋을 게 없을 거예요. 경찰들이 당신들의 배후를 조사하기 시작했다고 들었어요. 당신들 정체가 드러나면 돈을 못 받는 건 고사하고 구속될 수도 있어요. 그러니 그만하고 합의하세요."

변호사에게 들은 이야기다.

자신의 몸을 자해해서 합의금을 뜯어내는 신종 사기꾼일지 모른다는 변호사의 조언에 태희가 놈을 압박했으나 칼자국은 눈 하나 깜박하지 않았다.

놈은 태희의 말을 듣자 오히려 이전보다 훨씬 여유로운 모습을 보였다.

"우린 선량한 시민이야. 실컷 조사하라고 그래."

"정말 이럴 거예요?"

"그만 떠들고 꺼져. 더 할 말 없으니까."

"도대체 원하는 게 뭐죠?"

"한 사람당 백억씩 내. 깔끔하게 오백억이면 합의 봐줄게. 어때, 할 수 있겠어?"

"말도 안 되는 소리 하지 마세요."

"그러니까 그냥 꺼지라고. 그 새끼는 내가 반드시 콩밥을 먹이고 말 테니 두고 봐. 아가씨가 그 새끼 애인인 모양인데 그만 손 떼는 게 좋을 거야. 전과자 애인 키워봤자 좋을 거 하나도 없잖아?"

태희는 놈의 비웃음을 뒤로하고 병실을 나올 수밖에 없었다. 무슨 이유인지 놈들은 절대 합의해 줄 생각이 없는 것 같았다.

석만의 말을 듣고 돈이 부족해서 합의를 해주지 않는 것이라 짐작했는데 막상 부딪쳐 보자 돈 때문이 아닌 것 같았다.

너무나 답답해서 현수의 사무실로 찾아갔는데 그는 외출하려던 모양인지 막 문을 열고 나오는 중이었다.

"태희 아냐? 무슨 일로 여기까지 왔어?"

"너한테 부탁할 게 있어서."

"전화도 잘 안 되던 네가 황송하게 여기까지 찾아오다니 참 별일이다. 어쨌든 일단 들어와라."

"어디 가려던 거 아니었어?"

"조금 시간 있다. 괜찮아."

현수는 먼저 자신의 방으로 들어서며 태희를 안내했다.

검사의 집무실은 다섯 평 정도에 지나지 않을 만큼 소박했기에 태희의 얼굴에 슬쩍 당황함이 떠올랐다.

현수는 태희를 자리에 앉히고 맞은편에 앉은 후 여유 있게 입을 열었다.

"자, 그럼 공주님께서 왜 오셨는지 알아볼까?"

"미안하지만 바쁜 거 같으니까 바로 용건부터 말할게."

"그래, 네 얼굴을 보니까 급해 보인다."

"강산이가……"

태희는 석만에게 들은 내용과 병원에 들러 깡패들과 있던 일도 가감 없이 이야기한 후 자신의 의견도 덧붙였다.

빠르게 이야기하는 그녀의 목소리는 가볍게 떨리고 있었다.

"아무래도 놈들이 의도적으로 강산이를 함정에 빠뜨린 것 같아."

"왜 그렇게 생각해?"

"내가 잘 알아. 강산이는 주먹을 함부로 휘두를 사람이 아냐."

"언제부터 그렇게 강산이를 잘 알았지?"

"무슨……?"

"아냐. 그냥 해본 소리야. 그러니까 네 말은 나보고 그놈들을 조사해서 해결해 달라는 얘기지?"

"응, 그렇게 해줄 수 있겠니?"

"어려운 일도 아닌데, 뭐. 알았어. 내가 해결해 볼게."

"고마워. 정말 고마워."

"뭘, 친구 사이에. 너무 걱정하지 말고 돌아가 있어. 내가 해결되면 전화해 줄게."

지금까지 십이 년을 같이 보내오면서 태희가 이렇게 간절하게 부탁한 것도 처음이고 이렇게 기뻐하며 안도하는 모습도 처음이다.

그 모습에 현수의 주먹이 부르르 떨렸다.

몇 번이고 고마움을 표시한 태희가 사무실을 빠져나가는 모습을 보며 현수의 얼굴에는 잔인한 미소가 피어났다.

"네 모습을 본 이상 내 행동을 절대 후회하지 않을 것이다. 철저하게 망가뜨려 다시는 네 옆으로 돌아오지 못하게 만들어주마."

❖

삼 일이 지나도록 끊임없는 기다림과 똑같은 조사의 반복이었다.

구석에 앉아 철창 너머로 보이는 하늘을 바라보자 자신을 보내며 울던 은서의 얼굴이 떠올랐다.

그녀는 마치 자신을 사지에 보내는 것처럼 서럽게 울고 있었다.

보고 싶은 얼굴들이 하나씩 떠올랐다.

김 여사의 부드러운 얼굴이 떠올랐고, 은영과 은수의 사랑스러운 모습도 보고 싶다.

부모님과 석만이, 그리고 지금은 잠시 떨어져 있는 오래된 친구들도 보고 싶었다.

그리고 태희.

고등학교 시절부터 그의 머리에 각인되었고, 어른이 되어 가슴에 들어온 사람이다.

보고 싶은 사람들을 보지 못한다는 것이 이토록 커다란 고통일 줄은 정말 상상조차 해보지 않았다.

이별이란 길든 짧든 정말 아픈 모양이었다.

다른 자들은 매일같이 면회를 하고 들어왔는데 강산에게만은 면회 신청이 없었다.

은서가 따라왔으니 여기에 있다는 걸 알 텐데 면회가 되지 않자 답답함이 몰려왔다.

분명 또 다른 이유가 있는 게 분명했다.

눈을 감고 고개를 숙였다.

이대로 있다가는 절로 눈물이 나올 것처럼 사랑하는 사람들이 보고 싶었다.

낮고 듣기 싫은 소음이 들려온 것은 고개를 숙인 채 간신히 감정을 추스르고 있을 때였다.

"야, 이리 와봐."

슬쩍 고개를 들고 소음이 난 곳을 바라보자 들어올 때부터 신경에 거슬린 놈이 자신을 바라보고 있었다.

놈은 자신보다 며칠 전에 들어온 모양인데 몸뚱어리에 새긴 문신을 내보이며 사람들을 협박하던 자다.

다른 자들은 놈의 행동에 관여하지 않으려는 듯 고개를 돌리고 모른 체하고 있었다.

"뭘 봐, 새끼야! 이리 오라니까!"

놈이 성질을 내도 강산은 눈길만 던진 채 그냥 앉아 있었다.

여기서 일어나면 놈을 죽일 것만 같았다.

하지만 놈은 겨우 인내하고 있는 것을 눈치채지 못하고 끝내 다가와 강산의 옷깃을 틀어쥐었다.

"씨발놈아, 부르면 대답해야 될 거 아냐?"

"……."

"얻어터지기 전에 안마 좀 해. 형님이 피곤한지 삭신이 쑤신다."

아무 말 없이 바라만 보고 있자 놈이 옷깃을 놓고 대신 머리칼을 끌어당겨 강산을 자신의 자리로 데려가려 했다. 놈은 강산이 겁을 집어먹은 것으로 착각한 모양이었다.

머리칼을 끌어당기는 놈의 오른팔을 팔꿈치로 찍어 내리자 놈의 얼굴이 아래쪽으로 휙 끌려왔다.

끌려 내려오는 놈의 얼굴을 왼팔로 잡아채면서 그대로 방바닥에 처박았다.

놈이 정신을 차리지 못하고 고개를 흔들자 다가간 강산의 오른손이 놈의 목줄기를 조였다.

그리고 놈의 귓가에 대고 속삭이는 강산의 목소리는 유부에서 흘러나오는 것처럼 스산했다.

"한 번만 더 건드리면 죽는다. 내 말 알아들었으면 고개를 끄덕여라."

목이 조여 말을 못 하고 놈이 고개만 빠르게 끄덕거렸다.

놈은 강산의 기세에 눌려 눈도 마주치지 못하고 있었다.

"내가 나갈 때까지 넌 아가리 닥치고 있어라. 주둥이 놀리는 게 내 눈에 띄는 즉시 이빨을 모두 뽑을 테니 내 말 명심

하도록."

❖

석만과 은서는 일주일 내내 발을 동동 구르며 힘든 나날을 보내고 있었다.

관례대로라면 즉시 면회가 되어야 정상인데 형사들은 무슨 이유에선지 차일피일 미루며 면회 신청을 받아주지 않았다.

항의도 하고 사정도 해봤으나 그들은 요지부동이었다. 더 괴로운 것은 변호사를 구할 수 없다는 것이었다. 변호사를 통한다면 금방이라도 면회가 가능할 것 같은데 일주일이 다 되도록 변호사를 구하지 못해 애를 태우는 중이다.

웬만한 변호사들은 사건 내용을 들은 후 고개를 내저었고, 그나마 맡아보겠다고 나선 변호사들도 반나절이 지나지 않아 사건을 포기하겠다고 전화해 왔다.

미치고 펄쩍 뛸 노릇이었다.

그나마 다행스러운 것은 후배의 소개로 인권 변호사를 만날 수 있었다는 것이다.

그는 폭력과 전혀 무관한 환경 전문 변호사였는데 그쪽 세계에서는 타협을 모르는 꼴통으로 유명해서 주로 환경 피해자들의 변호를 담당하는 사람이었다.

처음에는 난색을 표하던 그가 경찰서로 오게 된 것은 은서의 눈물이 결정적인 역할을 했다.

면회만 할 수 있게 해달라고 사정하는 은서와 석만의 간절한 부탁에 그는 결심하고 경찰서로 향했다.

폭력 사건 전문이 아닌 환경 변호사였기 때문에 기대 반 의심 반 하던 은서와 석만은 그의 파괴력에 놀라움을 금치 못했다.

그들이 그토록 항의하고 사정해도 꿈쩍도 하지 않던 형사들이 법 조항을 들먹이며 협박하는 그의 노련한 수법에 견디지 못하고 결국 면회 신청을 받아준 것이다.

면회실로 들어가 기다리던 은서는 눈물을 흘리고 있다가 강산이 모습을 보이자 대성통곡을 했다.

그동안의 그리움과 미안함, 그리고 걱정과 불안 등이 섞인 그녀의 오열은 한동안 계속됐기 때문에 석만은 그녀를 달래느라 쉽사리 입을 열지 못했다.

그런 그녀를 강산은 그저 말없이 지켜보기만 했다.

석만이 입을 연 것은 은서의 울음이 잦아졌을 때다.

"인마, 도대체 이게 어떻게 된 거야?"

"별일 아니다."

"정신 차려. 이게 왜 별일 아냐? 그 새끼들, 합의도 안 해준단다. 잘못하면 넌 구속될 수도 있다고."

"그렇게는 안 돼."

"네가 여기 있어서 잘 모르는 모양인데, 생각보다 훨씬 심각해. 그러기에 그런 일에 왜 참견했어?"

"들었냐?"

"들어올 때 형사가 다 말해주더라."

"난 잘못한 게 없으니까 아무런 일도 없을 거다."

강산의 태연한 대답에 석만이 한숨을 내쉬었다.

자세한 내용을 들은 석만은 혼란스러워 머리가 어지러웠다.

강산의 주장과 피해자들의 주장이 완전히 엇갈리는데 누가 봐도 강산의 주장은 말이 되지 않았다.

깡패들이 때렸다는 여자가 오히려 강산에게 맞았다고 진술하고 있으니 누가 강산의 말을 믿겠는가.

이대로라면 정말 힘겨운 싸움을 해야 할 것 같았다.

놈들이 계속해서 합의를 해주지 않으면 구속은 피하기 어렵다는 게 지금까지 만난 변호사들의 공통적인 의견이다.

그런데도 강산이 별일 아니라며 태연하게 있자 의문을 넘어 불쌍하다는 생각마저 들었다.

강산은 아직까지 자신의 처지를 전혀 모르는 모양새였다.

은서가 나선 것은 석만이 잠시 생각에 잠겨 있을 때였다.

그녀는 석만과는 다르게 강산의 몸부터 살폈다.

"오빠, 몸은 괜찮아?"

"응, 회사는 어쩌고 여길 왔어?"

"휴가 냈어."

"별일도 아닌데 휴가까지 내고 그래. 회사 자꾸 땡땡이치면 윗사람들한테 미움받아."

"흑흑, 오빠."

강산이 그윽한 눈으로 바라보며 오히려 자신을 걱정하자 참고 있던 은서의 눈물이 다시 흘렀다.

그러나 이번엔 울면서도 말을 계속 이어나갔다.

"오빠, 걱정하지 마. 내가 어떻게든 꼭 꺼내줄게. 무슨 수를 쓰더라도 꼭 그럴 테니 걱정하지 마. 알았지?"

"그래, 고맙다."

"엄마가 오빠 무척 보고 싶어 해. 애들도 그렇고. 경찰서에 수도 없이 왔는데 면회가 안 돼서 결국 오빠 얼굴 보지 못하고 돌아갔어."

"그랬구나."

"오빠, 힘들어도 참아. 내가… 내가 오빠 나올 때까지 옆에 꼭 있을게."

"고맙다. 그런데 은서야, 석만이와 잠깐 할 이야기가 있는데 자리 좀 비켜줄래?"

"응, 알았어."

울면서도 이상한 낌새를 눈치챈 은서가 자리에서 일어나 먼저 면회실을 나갔다.

폭력에 관한 일이고 법과 경찰 등이 엮여 있으니 여자인 그녀가 들으면 안 될 일이 있을지도 모른다는 생각에 은서는 내키지 않았지만 결국 자리에서 일어났다.

그녀는 나가면서도 강산의 얼굴을 새겨놓으려는 듯 끝없이 뒤돌아보았다.

은서가 나가자 석만의 얼굴은 더욱 굳어졌다.

나름 돈에 구애받지 않고 세상 무서운 줄 모르고 살아왔는데 막상 난관에 부딪치자 자신의 힘이 얼마나 미약한지 절실하게 깨닫게 되었다.

가장 친한 친구가 구속될 위기에 처했는데도 아무런 도움을 주지 못하는 자신이 너무나 초라해서 그는 쉽게 입을 열지 못하고 강산만 쳐다봤다.

정말 암담한 상황이었기에 무슨 말을 해야 할지 아무런 생각도 나지 않았다.

강산의 입이 열린 것은 석만이 남은 면회 시간이 얼마나 되는지 확인하려는 듯 벽시계를 바라볼 때였다.

면회 시간은 이제 채 삼 분도 남아 있지 않았다.

"석만아, 적을 거 있냐?"

"응? 응."

강산의 질문에 처음엔 무슨 뜻인지 의아해하던 석만이 급하게 안주머니에서 볼펜을 꺼내 들었다.

그러자 강산이 빙긋 웃었다.

"적어라. 010-8432-****."

"이건 무슨 번호냐?"

"나가는 대로 그 번호로 전화해. 전화받는 분께 내가 여기 있다고 알려줘라."

❖

박태춘은 의정부교도소에 갇혀 있는 보스를 면회하고 돌아오자마자 곧장 조직 간부들을 소집시켰다.

약속대로 간부들의 수배가 풀렸기 때문에 조직을 재정비하고 그동안 소홀히 한 구역 관리를 강화할 필요성이 있기 때문이었다.

오늘 모인 곳은 재건파의 심장부인 서초동에서도 노른자위로 손꼽히는 17번가의 묘화단란주점이었다.

생각 같아서는 룸살롱에 모여 거나하게 한잔하고 싶었으나 서른이나 되는 간부들과 조직원이 한자리에 모이기엔 단란주점이 훨씬 편했다.

한 시간에 걸친 회의가 끝나고 양주와 맥주가 박스째 들어왔다.

그동안 검찰 눈치를 보느라 숨조차 쉬지 못했는데 이제 모든 것이 해결됐으니 오늘은 조직원들이 마음껏 마실 수 있도록 배려해 줄 생각이다.

콰앙!

불청객들이 닫혀 있는 단란주점의 문을 박살 내며 난입한 것은 건배를 위해 양쪽에 늘어선 조직원들이 술잔을 높이 쳐

들었을 때다.

검은 양복으로 통일한 불청객의 숫자는 불과 여섯.

그중 한 사람은 같은 검은 양복을 입었으나 다른 자들과는
달리 넥타이를 맸는데 그는 단란주점에 들어와 의자를 하나
빼 들더니 뒤쪽에 편하게 자리를 잡고 앉았다.

그는 삼십 후반으로 보였는데 눈빛이 마치 불타는 것처럼
강렬한 사내였다.

사내가 의자에 앉아 다리를 꼰 후 팔짱을 끼자 나머지 검
은 양복을 입은 사내들이 그에게 고개를 숙여 인사한 후 천
천히 앞으로 걸어 나갔다.

다섯의 사내가 전면으로 천천히 다가서자 서른에 달하는
재건파 조직원들이 탁자를 치우며 전열을 정비했다.

그동안 조직이 와해 직전까지 몰리면서 사방이 모두 군침
을 흘리는 자들로 가득했기 때문에 재건파 조직원들의 대응
은 즉각적이고 신속했다.

동생들이 진형을 구축하자 뒤쪽에 있던 박태춘이 앞으로
나섰다.

그는 불과 여섯으로 난입한 자들을 보며 한심하다는 표정
을 짓고 있었다.

이곳에 있는 자들은 강남 동부를 움켜쥐고 있던 재건파의
정예들이다.

무슨 일로 왔는지 모르나 날을 잘못 잡은 게 분명했다.

"너희들, 뭐냐?"

"용무가 있어 왔다."

"너희뿐이냐?"

"그렇다."

"웃긴 새끼들일세. 죽고 싶은 모양이군. 그래, 용무가 뭔지나 들어보자."

"우리 용무는 간단하고도 중요하다. 그러니 일단 꿇려놓고 말해주마."

중앙에 서서 질문에 대답한 콧수염 사내가 앞으로 무섭게 질주해 날아오르며 박태춘의 명치를 돌려 찼다.

쐐액!

마치 칼을 휘두른 것처럼 소름 끼치는 소리가 그의 발차기에서 터져 나오며 뒤이어 박태춘의 몸에서 가죽 북 터지는 소리가 났다.

미처 방어할 엄두조차 내지 못할 정도로 강하고 빠른 공격이었다.

박태춘은 강남에서는 알아주는 주먹이다.

난다 긴다 하는 놈들과의 맞짱 승부에서 져 본 적이 없을 만큼 강한 주먹을 가진 사내였다.

그런 그가 한 방에 무너져 내렸다.

일격에 뒤쪽으로 이 미터 정도 튕겨 나간 박태춘이 모래성처럼 허무하게 쓰러지자 그게 신호가 된 듯 검은 양복의 사내들이 동시에 재건파 조직원들을 향해 공격하기 시작했다.

나름대로 진형을 갖추고 있던 재건파 조직원들이 반격을 시도했으나 애초부터 상대가 되지 않는 싸움이었다.

검은 양복을 입은 사내들의 온몸은 무서운 흉기를 연상시킬 만큼 강력한 파괴력을 지녀 한번 가격당한 자들은 쓰러진 후 다시는 일어나지 못했다.

간혹가다 고통을 참고 간신히 일어서는 자들도 있었으나 싸움을 지속하기 어려울 정도의 충격을 받아 균형조차 제대로 잡지 못하고 비틀거릴 뿐이었다.

정말 상상하지 못할 정도로 강한 자들이었다.

불과 오 분.

서른에 달하는 재건파 조직원이 모두 쓰러지는 데 걸린 시간은 불과 오 분이었다.

더 이상 서 있는 자가 없자 콧수염 사내가 아직도 배를 움켜쥐고 고통에 빠져 있는 박태춘에게 다가갔다.

그는 끙끙 앓고 있는 박태춘의 옷깃을 틀어쥐고 반쯤 일으킨 후 수도로 그의 왼쪽 옆구리를 깊숙이 찔렀다.

그러자 숨조차 제대로 쉬지 못하고 시뻘겋게 붉어진 얼굴로 고통에 겨워하던 박태춘이 커다란 한숨을 몰아쉰 후 격렬하게 기침을 쏟아냈다.

그를 넥타이 사내 앞으로 끌어다 무릎을 꿇린 것은 옆에서 지켜보던 두 명의 검은 양복을 입은 사내들이었다.

박태춘이 두려운 얼굴로 사내를 바라보자 다리를 꼬고 앉아 있던 호안의 사내가 천천히 자리에서 일어났다.

"네가 박태춘이냐?"

"…그렇소. 당신은 누구요?"

"검은… 호랑이 흑호."

"헉!"

호안의 사내가 자신의 정체를 밝히자 박태춘이 딸꾹질을 했다.

얼마나 놀랐는지 그의 얼굴은 노랗게 변했는데 마치 저승사자를 만난 표정이었다.

흑호 한유천.

대한민국의 밤을 완벽하게 장악하고 있는 대한회의 전투부대를 맡고 있는 전설적인 사나이다.

전국구 주먹을 상대로 단 한 번도 진 적이 없는 전설의 파이터.

그에 관한 전설은 밤 세계에서는 신화가 된 지 오래였다.

박태춘은 딸꾹질을 멈추지 못하고 그를 호위하듯 서 있는 자들과 바닥에 쓰러져 신음을 내뱉고 있는 동생들을 번갈아 바라봤다.

정말 눈깔이 삐었거나 죽고 싶어 환장한 것이 분명했다.

대한회 최고의 특수부대 오룡을 몰라보고 덤볐으니 팔다리 중 하나가 작살나도 억울해할 일이 아니었다.

눈치를 보면서 제대로 시선조차 부딪치지 못하는 박태춘을 향해 한유천의 목소리가 조용하게 흘러나왔다.

그의 목소리는 낮았으나 정확하게 박태춘의 귓가에 날아가 박혔다.

"너희 조직원 몇이 병원에 누워 있다. 알고 있겠지?"

"예, 그렇습니다."

"누구 작품이냐?"

"제가 시켰습니다."

"그럴 거라 생각했다."

한유천의 발이 들리며 박태춘의 왼팔 어깨를 그대로 밀어 찼다.

빠르지도 않았고 그렇다고 강하게 찬 것도 아닌 것 같았는데 그 일격에 박태천의 왼팔이 탈골되며 덜렁거렸다.

"끄으윽… 큭!"

박태춘의 입에서 간절하면서도 억눌린 비명이 새어 나왔다. 그는 고통 속에서도 한유천을 바라보며 애원의 눈빛을 보냈다.

어둠의 그늘에서 살아온 그의 본능은 팔이 문제가 아니란 걸 알려주고 있었다.

한유천은 입술을 끌어 올린 채 고통에 사로잡혀 있는 박태춘을 향해 천천히 다가갔다.

마치 호랑이가 토끼를 향해 다가가는 것처럼 위압적인 행동이었다.

"네가 사는 방법이 두 가지가 있다. 하나는 두 눈과 팔 한 짝을 내놓는 것이고, 다른 하나는……."

현수는 사무실에 앉아 서라벌 문화재단 탈세에 관한 사건을 마무리하고 있었다.

어차피 특수부장이 관여되어 있으니 이사장인 황명주에게 추징금이나 때리고 유야무야 끝나게 될 사건이다.

그렇다면 길게 끌고 갈 이유가 없었다.

결정을 내린 이상 최대한 신속하고 깔끔하게 마무리해야만 생색도 나고 뒤탈도 없었다.

한호에서 식사했던 그날, 그의 예상처럼 집에 도착해서 보니 차 트렁크에 007가방이 들어 있었다.

가방에 들어 있는 오만 원짜리 신권 다발은 여섯 개였다.

다시 말해 삼천만 원이란 뜻이다.

특수부장에게는 얼마나 줬는지 모르겠지만 추징금이 십억이 훌쩍 넘었으니 대충 계산해도 앉아서 보통 사람이 평생 벌어야 할 돈을 황명주는 푼돈만 좀 들여 아끼게 되었다.

정말 산다는 건 코미디처럼 재밌는 일투성이다.

놈의 상판을 생각하면 가차 없이 구속하고 추징금도 제대로 계산해서 때리고 싶었지만 여건이 그리 간단하지가 않았다.

특수부장이란 줄을 잡을 수만 있다면 더한 것이라도 해줘야 할 판이니 더러워도 참아야 했다.

특수부장의 약점을 가지고 있다는 것은 그의 출세 가도에 엄청난 플러스 요인이 될 뿐만 아니라 같은 동료의식까지 갖게 만들기 때문에 유리한 점이 한두 가지가 아니었다.

더군다나 꽤 거금까지 생겼으니 밑지는 장사는 결코 아니었다.

현수는 서류를 모두 정리해서 책상에 앉아 일을 하고 있는 홍 형사에게 던졌다.

홍 형사는 서초경찰서 강력계에 있다가 검찰청으로 파견 나온 지 오 년이나 되는 베테랑이다.

"이건 오늘부로 종료합니다."

"벌써요?"

"끝낼 때는 확실하고 신속하게. 그게 우리 신조 아닙니까?"

"그건 그렇죠."

"뒤탈 없이 마무리 잘하세요."

"알겠습니다."

현수가 빙긋 웃으며 돌아서자 홍 형사가 서류철을 집어 들었다.

검사가 개략적 정리를 하고 나면 파견 형사는 세부적인 서류를 보완해서 마무리하게 된다.

나중에 문제가 되지 않으려면 홍 형사의 확실한 끝내기가
필요하단 뜻이다.

홍 형사는 서류를 펼치며 요즘 유행하는 노래를 흥얼거렸다.

이런 건은 마무리가 되는 대로 두툼한 봉투가 그에게 쥐어
진다는 걸 너무나 잘 알고 있었기 때문이다.

문화재단 건을 홍 형사에게 이관시키고 자리로 돌아온 현
수는 책상 위에 놓인 폭력치상죄 서류철을 펼쳤다.

놈에 대한 사건은 자신이 맡겠다고 강하게 주장했기 때문
에 다른 검사들은 손을 뗀 지 오래였다.

펼쳐진 파일에는 강산에 관한 서류가 차곡차곡 철해져 있
었는데 그가 예상한 것처럼 정해진 기간 동안 합의를 하지
못했기 때문에 검찰로 사건이 넘어왔다.

최대로 때린다면 오 년까지 실형이 가능한 사건이다.

다른 건 몰라도 약자 중의 약자인 여자를 때린 것은 중범
죄에 해당되기 때문에 가중처벌 대상이다.

이왕 시작한 것, 끝장을 볼 생각이다.

불쌍한 놈.

경찰서에 찾아갔을 때 강산은 자신을 비참하게 만들던 예
전 그때처럼 무시하는 눈빛으로 쳐다보며 고개를 빳빳이 쳐
들었다.

얼마나 버틸 수 있는지 갈 데까지 가보고 싶었다.

피눈물을 흘리며 잘못했다고 비는 모습을 볼 수만 있다면

무슨 짓이라도 할 각오가 되어 있다.

사랑하는 여자를 빼앗아 간 주제에 조금의 미안한 마음조차 가지지 않았으니 처절하게 당해야 정신을 차릴 놈이다.

서류를 넘기며 하나하나 챙겼다.

이 정도의 증거와 정황이라면 놈은 어떤 백을 동원해도 빠져나가지 못할 것이다.

더군다나 놈은 자신의 방해로 인해 제대로 된 변호사도 구하지 못하고 있다.

워낙 꼴통 환경 변호사가 나섰기 때문에 면회는 시켜줬으나 놈이 할 수 있는 일은 아무것도 없었다.

재판은 당연히 이긴다.

이제 남은 것은 판사가 그의 구형을 얼마나 받아들이느냐만 남았을 뿐이다.

책상 너머에 있는 벽시계가 다섯 시 삼십 분을 가리키고 있다.

요즘에는 사건을 맡은 게 없어서 여섯 시만 되면 퇴근해서 야간 승마를 즐겼다.

불로소득으로 생긴 현금은 흥청망청 써버려도 아깝지 않기 때문에 그는 비싸다고 알려진 승마를 비롯해서 골프를 즐겼고 지갑과 구두 등도 명품이 아니면 거들떠보지 않았다.

돈이 풍족하면 할수록 그의 사치와 낭비는 점점 규모가 커지고 있었다.

오늘따라 시간이 가지 않았다.

뭔가를 기다리는 사람에게 시간은 더없이 느리게 가는 법이다.

내일이면 강산을 심문할 수 있게 되는데 생각하면 할수록 즐거웠다.

놈의 구차해진 얼굴과 불쌍한 표정을 생각하면 자신도 모르게 웃음이 떠올랐다.

의자를 뒤로 젖히고 최대한 편하게 기지개를 켰다.

이완되었던 근육이 팽팽히 당겨지자 입이 열리며 하품이 나왔다.

이런 행복을 느낄 수 있으니 검사는 그에게 천직이었다.

세 명의 사내가 문을 열고 들어온 것은 현수가 기지개를 켠 후 자세를 바로 할 때였다.

사내들의 상의에는 명찰이 패용되어 있었는데 검찰 마크가 선명하게 새겨져 있었다.

"김현수 검사 맞습니까?"

"당신들은 누구요?"

"대검찰청 감찰실에서 나왔습니다. 당신을 뇌물 수수 및 폭력 교사 혐의로 체포합니다."

은서는 책상에 앉아 멍하니 컴퓨터 화면을 바라보고 있었다.

회사를 그만둘 수는 없어 출근은 했지만 일은 손에 잡히지 않았다.

괴로웠다.

아무리 뛰어다녀도 변호사는 구할 수 없었고, 피해자들은 합의를 해주지 않았기 때문에 강산의 구속은 피할 수 없는 사실이 되어가는 중이다.

포기와 절망이란 단어가 이렇게 아플 줄 몰랐다.

그녀는 어제저녁 엄마를 붙잡고 정말 많은 눈물을 흘리고 말았다.

도와주고 싶지만 도와줄 수 있는 힘이 없다는 건 미치도록 괴로운 일이었다.

강산을 생각하자 또다시 눈물이 주르륵 흘러나왔다.

그 차가운 바닥에서 외로움과 싸우고 있을 강산을 생각하자 가슴이 미어지도록 아파왔다.

바보처럼 착하기만 한 사람이 이게 무슨 일이란 말인가.

살아오면서 강산은 아빠와 같은 푸근한 향기를 그녀에게 선물해 준 유일한 남자이다.

막상 사랑이란 감정이 가슴속에 자리 잡았을 때는 너무나 놀라고 당황스러워 어쩔 줄을 몰랐다.

강산은 착한 오빠였지만 능력이 전혀 없는 백수였기에 스스로 그래서는 안 된다며 채찍질했다.

고졸에 능력 없는 백수를 사랑한다면 평생을 힘들게 살아온 엄마처럼 고통스러운 삶을 살게 될 것이라는 걸 너무나 잘 알고 있다.

그래서 안간힘을 쓰며 사랑을 숨기기 위해 애를 썼다.

시간이 지나면 괜찮아질 거라며 이를 악물고 참았다.

하지만 시간이 지날수록 가슴에 자리 잡은 사랑이란 놈은 불치병으로 변해 그녀를 괴롭히기 시작했다.

입술을 깨물며 대항했으나 결국 그녀는 저항을 포기할 수밖에 없었다.

강산을 사랑하지 않으면 죽을 것만 같았다.

남이섬에서 돌아오는 길에 강산의 손을 잡은 것은 그녀의 마음을 처음으로 내보인 것이었다.

하지만 오빠는 그녀의 손을 마주 잡아주지 않았다.

어렵게 용기를 낸 자신의 손을 밀어낸 강산이 미웠고, 자존심 때문에 시간을 허비한 것이 그녀에겐 돌이킬 수 없는 후회를 만들고 말았다.

그런데 누가 생각이나 했을까.

강산은 어느 날 문득 일류 기업인 대원그룹에 입사하더니 정말 눈부시게 아름다운 여자와 사귀기 시작했다.

정말 믿을 수 없는 일이고 순식간에 발생한 일이었다.

오빠는 그녀를 사랑하는 것이 분명했다.

주말에 데이트하러 나가는 그를 보면서 가슴이 무너져 내리는 걸 참고 또 참았다.

백수라는 사실 때문에 자신의 감정을 숨기고 속인 것이 이러한 결과를 만들어냈으니 그저 한없는 후회 속에서 숨죽여 눈물만 흘릴 뿐이었다.

강산의 인생은 어둠을 뚫고 찬란한 태양 아래서 활짝 피는 것처럼 보였다.

고생 끝에 찾아온 행복이다.

사랑을 할 수는 없었지만 그런 모습을 보게 되었으니 다행이라며 스스로를 위로했다.

백수에서 벗어나 일류 기업에 입사해 전도양양한 직장인으로 변한 오빠가 잘되기를 진심으로 빌었다.

비록 자신의 사랑은 이대로 끝날지라도 강산만큼은 아름다운 사랑과 함께 행복해지길 원했다.

그런데 이런 사달이 나고 말았다.

감정을 잘 수습했다고 믿었는데 막상 큰일이 터지고 나자 숨겨놓은 감정이 봇물 터지듯 밀려 나왔다.

숨기기에는 너무나 컸고 속이기에는 너무나 강했다.

어떻게든 막아보려 했으나 어려움에 빠진 강산을 보자 자신의 모든 것을 버리는 한이 있더라도 지켜주고 싶었다.

하지만 은서가 할 수 있는 일은 아무것도 없었기에 그저 눈물로 하루하루를 보낼 수밖에 없었다.

강산의 여자친구는 열흘이 다 되도록 한 번도 나타나지

않았다.

언뜻 회사에서 높은 직책에 있다고 들었다.

사고가 난 다음 날 바로 회사에 연락을 취해놨으니 모를 리가 없건만 무슨 일 때문인지 그녀는 모습을 보이지 않았다.

한편으로는 의아했지만 한편으로는 다행스러웠다.

그녀가 나타나면 자리를 비켜줘야 할지도 모른다는 불안감에 젖어 있었기 때문이다.

은서는 그녀만 생각하면 한없이 작아지는 자신을 발견하곤 했다.

그녀는 자신과는 비교할 수 없을 만큼 많을 것을 가진 사람이었다.

팀장은 다음 프로젝트로 인해 부서가 정신없이 움직이기 시작했음에도 은서에게 어떤 업무 지시도 내리지 않았다.

슬픔에 젖어 있는 그녀를 배려해 준 것이 분명했다.

새삼 강산의 목소리가 떠올랐다.

회사를 자꾸 비우면 상사에게 미움받게 된다며 걱정하는 그의 음성이 꿈결처럼 들려왔다.

전화벨이 울린 것은 정신을 차리고자 고개를 흔들 때였다.

책상 위에 놓아둔 핸드폰이 부르르 떨리고 있었다.

급히 전화기를 들자 익숙한 석만의 목소리가 들려왔다.

그의 목소리는 급하고 흥분된 상태였다.

―은서 씨, 강산이 혐의가 풀렸어! 오후에 출소한대!

"정말이에요?"

─응, 난 지금 그쪽으로 가고 있으니까 은서 씨도 경찰서로 빨리 와.

"알았어요."

뾰족한 음성에 직원들이 모두 그녀를 바라봤으나 은서는 자리에서 튕기듯 일어나 정신없이 문을 박차고 사무실을 빠져나갔다.

열흘을 경찰서 유치장에서 보낸 강산은 내리쬐는 햇빛을 두 손으로 막았다.

여전히 햇살은 찬란하게 세상을 비추고 있었다.

형사들은 셀 수 없이 미안하다고 그에게 말했으나 그는 그저 조용히 고개만 숙이고 경찰서를 빠져나왔다.

문을 나서자 가족들의 모습이 보인다.

김 여사를 비롯해 세 자매와 석만이는 문을 통해 나오는 강산을 확인하곤 한꺼번에 몰려들었다.

"오빠!"

막내인 은수가 그동안의 슬픔을 한꺼번에 터뜨리기라도 하듯 강산의 품으로 뛰어들었다.

그녀는 강산의 품에 안겨 펑펑 울었는데 그 눈물에는 서러움이 가득 담겨 있었다.

다른 사람들처럼 그녀 역시 강산을 도와주지 못했다는 미안함이 가슴에 대못처럼 박힌 모양이었다.

은수가 빠져나가자 이번에는 김 여사와 은영이 다가왔다.

눈물을 글썽이며 김 여사는 제대로 말을 하지 못하고 그저 끅끅대고만 있었다.

"엄마, 나 괜찮아요. 울지 마세요."

"얼마나 고생했니. 미안해, 강산아. 힘이 되어주지 못해서."

"아니에요. 마음고생시켜 드려서 죄송해요."

강산이 어깨를 잡고 편한 목소리로 말하자 김 여사는 그때서야 손을 들어 눈물을 닦아냈다.

은서가 나선 것은 강산이 김 여사에게서 눈을 돌려 그녀를 바라봤을 때다.

"이거 먹어."

그녀의 손에는 두부가 들려 있었다.

어디서 들었는지 두부를 먹어야 다시는 경찰서에 오지 않는다는 소릴 들은 모양이다.

강산은 그녀가 내민 두부를 받아 들었다.

그러고는 한입 크게 베어 먹은 후 봉투에 다시 넣었다.

강산에게서 봉투를 받아 든 은서의 주먹이 강산의 가슴을 때렸다.

"도대체 오빠는… 왜 이렇게 사람 속을 썩여!"

그녀의 설움은 두부를 먹는 강산을 바라보자 한꺼번에 터져 나왔는데 그 모습이 너무나 처연했다.

강산이 은서의 손을 붙잡고 가슴에 안은 것은 한동안 계속되던 그녀의 주먹질에 힘이 없어졌을 때다.

"은서야, 미안해. 다시는 안 그럴게."

강산이 유치장에서 나와 하루를 쉬고 회사에 출근하자 팀장을 비롯한 기획실 직원들의 시선이 전과는 완전히 달라져 있었다.

마치 이방인을 보는 것과 같이 차갑게 경계의 날이 서 있었다.

자신의 잘못으로 인해 비롯된 사건이 아니었음을 수차례에 거쳐 이야기해도 직원들의 시선은 변하지 않았다.

정말 답답한 일이었다.

강산은 더 이상 사건에 대한 이야기를 하지 않고 열심히 일하기 시작했다.

언젠가는 진실을 알아주리라 믿고 있었기 때문이다.

태희에게서 만나자는 연락이 온 것은 회사에 다시 출근한 지 오 일째 되는 날이었다.

그녀가 정한 장소는 '비바폴로' 라는 이탈리아 레스토랑이었다.

문을 열고 들어서자 창가에 앉아 있는 태희의 모습이 보였다.

여전히 아름다웠다.

마치 그리스 신화에 나오는 아프로디테처럼 그녀의 미모는 절정을 이루고 있었다.

강산이 다가와 앉자 그녀의 얼굴에 미안함이 담긴 웃음이 떠올랐다.

"고생했지? 몸은 어때?"

"괜찮아."

"미안해. 회사 일이 바빠서 가보지 못했어."

"그렇겠지. 너는 한 회사를 책임지는 CEO니까 쉽게 시간 내지 못하는 건 당연한 일이야."

"그렇게 생각해 주니 고마워."

"고맙긴."

"우리 뭐 먹을까?"

"네가 시켜. 난 아무거나 잘 먹잖아."

저녁 식사는 유쾌하지 않았다.

이 자리를 만든 태희도, 이 자리를 왜 만들었는지 짐작하고 있는 강산도 쉽게 입을 열지 못했다.

무거운 마음으로 식사를 마치고 식탁이 깨끗이 치워진 후에야 태희는 어렵게 입을 열었다.

그녀는 말을 꺼내기 전에 반쯤 남아 있던 와인을 한꺼번에 마셨는데 용기를 내기 위함인 듯 보였다.

"강산아."

"말해."

"나 말이야, 널 떠나야 될 것 같아."

짐작하고 있었지만 막상 그녀의 입을 통해 듣게 되자 가슴이 아팠다.

무슨 말을 할 수 있을까.

잠시 동안 머리가 하얗게 변하며 아무런 생각도 떠오르지 않았다.

듣고 싶지 않은 대답을 듣게 되자 가슴이 비수에 찔린 것처럼 고통스러웠다.

하지만 강산은 눈을 질끈 감았다가 뜬 후 차분한 목소리로 물었다.

"이유를 알 수 있겠니?"

"꼭 대답해야 해?"

"응, 알고 싶어."

"솔직히 말할까, 아니면 상투적인 대답을 할까?"

"솔직한 대답을 해주면 좋겠다."

강산이 깊은 눈으로 말하자 태희의 손이 습관적으로 와인 잔을 향했다.

그녀 역시 최대한 침착하려 노력했지만 강산을 앞에 두고 진정한 이유를 말한다는 건 쉬운 일이 아니었다.

빈 와인 잔을 쥔 그녀의 손이 가볍게 떨렸다.

"그렇게 물을 거라고 생각했어. 오면서 수많은 변명과 네가 이해할 수 있는 수많은 이유를 만들어봤어. 하지만 그런 변명으로 너를 속이고 싶지 않아. 솔직하게 말할게. 넌 가난해. 그리고 나는 지켜야 할 위치가 너무나 커. 그게 너를 떠나는 이유야."

"그렇구나."

"미안해."

"아니, 충분히 너다운 대답이야. 그리고 그 이유 하나만으로도 모든 상황이 설명되니까 훌륭한 대답이었다."

"나… 다른 사람 만나고 있어. 미리 말하지 못한 건 내 마음이 정리되지 못했기 때문이지 일부러 널 속이려고 그런 건 아니야. 그것도 미안해."

"그 말은 뭐하러 해. 바보같이."

"해야 될 것 같아서. 그렇지 않으면 나중에라도 후회할 테니까."

"그렇구나. 나 잠시 화장실 좀 다녀올게."

어느샌가 평온을 되찾은 태희의 맑은 눈을 바라보며 강산은 자리에서 일어났다.

정말 대단한 여자다.

처음에는 망설이고 힘들어하더니 시간이 조금 흐르자 어느새 평온을 되찾고 본래의 모습으로 돌아갔다.

그녀가 우일그룹의 셋째를 만난다는 사실을 알게 된 건 아버지로 인해서였다.

아버지는 그가 태희에 대해서 말하자 그녀에 대한 모든 것을 조사한 모양이었다.

처음으로 아버지에게 화를 내며 대들었다.

왜 그랬느냐고, 왜 아들을 못 믿느냐며 미친 듯 소릴 질렀다.

아버지는 아무 말 않고 강산의 분노가 가라앉을 때까지 기다린 후 인생이란 쉬운 것이 아니라고 말하셨다.

그러면서 강산에게 그녀를 사랑하느냐고 물었다.

그렇다고 대답하자 아들과 그녀의 사랑에 대해 알아보겠다며 마지막 시험을 하겠노라 말했다.

말도 안 되는 시험이었다.

어떤 여자가 와도 통과하지 못할 시험을 제시하는 아버지에게 다시 한 번 대들었으나 끝내 아버지의 주장을 꺾지 못했다.

아버지의 논리는 너무나 확고해서 고집으로 꺾을 수 있는 것이 아니었다.

정략결혼을 위해 만난 남자에게 호감을 표시하고 있는 태희의 태도를 아버지는 절대 이해하지 못했다.

다른 남자를 계속해서 만난다는 것은 이미 강산을 배신한 것이나 다름없다는 아버지의 강력한 주장에 가슴이 후벼 파는 것처럼 아팠다.

그래서 그런 시험이 필요하다고 했다.

정말 그녀가 강산을 사랑한다면 이 시험은 그저 요식행위에 불과할 것이라며 아버지는 그의 등을 따뜻하게 두드려 주었다.

수많은 경험과 경륜으로 무장한 아버지의 판단은 무서우리만치 정확하게 들어맞아 그녀는 결국 그에게 이별을 통보하고 있다.

서운하고 안타까웠다. 그래서 그녀가 원하는 대로 금방 대답해 주지 못하고 자리에서 일어섰다.

피한다고 해서 바뀔 결론이 아니란 걸 잘 알고 있지만 막상 육 개월이나 사귄 그녀와 헤어진다고 생각하자 마음이 아팠다.

그녀는 자신이 경찰서에 있는 동안 한 번도 면회를 오지 않았다. 대신 우일의 황요성과 세 번의 데이트를 했다.

가슴은 아프지만 헤어질 이유도 충분했고 잡아서는 안 된다는 것도 잘 알고 있다.

사랑이란 두 사람이 한곳을 바라보며 걸어가는 것이라 배웠으나 이미 그녀는 다른 곳을 바라보고 있었다.

다른 곳을 바라보는 사람을 잡는다는 건 눈물이 나올 만큼 아프고 어리석은 짓이다.

제6장

모든 이들과의 이별

현재 서울대 총장은 삼 년 전 미국에서 교환교수로 있다가 돌아온 김병수 교수였다.

그가 교환교수로 가게 된 배경은 그가 발표한 논문들이 세계적으로 인정받을 만큼 뛰어났고 본인도 그에 걸맞은 인품을 지녔기 때문이다.

더군다나 그를 초청한 곳은 바로 미국의 심장이라 일컬어지는 하버드대였기 때문에 서울대에서는 안타까운 마음으로 그를 보내야만 했다.

서울대의 입장에서는 엄청난 손실이었지만 세계적인 석학들만 초청하는 하버드의 제안을 거부할 수가 없었다.

그랬기에 그는 이 년 동안 미국에서 머물며 하버드가 자랑하는 석학들과 함께 연구하며 토론하는 꿈 같은 시간을 보낼 수 있었다.

서울대로 돌아온 그는 그다음 해에 경영대학원장을 맡았고, 이 년 후인 지금은 총장이 되었다.

인품과 경륜을 두루 갖췄으며 세계적인 석학으로 우뚝 선 그를 총장으로 선출하는 데 서울대의 교수들과 학생들은 조금의 주저함도 보이지 않았다.

인생 칠십 년.

사람들은 칠십 년을 살면 고희라고 부르며 오래 산 것에 대해 기념하는 날을 가졌다.

예전과는 다르게 지금은 일흔 살이면 아직 청춘이라고 여기지만 자식들은 그의 생일을 그냥 넘기려 하지 않았다.

그는 참 행복한 사람이었다.

3남 2녀를 두었는데 모두 일류 대학을 나와 번듯한 직업을 가졌고, 무엇보다 형제간의 우애가 좋아 만나면 언제나 분위기가 화목했다.

크게 잔칫상을 차리자는 자식들의 청을 거부하고 오랜만에 저녁이나 같이하자는 김 총장의 고집에 가족들은 어쩔 수 없이 그가 좋아하는 이탈리아 레스토랑을 예약했다.

자식들은 모두 결혼했기 때문에 모인 사람은 손자, 손녀까지 합해서 모두 열여섯이나 되었다.

미리 준비된 케이크와 샴페인을 터뜨리고 의사인 큰아들이 가져온 와인을 마시며 즐겁게 저녁을 먹었다.

인생을 살면서 가장 큰 행복은 자식들과 함께 이렇게 웃을 수 있는 것이었다.

한참 동안 좌중의 중심에 서서 대화를 이끌던 그가 화장실을 가기 위해 자리에서 일어난 것은 식사가 거의 끝나갈 무렵이었다.

화장실은 입구 쪽에 있었기 때문에 거의 이십 미터는 걸어 나가야 했다.

나이가 들면 행동을 조심하게 되고 다른 사람과 부딪치지 않기 위해 노력하게 된다. 복도는 두 사람이 충분히 교차해 지나갈 만큼 넓었지만 김 총장은 평소의 습관대로 앞에 오는 사람의 행동을 주의 깊게 관찰하며 걸었다.

그렇게 걸어 나가던 김 총장이 갑자기 걸음을 멈춘 것은 앞에서 다가오는 강산을 발견했기 때문이다.

그는 마치 귀신을 본 사람처럼 눈을 휘둥그레 뜨고 있었는데 얼마나 놀랐는지 벌린 입을 다물지 못하고 있었다.

"자네 강산 군 아닌가?"

"교수님, 오랜만이군요. 안녕하셨습니까?"

"자네를 여기서 보게 되다니 마치 내가 꿈을 꾸는 것 같구먼. 정말 반갑네."

"건강해 보이셔서 다행입니다."

"잠시 나와 얘기할 수 있겠나?"

"죄송합니다. 일행이 있어서 그럴 수 없을 것 같습니다. 나중에 제가 시간 내서 찾아뵙도록 하겠습니다."

강산이 공손하게 인사를 하고 물러서자 노신사의 눈이 하염없이 강산을 좇아갔다.

그의 눈에는 아직도 강산을 이곳에서 본 것이 믿어지지 않는다는 놀람이 가득 담겨 있었다.

화장실을 다녀온 그가 아직도 놀람을 떨치지 못하고 한숨을 내쉬자 큰아들인 김규진이 염려스러운 표정으로 물었다.

김규진은 43세로 세브란스병원에서 외과를 맡고 있는데 손에 꼽힐 만큼 뛰어난 신경과 전문의였다.

"아버님, 왜 그러세요? 얼굴이 좋지 않습니다."

"너무 놀라서 그렇다. 잠시만 지나면 괜찮아질 게다."

"놀라다니요, 무슨 일 있었습니까?"

"저 친구 보이느냐?"

"예, 보입니다. 흰색 와이셔츠 입은 청년 말이지요?"

김 교수의 눈짓에 시선을 돌려 강산을 확인한 김규진이 여전히 의문스러운 얼굴로 되물었다.

그것은 자리에 앉아 있던 가족들도 모두 마찬가지였는데 아버지인 김 총장의 행동이 이해되지 않는다는 얼굴들이다.

김 총장의 입에서 한숨과 함께 이야기가 흘러나온 것은 가족들의 시선이 모두 자신에게 몰릴 때였다.

"너희는 잘 모르겠지만 경영 쪽에서 세계 최고는 하버드가 아니라 펜실베이니아가 차지하고 있단다. 내가 하버드에서 교환교수로 있을 때 하버드의 교수들은 늘 펜실베이니아의 이야기만 나오면 얼굴을 찌푸리는 걸 볼 수 있었는데 일종의 자격지심 때문이었지. 하버드 역시 세계 최고의 학교 중 하나였으나 경영 쪽에서 본다면 언제나 펜실베이니아의 뒤쪽에 설 수밖에 없었기 때문에 그들의 자격지심은 어찌 보면 당연한 것인지도 몰랐다. 더 재밌는 것은 펜실베이니아 교수들의 행동이었어. 그들은 내놓고 말하거나 행동하지는 않았지만 학회나 세미나에서 유독 하버드 교수들과 부딪치는 걸 싫어했다. 그들 역시 부동의 위치를 언제든지 위협할 수 있는 하버드 교수들을 견제하고 경원한 거지."

"처음 듣는 얘기네요. 세계 최고의 석학들도 그런 자존심 싸움을 하는군요."

"그런데 말이다, 그런 펜실베이니아 교수들이 유독 나에겐 친근하게 대해주었다."

"아버님께만요?"

"그렇다. 다른 사람들은 경원시하던 그들이 나한테는 먼저 다가와 말도 붙이고 대한민국에 대해서 이것저것 물어보며 내내 친근함을 보였어."

"이상하군요. 교환교수라도 하버드 소속이니 같이 경원하는 게 맞을 것 같은데 왜 그랬을까요?"

"나도 그게 이상해서 참다못해 물어봤다. 왜 나한테 이런
호감을 보여주는지 궁금하다고 했더니 펜실베이니아 석좌교
수인 리처드 교수가 전혀 예상치 못한 대답을 해주더구나."

"어떤 대답이었습니까?"

김 총장이 그의 당연한 반문에 빙그레 웃자 김규진이 의문
을 표시했다.

그러자 김 총장은 부드러운 목소리로 말을 이었다.

가족들은 김 총장과 김규진의 이야기에 빠져들어 두 사람
의 대화에 집중하고 있었는데 마치 흥미로운 영화나 소설을
보는 것과 같은 표정들이었다.

"재학 기간 내내 장학금을 받으며 펜실베이니아 역사상
최연소로 경영학 박사 학위를 받은 사람이 있는데 그 청년이
바로 대한민국 사람이라는 것이었다."

"그런 일이 있었습니까? 그런 일이 있었다면 언론에서 난
리가 났을 텐데 전혀 보도된 적이 없는 것 같은데요."

"그건 이유가 있었다."

"어떤 이유지요?"

"그건 나중에 이야기하고 먼저 내 이야기를 더 들어보아라."

"죄송합니다. 말씀하세요."

"리처드 교수는 나한테 그 친구를 자기네 펜실베이니아에
서 교수로 재직할 수 있도록 힘을 써달라고 부탁해 왔다. 세

계 유수의 기업들이 노리고 있기 때문에 쉽지는 않겠지만 그 친구를 학교에 남게만 해준다면 그 은혜는 평생 잊지 않겠다고 했다."

"그래서요?"

"나는 고민할 수밖에 없었다. 아무리 같은 나라 사람이라도 처음 보는 사람에게 이래라저래라 한다는 것은 있을 수 없는 일이기 때문이다. 하지만 나는 리처드 교수에게 그를 만나보겠다고 했다."

"제가 보기에도 쉽지 않은 일이라고 생각되는데 왜 그러셨어요?"

"궁금했기 때문이다. 도대체 어떤 사람이기에 세계 최고의 대학에서 붙들기 위해 이렇게 사력을 다하는지 정말 보고 싶었다."

"아, 생각해 보니 그럴 것 같습니다. 아버님의 심정, 충분히 공감되네요."

"하버드가 있는 보스턴에서 펜실베이니아는 가까웠기 때문에 나는 리처드 교수의 청탁을 받은 이틀 후 곧장 펜실베이니아로 가서 그를 만났다. 다행스럽게 그는 나의 전화를 받고 약속 장소와 시간을 잡아주었는데 아마 내가 한국 사람이기 때문인 것 같았다."

"들을수록 흥미로운 이야기네요. 그는 어떤 사람이던가요?"

"정말 잘생기고 건실한 청년이었다. 마치 텔레비전에나

나올 정도로 잘생긴 청년이라서 처음엔 잘못 찾아온 건 아닌가 걱정했다."

"보통 잘생긴 청년은 공부를 등한시하는데 정말 특이한 사람인 것 같군요."

김규진의 의문에 같이 자리하고 있던 가족들도 고개를 끄덕거렸다.

여자들은 숨길 수 없는 호기심을 나타내었고, 특히 이대에 다니는 김규진의 큰딸은 두 눈을 반짝이며 한 마디도 놓치지 않으려는 듯 할아버지의 입에서 눈을 떼지 않았다.

"그랬단다. 그 청년과 거의 한 시간에 걸쳐서 대화를 나눴는데 이야기를 나눌수록 나는 감탄을 금치 못했다."

"어떤 면에서 그렇게 느끼셨습니까?"

"그의 사고방식과 국가관, 그리고 경영에 대한 철학과 지식까지 무엇 하나 빠지는 게 없는 청년이었다."

"그랬군요."

"그 친구는 내가 리처드 교수의 부탁을 받고 왔다는 말을 듣고도 그저 빙그레 웃기만 했는데 그 이유를 물었더니 나와 같은 목적으로 온 사람이 많아서라고 하더라."

"거절하던가요?"

"당연히 그랬다. 그는 자신이 해야 할 일이 있다고 말하며 학교뿐만 아니라 수많은 유수의 기업이 그를 스카우트하기 위해 접근했지만 모두 거절했다고 하더라."

"정말 궁금하군요. 그가 할 일이 어떤 것인지에 대해서 물어보셨습니까?"

"물어보았다."

"말씀해 주세요. 정말 궁금합니다."

"그건 말해줄 수 없다. 그가 고민 끝에 말해주면서 비밀로 해달라고 부탁했기 때문이다. 처음 보는 나에게 자신의 비밀을 말한다는 건 나의 인품을 믿는 것도 있었을 테지만 그동안 살아오면서 많이 힘들었기 때문이었을 거란 생각이 들었다. 그랬기에 누구에게도 그에 대한 이야기를 하지 않았다."

"그러셨군요."

"나에게 대한민국 사람이란 자부심을 심어준 청년이었다. 그 청년과 헤어지면서 죽기 전에 반드시 다시 봤으면 좋겠다고 생각했는데 뜻하지 않은 곳에서 그 소원을 이루었구나."

"그럼 아까 만난 저 청년이 그 사람인가요?"

"그렇다. 내가 말한 청년이 바로 저 사람이다."

"정말 대단한 청년이군요."

"그렇지. 정말 놀라운 청년이다. 하지만 그 놀람은 저 청년의 비밀에 비하면 아무것도 아니다. 곧 저 청년은 비밀을 풀고 세상에 나타나겠지. 그때가 되면 너희는 오늘 내가 한 이야기를 기억하며 놀라움을 금치 못할 것이다."

강산이 자리로 돌아와 앉자 혼자서 창밖을 바라보던 태희가 입을 열었다.

"세수했어?"

"정신을 차리고 싶어서."

"이별이란 거 막상 하려니까 무척 힘드네. 사실 나도 정신이 없어."

"원래 이별은 아픈 거니까 정신없는 게 당연해."

"괜찮은 거지?"

무슨 생각을 하는지 알 수 없는 눈.

깊게 가라앉은 강산의 눈을 보며 태희가 안쓰럽다는 듯 물었다.

그러자 강산이 느리게 말했다.

"괜찮을 리 없잖아? 가슴이 타들어가는 것처럼 아프다."

"미안해."

"너는 괜찮아?"

"아니. 나도 안 좋아."

"그래도 나보단 나을 거야. 원래 이별은 통보하는 사람보다 통보받는 사람이 훨씬 아픈 법이니까."

"그건 그렇지. 하지만 나도 아픈 건 사실이야."

진심이란 걸 알아주기 바라는 것처럼 태희가 자신을 빤히 쳐다보자 강산이 화제를 돌렸다. 이제 와서 그녀의 감정이 어떤지 안다는 게 부질없이 느껴졌기 때문이다.

"그 사람, 잘해주니?"

"지금 그걸 물어야겠어?"

"궁금해서."

"잘해줘. 매너도 훌륭하고 성격도 자상한 게 배려가 몸에 익은 사람 같아."

"다행이구나."

"빈말이란 거 알아. 그냥 싸잡아서 욕해도 돼."

"그냥 한 소리 아니야. 난 정말 다행이라고 생각해. 내가 사랑하던 사람이 불행해지는 건 원하지 않는다."

"바보 같은 소리 하지 마."

"원래 이별은 짧아야 한다던데 우린 너무 오래 같이 있는 것 같네."

"불편해?"

"쿨하게 헤어지는 건 아직 배우지 못했어. 누군가와 사귄 건 네가 처음이라서 이별에 대한 경험이 없거든. 당연히 불편하고 힘들다."

"미안. 더 세련되게 이별을 통보해야 하는데 나도 이별은 익숙지가 않아서. 이해해 줘."

"아니, 넌 잘했어. 그만하면 그래도 이별치곤 괜찮았어. 감정을 끌지 않는 이별이 가장 잘하는 이별이잖아?"

"……"

사랑하던 사람은 언제나 헤어질 때 가슴이 아픈 법이다.

똑똑한 사람이든, 냉정한 사람이든, 이성적인 사람이든 그

것은 변하지 않는 진리다.

그랬기에 태희는 강산의 대답에 그동안 참아온 눈물을 또 르르 흘려냈다. 소리 낸 울음에서 나온 눈물이 아니기 때문 에 그 아픔이 더 크게 느껴졌다.

강산은 그녀의 눈물을 보면서 움찔했다. 이제 그녀에게 더 이상 따뜻한 시선을 주지 않으려 했는데 태희의 눈물을 보자 가슴이 먹먹하며 아파왔다.

그럼에도 그는 그녀의 눈물을 닦아주지 않았다.

"태희야, 마지막으로 물어볼게. 너 후회하지 않을 자신 있니?"

"아마도 그럴 거야. 수없이 많은 고민 끝에 내린 결론이 야. 너와 있으면 아마 난 불행해질 거야. 너와 난 어울리지 않으니까."

"그렇구나."

눈물을 닦아낸 태희의 입에서 단호한 대답이 흘러나왔다.

감정과 이성을 완벽하게 구분할 수 있도록 훈련되지 않았 다면 결코 쉬운 일이 아닐 텐데 태희의 대답은 한 치의 흔들 림도 없었다.

그랬기에 강산은 무거운 한숨을 내쉰 후 안타까운 웃음을 흘리며 자리에서 일어섰다.

그러자 단정하게 앉아 있던 태희의 표정이 순식간에 변했다.

단단한 이성과는 달리 그녀의 감정은 아직도 잔물결처럼

흔들리고 있던 모양이다.

"갈 거야?"

"받을 건 다 받았고 물어봐야 할 것과 들어야 할 대답도 다 들었다. 이별하면서 미련을 두는 것처럼 바보 같은 짓도 없어. 잘 있어라, 태희야. 정말 행복하길 바랄게."

"강산아, 조금만 더 있다 가면 안 돼?"

태희와 헤어진 강산은 곧바로 회사에 사표를 냈다.

어차피 잠시 머물다가 떠날 곳이었으니 미련 따위는 조금 도 없었지만 돌아오는 발걸음은 가볍지 않았다.

회사를 그만두고 돌아온 강산은 집으로 돌아와 침묵에 잠 긴 채 칩거에 들어갔다.

그의 침묵은 길고 무거웠으며 어두웠다.

김 여사와 세 자매가 눈치를 보며 말을 붙였으나 강산은 잠시 쉬려고 휴가를 냈다고 말한 후 식사가 끝나면 곧바로 방으로 들어가 나오지 않았다.

강산이 칩거를 끝내고 밖으로 나온 것은 삼 일이 지난 후 였다.

은서를 비롯한 자매가 회사와 학교를 가느라 자리를 비워 김 여사만 집에 남아 있을 때였다.

그의 손에는 가방이 들려 있었다.

강산이 마당을 건너 마루 쪽으로 다가오자 빨래를 개키고 있던 김 여사가 놀란 눈으로 쳐다봤다.

"왜, 뭐 필요한 거 있어?"

"아니에요."

"괜찮은 거지?"

김 여사가 걱정스러운 눈으로 강산을 바라보았다.

경찰서에서 나온 후부터 강산의 행동이 이상했다. 방에 틀어박혀 꼼짝하지 않는 그를 보면서 태어나 처음으로 겪어야 했던 끔찍한 기억 때문에 괴로워 하는 것 같아 마음이 편치 않았다. 그랬기에 오랜만에 나온 강산을 바라보는 그녀의 눈은 촉촉이 젖어 있었다.

강산은 자신을 아련하게 바라보는 김 여사를 마주 보면서 쉽게 입을 열지 못했다.

종갓집에 들어온 지 이 년 하고도 삼 개월이 지났다. 길다면 길고 짧다면 짧은 세월이지만 종갓집에 새겨놓은 정은 깊어 정리하기가 쉽지 않았다.

지난 삼 일 동안 강산은 짐을 정리하며 종갓집에서의 추억들을 하나씩 끌어내었다. 그 추억은 슬픔보다는 기쁨과 즐거움으로 가득 찬 것이 대부분이었다.

이제 그 모든 것을 내려놓고 떠난다고 생각하자 가슴이 터질 것만 같았다.

"엄마."

"응, 왜 그러니?"

"저 이제 갈게요."

"어딜?"

"집으로 돌아가려고 해요."

"그게… 무슨 말이니?"

"아버지께서 집으로 돌아오라고 하셨어요."

"통영 말이니?"

"아니에요. 서울로 이사 오셨거든요. 그래서 제가 돌아오기를 바라고 계세요."

강산의 대답을 들은 김 여사가 빨래를 떨어뜨렸다. 충격을 받았기 때문인지 무릎에 얹어놓은 손이 가볍게 떨리고 있었다.

그때서야 그녀는 강산의 손에 들린 가방이 눈에 들어온 모양이다.

김 여사의 입이 다시 열린 것은 눈을 끔벅이며 간신히 감정을 조절한 후였다.

"강산아, 지금 엄마 놀리는 거지?"

"죄송해요."

"그럼 정말 간다는 거니? 그 가방… 정말 가기 위해 가지고 나온 거야?"

"네."

"너 왜 그래, 강산아?"

"며칠간 고민했지만 어쩔 수 없었어요. 워낙 오래 떨어져 있었기 때문에 부모님이 돌아오길 간절히 원하고 계세요."

"그래도 그렇지, 어떻게 이럴 수 있어. 지금 간다면 애들은 어떡하고!"

"그래서 지금 가는 거예요. 애들 있으면 더 힘들 것 같아서요."

"안 된다. 그럴 수는 없어."

"멀리 가는 거 아니니까 그냥 보내주세요. 전 엄마 우는 거 보기 싫어요."

"강산아, 내가 널 어떻게 보내니."

"엄마."

"제발⋯ 강산아⋯ 며칠만⋯ 며칠만 있다 가면 안 되겠니? 나를 위해서 며칠만 있어줘. 이렇게 갑자기 가버리면 나는 어떡하니. 이렇게 헤어질 수는 없어. 며칠만 있어주면 안 돼?"

"죄송해요."

그녀의 말에 강산이 고개를 푹 숙이자 김 여사가 참고 있던 눈물을 주르륵 흘려냈다.

그녀의 손과 다리는 점점 더 크게 떨리고 있었는데 갑작스러운 이별을 마음으로 인정하지 못하는 데서 오는 현상 같았다.

강산은 그런 김 여사의 손을 잡은 채 한동안 그녀의 눈을 들여다보았다. 아파하는 그녀의 눈에는 그의 모습이 고스란히 담겨 있었다.

"엄마, 당분간 오지 못할 거니까 보고 싶더라도 참아줘요. 하지만 꼭 다시 돌아올게요."

"강산아!"

강산이 말을 마친 후 마당에서 그대로 절을 하자 김 여사의 입에서 절규가 쏟아져 나왔다. 그녀의 목소리는 너무도 구슬퍼서 금방이라도 쓰러질 것처럼 위태로워 보였다.

강산이 출소하고 난 후 안정을 되찾은 은서는 새로운 프로젝트를 맡으면서 정신없이 바쁜 하루하루를 보내고 있었다.

비록 강산이 칩거하면서 속을 태웠으나 곧 다시 정상으로 돌아올 것이라 믿었다.

새로운 광고 프로젝트는 자동차에 관한 것이었다.

프로는 광고의 내용이 무엇이냐에 따라 그 분야의 전문가로 탈바꿈한다. 그랬기에 은서는 의뢰된 자동차의 디자인부터 성능과 제원까지 철저하게 분석해서 자료화했고 머리에 입력하느라 다른 생각을 할 겨를이 없었다.

갑자기 핸드폰이 울린 것은 분석한 자료를 정리해서 컴퓨터로 옮기고 있을 때였다.

"여보세요."

─…은서야.

수화기를 통해 들어온 엄마의 목소리에 은서의 동작이 순식간에 정지했다.

엄마의 목소리에는 울음이 담겨 있었다.

갑작스럽게 다가온 불안감에 은서의 목소리가 빨라졌다.

"엄마, 왜 그래? 무슨 일이야?"

─오빠가… 오빠가… 집을 나갔다.

"천천히 말해봐요. 오빠가 집을 나가다니 무슨 말이에요?"

─…제 집으로 돌아갔다. 말려도 소용이 없었어. 이제… 이제 강산이를 보기 어려울 것 같아.

눈앞이 캄캄해지면서 세상이 온통 어둠에 잠겼다.

정신없이 바쁜 와중에도 느껴지던 불안감 때문에 마음이 찜찜했는데 그 이유가 드러나자 온몸에서 힘이 빠져나갔다.

하지만 그녀는 엄마의 말을 쉽게 믿을 수가 없었다.

엄마의 말처럼 강산이 집으로 돌아갈 수도 있다.

어차피 하숙생이니 언젠가 집으로 돌아가는 것은 당연한 일이다.

하지만 오늘은 아니었다. 이 년이 넘도록 같이 살아온 동생들을 보지 않고 떠난다는 것은 있을 수도 없는 일이었기 때문이다.

그랬기에 그녀는 마음을 가다듬고 일단 엄마를 달래기 시작했다.

엄마는 충격 때문인지 제대로 말조차 하지 못했는데 한참을 차분하게 달래자 겨우 울음을 멈추었다.

강산은 오늘 저녁이라도 집으로 올 수 있다는 게 그녀의 주장이었다. 그동안 하던 행동을 근거로 하나씩 예를 들며 설명하자 김 여사는 충격에서 벗어나 그녀의 말을 믿기 시작했다. 더군다나 강산의 부모님이 서울로 이사 왔다는 말을 듣고 나서는 그녀의 주장에 신빙성이 더해졌다.

같은 서울에 살면서 강산을 보지 못한다는 건 말이 안 된다는 설명이었고, 보고 싶으면 전화로 연락해서 언제든지 부르면 된다며 엄마를 안정시켰다.

그녀의 논리 있는 주장에 김 여사가 안정을 되찾고 전화를 끊자 은서는 천천히 핸드폰을 책상에 내려놓았다.

그러고는 눈을 감았다.

서서히 찾아오는 어둠.

엄마를 설득하기 위해 애를 쓰면서 걷힌 어둠이 어느새 슬금슬금 다시 찾아오고 있었다. 어둠의 정체는 불안이었고, 그녀는 강산의 갑작스러운 이별이 자신 때문일지 모른다는 강박감에 사로잡히기 시작했다.

강산이 경찰서에 있을 때 그녀는 휴가까지 내며 강산을 만나기 위해 극성을 부렸다.

면회 때도 그랬고 출소했을 때도 그녀는 마치 자신이 애인이라도 되는 양 행동해서 강산을 부담스럽게 만들었다.

강산에게 사랑하는 애인이 있다는 걸 뻔히 알면서 말이다.

새삼 얼굴이 붉어져 책상에서 벌떡 일어나고 말았다.

강산이 그녀와 동생들에게 인사조차 없이 떠났다는 것은 자신에 대한 부담 때문이다. 그 부담스러움의 원인은 동생들이 아니라 자신이란 생각은 시간이 지날수록 확신으로 변해갔다.

만약 그것이 사실이라면 두 번 다시 강산을 보지 못하게 될지도 모른다.

"헉헉!"

그런 결론에 도달하자 숨을 쉴 수가 없었다.

머리는 하얗게 변하고 숨은 가빠지며 가슴에 통증이 일었다.

정말 못 본다면 어쩌지? 나는 어떻게 살아가지? 과연 내가 견뎌낼 수 있을까? 이 모든 것이 나로 인해서 생긴 일이라면 나는 후회하며 가슴을 쥐어뜯으며 살아야 할 것이다.

아주 오랫동안.

강산이 불현듯 집을 나간 지 벌써 한 달이 넘었다.

여름은 그리움 속에서 하루하루 지나갔고, 시간이 지날수록 점점 뜨거움 속에서 그리움은 커져만 갔다.

동생들과 김 여사는 수시로 강산에게 전화를 했지만 강산의 전화기는 언제나 꺼져 있었다.

어디로 갔는지도 알 수 없었고 어떻게 살고 있는지조차 확인할 수 없었다. 그는 왔을 때처럼 그렇게 사라졌고, 종갓집 식구들의 가슴에 그리움만 남긴 채 소식을 끊어버렸다.

보고 싶다.

눈을 감으면 자연스럽게 떠오르는 그의 얼굴이, 그의 웃음이, 그의 가슴이 보고 싶었다.

은영과 석만은 강산의 사건 이후로 급격하게 가까워지기 시작했다.

졸업반인 은영은 취업 준비를 하면서도 틈틈이 석만을 만나 데이트를 하곤 했는데 석만의 지극정성이 그녀의 마음을 움직였기 때문이다.

오늘도 그들은 흑석동에 있는 카페에서 만났다.

은영은 공부 때문에 가급적 가까운 곳으로 데이트 장소를 잡았는데 석만은 한 시간이나 되는 거리를 한 번의 불평 없이 달려오곤 했다.

창가에 자리 잡은 그들의 얼굴로 석양이 비추었고, 그들이 바라보는 거리에는 수많은 사람이 제 갈 길을 재촉하고 있었다.

"오빠, 계속 놀 거야?"

"설마. 아버지께서 가게를 내주시기로 했어."

"어떤?"

"내가 레스토랑을 하겠다고 했더니 흔쾌히 허락하셨어. 대신 육 개월 동안 경험을 쌓아야 된다는 조건을 거셨다."

"그럼 그 기간 동안 레스토랑 아르바이트 하는 거야?"

"그래야 될 것 같아. 아버지는 한번 말씀하신 건 꼭 지키시는 분이거든. 사실 나도 그러는 게 좋다고 생각했고. 아무것도 모른 채 가게부터 내게 되면 쫄딱 망하는 건 시간문제니까 아르바이트하면서 열심히 배워보려고 해."

"오빠 힘들겠다. 안 하던 일 하려면 힘들 텐데 괜찮겠어?"

"걱정하지 마. 잘할 수 있어. 내가 안 해서 그렇지 막상 시작하면 뭐든 잘하는 사람이야."

"하여간 큰소리는."

"정말이다. 오빠 한번 믿어봐."

"그런데 오빠."

"응?"

"혹시 강산 오빠 소식 들은 거 없어?"

"…없는데."

"엄마도 그렇고 언니도 그렇고… 너무 힘들어해. 어떻게 사는지만 알아도 좋겠어."

"잘 살겠지."

"사실 그동안 전화만 했는데 내일은 내가 회사로 찾아가볼까 해. 가서 어떻게 사는지 직접 확인해 봐야겠어."

"가지 마."

"왜?"

"그런 일이 있어."

"뭐야? 오빠 나한테 뭐 속이는 거 있어?"

석만이 주저하며 말을 잇자 은영이 얼굴을 바짝 내밀었다.

뭔가 이상한 낌새를 눈치챈 그녀는 도끼눈을 부릅뜨고 석만을 노려봤는데 조금이라도 거짓을 말하면 그냥 두지 않을 태세였다.

그 협박에 석만의 얼굴이 노랗게 변했다. 자신도 모르게 입 밖으로 튀어나온 말을 주워 담기에는 은영의 치켜뜬 도끼눈이 너무나 부담스러웠다.

그랬기에 그는 포기하는 심정으로 입을 열었다.

"사실 이 주 전에 강산이한테서 전화가 왔었어."

"정말이야?"

"그래."

"그런데 왜 아무 말 안 해줬어. 내가 그렇게 궁금해하는 거 알면서도 어쩜 그럴 수 있어?"

"강산이가 부탁했어. 비밀로 해달라고."

"왜?"

"미안해서 그런 것 같아."

"오빠가 왜 미안한데! 뭣 때문에 오빠가 미안하냐고!"

"강산이, 회사 그만뒀대."

"…정말이야?"

"응. 아마 유치장에 갔다 온 것이 문제가 된 것 같아. 그래서 가족들 걱정할까 봐 비밀로 해달란 것 같았어."

"그게 무슨 문제가 되는데? 오빠 아무런 잘못도 없다는 게 확인됐잖아!"

"나도 그렇게 생각했는데 회사에서는 그렇지 않았나 봐."

"세상에, 그럼 우리 오빠는 지금 뭐 하는 거야?"

기어코 은영의 입에서 비명과 비슷한 탄식이 터져 나왔다.

석만의 말이 사실이라면 강산은 예전처럼 백수로 돌아갔을 가능성이 매우 컸다.

저절로 한숨이 나왔다.

제대로 된 삶을 살게 된 오빠를 축하해 준 것이 어제 일 같은데 오빠는 또다시 수렁으로 빠져들고 말았다.

하지만 석만은 그녀의 탄식을 들은 후 더욱 표정을 굳힌 채 말을 이었다.

"강산이 애인하고도 헤어졌어."

"뭐라고?"

"경찰서에서 나오자마자 헤어진 것 같아."

"그 말, 정말이야?"

"그놈, 많이 힘들어했을 텐데 난 아무런 도움도 되어주지 못했어."

"우리 오빠 어떡해."

은영은 기어코 주르륵 눈물을 쏟아냈다.

집을 나간 것이 언니 때문이었을 거란 추측을 하면서도 전화를 받지 않는 강산을 수없이 원망했다.

가족으로 살아온 지 이 년이 넘었는데 언니에 대한 부담감 때문에 정조차 끊어버리는 오빠가 야속했고 미웠다.

그런데 오빠는……

절망에 빠져 괴로워했을 오빠를 생각하자 끝없이 눈물이 흘러내렸다.

그리고 가족들이 생각났다. 오빠를 그리워하고 있을 가족들을 생각하자 그녀의 눈물은 더욱 진해졌다. 그녀처럼 엄마도, 언니도, 은수도 오빠를 미워하고 있을지 모른다.

이제야 오빠가 떠난 이유를 알 것 같았다. 오빠는 가족들이 오빠로 인해 가슴 아파하는 것을 보고 싶지 않은 게 틀림없었다.

그날 저녁.

은서는 은영의 말을 듣고 또다시 많은 눈물을 흘리고 말았다.

자신 때문이라는 자책감에서 벗어났지만 강산을 생각하는 그녀의 마음은 훨씬 크고 강했기에 연민의 슬픔을 견딜 수 없었다. 다른 가족과는 다르게 강산이 나간 후 한 번도 전화를 하지 않던 은서는 그때부터 매일 밤 여덟 시가 되면 습관처럼 전화를 했다.

하지만 강산의 전화기는 언제나 꺼져 있어 두 달이 지난 지금까지 한 번도 통화를 할 수 없었다.

처음에는 애가 타고 괴로웠으나 시간이 지나자 체념으로 변했다. 그럼에도 그녀는 어김없이 저녁이 되면 핸드폰을 꺼내 들었다. 언젠가는 그가 받을지도 모른다는 희망과 함께.

시월의 일요일 오후.

태희는 황요성과 함께 김기령 화백의 유고전이 열리는 예술의 전당을 찾았다.

황요성과 만나는 횟수는 일주일에 두 번이었고, 언제나 그가 정한 날짜에 맞춰 데이트가 이루어졌다.

강산과 함께할 때와는 완전히 반대되는 상황이다.

그렇다고 태희가 먼저 데이트 신청을 한 적도 없으니 단순하게 비교하는 건 맞지 않았다.

그녀는 지금까지 살아오면서 자신의 아쉬움을 먼저 내색한 적이 한 번도 없었다.

그랬기에 그들의 데이트는 암묵적으로 언제나 수요일과 일요일에 이루어졌다.

부득이한 사정이 생겨 그 날짜에 데이트를 못 하게 된다 해도 황요성은 절대 다른 날에 데이트 신청을 하지 않았다.

철저한 계획 속에서 자신의 삶을 살아가는 사람답게 그는 언제나 빈틈이 없었다.

이제 그와 그녀의 관계는 점점 진행되어 결혼 이야기까지 나오는 중이다.

물론 그 이면에는 나빠지기 시작한 대원그룹의 자금 사정이 한몫하고 있었다.

고위층에서는 철저하게 비밀을 유지하고 있었으나 무리한 해외투자는 서서히 대원그룹의 자금줄을 죄어오고 있었다.

큰아버지인 회장이 먼저 서둘렀고, 아버지가 그에 맞춰 동조해서 조만간 집안끼리 식사 약속이 잡힐 것 같았다.

집안끼리 식사를 한다는 것은 둘 사이의 관계가 급진전된다는 걸 의미한다.

운월 김기령 화백의 전시회는 수많은 사람으로 인해 발 디딜 틈 없이 붐볐다.

현대 한국 미술의 한 획을 그은 운월의 작품은 그가 오 년 전 암으로 세상을 떠나면서 한 점당 수억 원을 호가했다.

시중에서는 그의 작품을 구경할 수도 없었다.

한국대에서 교편을 잡고 있는 그의 큰아들이 고인의 유품을 절대 팔지 않겠다며 시중에 내놓지 않았기 때문이다.

그랬기에 전시회에는 수많은 정재계 인사와 문화계 인사가 방문했다.

이번 기회를 놓치게 되면 운월의 작품을 볼 수 있는 기회는 다시 찾아오지 않을 수도 있었다.

꽤 긴 계단을 올라 전시회가 열리는 갤러리 '세븐'에 도착하자 황요성은 문을 열어 태희가 편하게 들어갈 수 있도록 배려해 주었다.

그는 언제나 정중하고 사려가 깊으며 여자를 먼저 생각하는 마음이 몸에 밴 남자였다.

그럼에도 태희는 그와 있을 때면 언제나 마음 한구석이 텅 빈 것처럼 허전했다.

최고의 남자임이 분명했고 그녀를 배려하는 모습을 볼 때면 과하게 느껴질 만큼 극진했지만 뭔가 부족한 느낌을 버릴 수가 없었다.

갤러리에 들어찬 사람들을 확인한 태희와 황요성은 동시에 고개를 흔들었다.

오붓한 데이트를 생각했는데 사람들로 발 디딜 틈조차 없으니 그들의 생각은 완전히 어긋나 버렸다.

그럼에도 그들은 사람들이 진행하는 방향을 따라 천천히 걸음을 옮기며 작품을 감상했다.

어차피 온 길을 후회하며 보내기에는 여기까지 온 시간이 아까웠다.

운월의 그림은 사람의 삶이 담겨 있으며 머리가 아니라 가슴으로 봐야만 제대로 볼 수 있는 것으로 유명했는데 막상 그림을 대한 태희와 황요성은 한동안 움직이지 않은 채 가만히 서 있다가 뒷사람이 다가오자 그때서야 천천히 걸음을 옮기며 희미한 웃음을 지었다.

가슴으로 봐야만 안다는 운월의 그림.

너무 심오했기 때문일까?

아무리 들여다봐도 그림이 알려주는 의미를 그들은 찾을 수가 없었다.

누군가가 설명해 줬더라면 어느 정도 알 수 있었겠지만 그림 밑에 달려 있는 간단한 주석만 가지고 그림이 나타내려 한 의미를 찾는다는 건 불가능에 가까웠다.

두 사람이 동시에 희미한 웃음을 지은 것은 심각한 표정으로 그림 앞에 서 있는 사람들을 확인했기 때문이다.

학창 시절 한동안 미술에 빠져 몰두한 적이 있는 그녀조차 알 수 없는 그림을 그들은 마치 하나하나 꿰뚫고 있는 것처럼 고개까지 끄덕거리며 보고 있었다.

가면과 가식을 쓴 사람들.

그들도 자신들처럼 남들이 안 보는 곳에서는 쓴웃음을 짓겠지.

허례와 허식은 불필요함에도 이처럼 유식으로 탈바꿈되어 사람들에게 노출되는 경우가 수없이 많았다.

알면서도 깨지 못하는 스스로의 감옥.

그 속에서 살아가는 사람들은 스스로의 양심을 속이며 사는 위선자들이다.

황요성도 태희도 그런 사실을 잘 알기에 그저 사람들의 뒤를 쫓아 의미조차 알지 못하는 추상화를 감상하며 시간을 보냈다.

태희의 걸음이 멈춘 것은 사람들의 뒤를 따라 관람로 중간 지점까지 걸은 후였다.

그녀 스스로 일부러 멈춘 것이 아니라 사람들이 걸음을 멈추고 정체했기 때문이다.

태희의 눈이 정체의 원인을 확인한 후 놀람으로 인해 부릅떠졌다.

삼 개월 전에 헤어진 강산이 거기에 있었기 때문이다.

운월의 대표 작품 '뜰'.

120호에 달할 정도로 굉장한 규모였기 때문에 거리를 이격해서 봐야만 제대로 감상할 수 있어 전시관 측에서는 제한선을 오 미터 정도 이격해서 설치했는데 강산은 그 제한선 안쪽으로 들어가 작품을 감상하고 있었다.

문제는 운월의 작품과 강산이 완벽하게 동화되어 있다는 것이다.

머리 위에서 쏘아진 조명과 순백의 흰색 연미복, 와이셔츠에 턱시도를 받쳐 입은 그는 마치 운월이 만들어놓은 뜰과 하나가 된 것 같은 착각을 불러일으키게 했다.

턱을 괸 채 미동도 하지 않고 작품을 감상하는 강산의 모습이 마치 동화의 세계에서 나오는 백마 탄 왕자처럼 보였다.

옆에 서 있던 황요성은 강산을 확인하곤 가볍게 눈살을 찌푸렸다.

누군가가 자신보다 관심을 더 받는다는 것에 대한 본능적인 거부감이 그를 그렇게 만드는 것 같았다.

태희는 강산을 확인하고도 말을 붙이지 못하고 사람들을 따라 천천히 그의 뒤를 지나갔다.

미칠 만큼의 궁금증이 발끝에서 시작되어 머리까지 올라왔지만 그녀는 결국 걸음을 멈추지 못했다.

그녀의 곁에서 걷고 있던 황요성은 태희의 급격한 표정 변화를 확인하고는 이상함을 느끼는 것 같았다.

깨끗이 잊었다고 생각했는데 막상 그를 보자 가슴이 정신없이 뛰기 시작했다.

그의 목소리가, 그의 체취가 익숙하게 그녀를 향해 몰려들었다.

태희는 입술을 깨물며 참았다.

지금이라도 돌아서서 그에게 다가가고 싶었지만 그녀는 결국 관람로를 벗어나 바깥으로 나올 수밖에 없었다.

홀을 걸어 나가던 태희가 걸음을 멈추며 입을 연 것은 황요성이 기사에게 차를 대라는 전화를 하고 있을 때였다.

"저… 화장실 좀 갔다 올게요."

황요성은 전화를 끊지 않은 채 고개만 끄덕여 알았다는 신호를 보내왔다.

다행히 여자 화장실은 그의 시선 밖에 위치해 있었다.

태희는 그가 눈치채지 못하게 천천히 걸었다.

그런 후 모퉁이를 돌아 그의 시선에서 벗어나자 미친 듯이 뛰기 시작했다.

전시회로 들어선 그녀는 직선으로 가로질러 강산이 서 있던 곳을 향해 달려갔다.

"헉헉!"

숨은 가파르게 차올랐고 다리는 후들거렸지만 그녀는 전력을 다해 움직였다.

하지만 그가 있던 곳에는 아무도 없었다.

거기에는 주인을 잃어버린 운월의 뜰만이 공허하게 그녀를 기다리고 있었다.

❖

은서는 책상에 앉아 눈을 감았다가 떴다.

이렇게 혼자 있게 되면 언제나 떠오르는 사람은 오직 하나뿐이다.

그리운 얼굴.

덩그러니 놓여 있는 휴대폰을 보면서 은서는 깊은 한숨을 내쉬었다.

강산의 전화기는 언제나 꺼져 있었기 때문에 지금까지 한 번도 통화를 하지 못했다.

별별 생각이 다 들었다.

무슨 일이 있는 건 아닐까. 혹시 전화비가 부담되어서 해지했을 수도 있고 일부러 전화를 피하기 위해 꺼놨을 수도 있다.

어떤 이유든 모두 가슴 아픈 일이다.

꺼져 있는 전화기를 향해 계속해서 전화를 거는 건 아직까지 강산을 좋아하는 그녀의 마음이 식지 않았기 때문이다.

습관처럼 시계를 확인한 은서는 천천히 휴대폰을 들고 단축 번호를 눌렀다.

전화기에서는 이제 곧 전화기가 꺼져 있다는 여자의 음성이 들리겠지.

그 목소리를 들을 때마다 가슴이 미어졌지만 견디는 것이 습관이 되었고 이젠 아프다는 생각조차 들지 않을 만큼 익숙해졌다.

그런데 오늘은 여자의 음성 대신 기다란 신호음이 울리기 시작했다.

전화기가 켜져 있을 때의 발신음이다.

너무나 놀라 전화기를 급하게 귀로 가져간 은서가 초조하게 기다리자 수화기 저편에서 꿈속에서조차 그리워하던 강산의 목소리가 울려 나왔다.

—여보세요.

"오빠!"

—은서구나. 잘 있었어?

은서는 바빠서 시간 내기가 곤란하다는 강산을 협박해서 약속을 잡았다.

강산이 안 된다며 버티다가 할 수 없이 잡은 날짜는 그로부터 삼 일 후인 금요일이었다.

회사에서 조금 일찍 퇴근한 은서는 약속 시간에 맞춰서 커피숍으로 나갔다.

약속 시간을 여섯 시로 잡은 것은 강산과 함께 저녁을 먹기 위해서였다.

무슨 일이 있어도 잡아놓고 그동안 무슨 일이 있었는지 알아볼 생각이다.

나오지 않으면 나올 때까지 기다리겠다며 생떼를 썼기 때문에 약속을 어기지는 않을 거라 생각했는데 강산은 삼십 분이 지나도록 나타나지 않았다.

속이 새카맣게 탔다.

정말 오지 않고 다시 전화기를 꺼버린다면 아마 그녀는 미쳐 버릴지도 모른다.

어둠이 다가오는 창밖을 보면서 하염없이 기다릴 때 커피숍 문이 열리며 강산이 나타났다.

너무나 반가워 벌떡 일어선 그녀를 향해 강산이 다가오며 어색한 웃음을 지었다.

"은서야, 잘 있었니?"

"…오빠."

뭐라고 인사를 하고 싶었으나 은서는 아무 말도 할 수가 없었다.

강산의 몰골은 자신의 생각보다 훨씬 나빠서 와락 눈물이 솟구쳤기 때문이다.

며칠 동안 깎지 못한 것으로 보이는 수염은 거칠었고 허름한 잠바와 낡은 신발은 그의 삶이 얼마나 고단했는지를 단적으로 보여주고 있었다.

강산이 맞은편에 앉자마자 은서는 자신의 마음을 숨긴 채 예전처럼 잔소리를 해대기 시작했다.

"오빠, 그동안 연락도 없고 어떻게 된 거야? 전화기는 도대체 왜 꺼놨어?"

"미안. 그럴 일이 있었어."

"이해할 수 있게 말해봐. 도대체 그럴 일이 뭔데?"

"사실은 전화기 잃어버렸다가 어제 찾았다."

"전화기를 잃어버렸다고? 그걸 변명이라고 하냐?"

"정말이야."

강산이 머리를 긁는 걸 보며 은서는 눈을 지그시 오므렸다.

뭔가 다른 이유가 있는 것이 분명한데 말하지 않으려는 듯 오리발을 내밀었기 때문이다.

그럼에도 그녀는 더 이상 추궁하지 않고 화제를 돌렸다.

생각 같아서는 화를 내며 그동안의 미움을 풀어내고 싶었지만 그랬다가는 강산이 도망이라도 칠까 봐 겁이 났다.

"좋아, 믿어주지. 대신 이제 전화기 꼭 들고 다녀. 전화하면 즉각 받으란 말이야."

"알았어."

"밥 안 먹었지?"

"응."

"가자, 밥 먹으러."

일하는 아르바이트생이 주문을 받기 위해 다가오는 걸 보며 은서는 먼저 자리에서 일어났다.

차분히 앉아 커피를 마시는 것보다는 강산이 좋아하는 뭔가를 먹으며 대화하는 것이 훨씬 부드러울 거라는 게 그녀의 생각이다.

후르륵거리며 감자탕을 먹는 강산은 마치 며칠 동안 굶은 사람처럼 보일 지경이다.

도대체 강산에게 무슨 일이 있었던 걸까?

너무나 궁금해서 식사하는 와중에 계속 물었으나 강산은 예전처럼 아르바이트하면서 산다는 소리만 거듭했다.

부모님에 관한 이야기를 물으면 그저 집에 계신다는 대답만 돌아왔는데 그때마다 곤란한 표정을 지었기 때문에 은서는 더 이상 묻지 못했다.

어렵게 만난 자리에서 강산을 힘들게 만들고 싶지 않았다.

그럼에도 그녀의 마음은 계속해서 무거워져 갔다.

강산의 모습에서, 그리고 부모님의 상황을 회피하는 그의 말에서 지금 그의 상황이 좋지 못하다는 걸 눈치챌 수 있었다.

식사를 끝내고 계산을 마친 은서는 강산을 데리고 근처에 있는 아울렛으로 향했다.

당장 잠바와 신발을 바꿔주고 싶었다. 머리도 깎고 수염도 깔끔하게 정리해 말끔한 모습으로 바꿔놓을 것이다. 하나씩 바꿔서 예전의 그로 되돌릴 수만 있다면 그녀는 어떤 일이든 할 수 있을 것 같았다.

이젠 조건은 돌아보지 않을 생각이다.

강산이 어떤 조건을 가지고 있든 자신의 간절한 마음을 알았으니 원 없이 사랑하고 원 없이 아껴줄 것이다.

그가 허락만 해준다면.

강산을 보내고 집으로 돌아오자 엄마와 동생들은 눈이 빠지게 그녀를 기다리고 있었다.

식사를 끝내고 은서가 전화를 걸었기 때문에 한 명씩 돌아가면서 강산과 통화했지만 그녀들의 궁금증은 그 정도로 만족할 수 있는 것이 아니었다.

은서가 신발을 벗고 마루로 올라서자 은수가 먼저 대뜸 질문을 던져 왔다.

"언니야, 오빠 어때?"

"숨 좀 돌리자."

대답을 하지 않고 은서가 주방으로 들어가 냉장고에서 물을 꺼내자 그녀의 따라온 김 여사가 팔을 끌어당겨 식탁에 앉혔다.

김 여사의 얼굴은 궁금증을 넘어서 초조해 보이기까지 했다.

"강산이 어땠어? 건강해 보여?"

"네."

"집에 온다는 소리 안 해?"

"바빠서 지금은 못 온대요. 나중에 시간 내서 들른다고 했어요."

"오빠 취직한 거야?"

은서의 대답에 은영이 중간에 끼어들었다.

바쁘다는 걸 은영은 새로운 곳에 취직한 것으로 알아들은 모양이다.

"아르바이트하는 것 같아."

"환장하겠네. 그럼 백수로 다시 돌아간 거잖아?"

한심하다는 표정을 지으며 은영이 반문하자 마치 자기가 잘못한 것처럼 은서의 얼굴이 발갛게 달아올랐다.

그 모습에 김 여사와 은수가 한숨을 내쉬며 고개를 흔들었다.

아직까지 제대로 된 직업을 구하지 못했다는 건 앞으로의 전망도 밝지 않다는 뜻이다.

그럼에도 그녀들은 금방 표정을 바꾸고 은서에게 자세한 이야기를 요구했다.

강산에 대한 궁금증은 그가 백수로 돌아간 것과 전혀 상관없는 것이었다.

그때부터 은서의 입에서 강산에 대한 말이 흘러나왔다.

초라하고 불쌍한 모습으로 나타난 것부터 감자탕을 아주 잘 먹더라는 이야기를 하자 기어코 김 여사와 은수는 눈물을 글썽거렸다.

그녀들은 전해 듣는 이야기만으로도 강산이 눈앞에 있는 것처럼 생생하게 떠오른 모양이다.

옷과 신발을 사 입히고 이발까지 해서 보냈다는 말을 끝으로 이야기를 모두 마치자 가족들은 은서를 쳐다봤다.

말은 하지 않았지만 그녀들의 눈에는 앞으로 어떻게 할 거냐는 의문이 담겨 있었다.

그랬기에 은서는 물 잔을 입으로 가져와 한 모금 마신 후 단호하게 말했다.

"오빠보고 앞으로 전화기 꺼놓으면 죽을 줄 알라고 했어. 엄마도 그렇고 너희들도 전화 자주 해도 돼. 앞으로는 받을 거니까."

"오빠 보고 싶은데, 언니가 집에 데려올 수 있어?"

"응, 내가 데려올게."

"언제?"

"조만간에. 오빠가 준비되면."

"사귈 생각이야?"

옆에서 지켜보던 은영의 입에서 대뜸 튀어나온 질문이다.

그녀는 누구보다 은서의 사랑을 반대한 사람이다.

지금의 질문도 긍정적인 면보다 부정적인 감정이 담겨 있었다.

회사에 취직했다면 모를까, 백수로 계속 지낸다면 반대하고 싶은 게 그녀의 솔직한 심정이다.

그러나 은서는 그녀의 염려를 일거에 잘라 버렸다.

"그래, 사귈 거야. 그러니까 엄마도 너도 백수 타령 그만해. 지금까지는 아무 말 안 했지만 앞으로 그 사람한테 엉뚱한 소리 하면 가만있지 않을 거야."

"…언니야, 그건 신중하게 생각할 일 같아."

"더 이상 말하지 마. 난 이미 결심했으니까."

은서는 가족들에게 공포한 것처럼 강산에게 매일 전화를 했고, 데이트 일정도 스스로 결정해서 통보했다.

강산의 반항은 절대 용서하지 않았다.

말도 안 되는 이유를 대면서 시간을 내기 어렵다는 변명은 단칼에 꺾어버렸고, 데이트하러 나오는 차림새가 조금이라도 흐트러지면 길길이 날뛰며 잔소리를 해댔다.

사내는 외모가 번듯해야 하는 일도 잘되는 법이라며 그녀는 강산의 머리서부터 발끝까지 철저하게 관리해서 반들반들 윤이 나도록 만들었다.

다른 연인들이 하는 것처럼 분위기 있는 레스토랑에 가서 야경을 보며 저녁을 먹었고, 팔짱을 낀 채 거리를 걷기도 했다.

커피숍에서 만나 차를 마신 후 영화도 봤고, 놀이공원에 가서 하루 종일 놀이기구를 타기도 했다.

강원도에 가서 온 산을 가득 메운 메밀꽃도 구경했다.

서해안에 가서 싱싱한 대하도 먹고 갯벌에서 조개를 줍기도 했다.

비록 대부분의 데이트 비용은 그녀가 냈지만 은서는 그런 것에 전혀 신경 쓰지 않았다.

언젠가 그가 다시 날개를 펴게 되면 그때는 오늘 일을 회상하며 즐겁게 웃을 수 있을 거라 생각했기 때문이다.

지금은 아니겠지만 이렇게 백수로 살게 만들지는 않을 것이다. 일류 기업에 취직할 정도로 뛰어난 실력이 있으니 강산의 가능성은 충분했다. 옆에서 도와준다면 언제든 재기할 수 있을 거란 게 그녀의 생각이다.

그와 함께하는 시간은 어떻게 지나는지 모를 정도로 즐거움으로 가득 찼다.

눈물이 나도록 행복한 시간이었다.

강산의 태도가 변하기 시작한 것은 두 달이 지나면서부터였다.

처음에는 어색해하고 부끄러워하더니 시간이 점점 지나자 은서를 연인으로 생각하기 시작했다.

동생에서 연인으로 바뀌는 시간은 생각보다 오래 걸렸지만 은서는 개의치 않았다.

얼마가 걸리든 강산을 놓치지 않을 테니 말이다.

그리고 오늘 석양이 아름답게 비추는 한강의 벤치에서 강산은 그녀에게 달콤한 키스를 했다.

아무런 준비도 하지 못했지만 천천히 다가오는 그의 얼굴을 보며 눈을 감았다.

파르르 떨리는 눈가를 통해 다가오는 그의 입술을 느낄 수 있었다.

주먹을 꼬옥 쥐고 기다렸다.

그 짧은 순간이 영원처럼 길었으나 설레고 흥분되어 머리가 하얗게 비는 것 같았다.

❖

태희의 일상은 점점 힘들어지고 있었다.

대원그룹의 자금력이 소진되어 가면서 금융권의 시선도 점점 안 좋은 쪽으로 변해갔기 때문에 대원화학의 자금줄 역시 서서히 악화되고 있었다.

아직까지 최악의 상황은 아니었으나 주 거래 은행에서는 벌써 신규 대출을 꺼리며 과도한 담보를 요구하고 있었다.

태희가 미란다호텔에서 주 거래 은행장을 만난 것은 반드시 필요한 신규 대출을 얻어내기 위해서였다.

시간이 없으니 나중에 만나자는 은행장을 태희는 거의 이십 분이나 설득해서 간신히 시간을 만들었다.

은행장은 따로 저녁 식사 약속이 있어 아홉 시가 되어서야 그를 볼 수 있었다.

정말 어제가 다르고 오늘이 달랐다.

대원그룹이 잘나갈 때는 같이 식사하자고 줄을 서던 은행장들이 상황이 변하자 갑이 되어 고개를 빳빳이 세우며 거드름을 피웠다.

하지만 어쩔 텐가. 사람 살아가는 모든 것이 그러한 순리에 따라 움직이는 것을.

사람을 설득시키는 데 탁월한 능력을 지닌 태희의 논리와 언변도 은행장에게는 통하지 않았다.

소리 없는 전쟁터에서 삼십여 년을 굴러먹은 은행장은 태희의 달콤한 약속보다 실질적인 담보를 원했다.

터무니없는 조건이다.

아무리 대원그룹이 어려움에 처했다 해도 이토록 과도한 담보를 요구한다는 것은 상도의에 어긋나는 짓이었다.

그랬기에 태희는 그의 제안을 거부했다.

당장 현금이 필요했지만 그 정도의 조건이라면 얼마든지 다른 은행에서도 대출이 가능할 거라 판단했기 때문이다.

이 어려움이 지나가서 정상으로 돌아가는 순간 다시는 눈앞에서 능글거리는 표정으로 웃고 있는 은행장의 상판을 보지 않겠다고 결심했다.

은행장이 먼저 자리를 떴지만 태희는 한동안 자리에서 일어나지 못했다.

기분이 좋지 않았다.

영원히 지속될 것만 같던 대원그룹의 위세가 한순간의 오판으로 인해 금이 가는 것을 보면서 태희는 알 수 없는 불안감을 느꼈다.

"휴우."

살아가는 것이, 회사를 다니는 것이 힘들다고 생각해 본 적은 한 번도 없었다.

그렇게 커왔고 그렇게 살아왔으니 그러한 삶은 당연한 것이라 생각했다.

하지만 요즘 들어 점점 힘들어하는 자신을 발견할 수 있었다.

자신의 힘으로 해결할 수 없는 일들이 하나씩 생겨날 때마다 그녀의 안색은 어두워져 갔다.

그녀는 천천히 일어나 호텔 커피숍을 빠져나왔다.

고급 호텔은 VIP들을 위한 전용 룸을 마련해 놓기 때문에 태희는 홀을 지나치지 않고 곧장 로비로 나올 수 있었다.

또각또각.

느리지도 그렇다고 빠르지도 않은 걸음으로 엘리베이터를 향해 걸었다.

오늘은 기사마저 데리고 오지 않았기 때문에 지하로 내려가 직접 차를 가져가야 했다.

그때 로비 한쪽에서 뾰족한 비명 소리가 그녀의 발걸음을 붙잡았다.

로비에는 꽤 많은 사람들이 있었는데 출입문 쪽에서 어떤 여자가 바닥에 쓰러졌다가 일어서는 중이었다.

그녀는 얼굴을 감싸고 있었다. 아마 누군가에게 맞은 충격으로 쓰러진 모양이었다.

그럼에도 그녀는 고통으로 인한 신음 대신 간절한 음성으로 무언가를 외치고 있었다.

그녀의 입에서 나온 말은 아주 단순하고 비참한 것이었다.

아이를 가졌으니 자신을 버리지 말라는 애원이었다.

하지만 남자는 그녀의 애원을 매몰차게 뿌리치며 문을 나서고 있었다.

태희는 그 모습을 보며 석상처럼 자리에 박힌 듯 움직이지 못했다.

여자를 팽개치고 호텔을 빠져나가는 남자는 바로 그녀와 결혼을 앞두고 있는 우일그룹의 셋째 아들 황요성이었다.

언제나 젠틀하고 자상하던 황요성의 얼굴은 악귀처럼 변해 있었고 그의 발걸음은 북풍한설처럼 차가워 몸이 저절로 떨릴 만큼 무서웠다.

◈

어느새 겨울이 다가왔다.

은서는 천천히 걸어 눈꽃이 핀 가로수를 구경하며 카페로 들어섰다.

오늘의 데이트는 강산이 정한 것이다.

여섯 달이 넘도록 데이트를 하면서 강산이 먼저 전화를 한 것은 손가락으로 셀 정도였는데 그것도 당일 전화해서 이루어진 것이지 오늘처럼 날짜를 정하고 만난 것은 처음이다.

계속되는 잔소리가 통했는지 강산은 캐주얼 차림으로 깔끔하게 차려입어 산뜻해 보였다.

그 모습에 기분이 좋아진 은서가 강산의 엉덩이를 두들겨 주었다.

요즘의 그녀는 강산이를 종종 오빠가 아니라 아이처럼 취급했다.

"어허, 어디서 엉덩이를."

"히힛, 칭찬해 주는 거야. 오빠가 예뻐서."

"칭찬을 그렇게 하냐?"

"응, 내 맘이야."

은서가 혀를 내밀며 장난을 걸자 강산의 입술 끝이 하늘을 향해 올라갔다.

그녀의 귀여움이 그를 즐겁게 만들었기 때문이다.

"우리 은서, 오늘따라 예쁘네. 처음엔 몰라봤어."

"예쁘게 하고 나오라고 했잖아. 그런데 오늘 무슨 일 있어? 왜 안 하던 짓을 하고 그래?"

"갈 데가 있거든."

"어디?"

"집."

"무슨 말이야? 집이라니."

"부모님이 널 데리고 오래."

"오빠 부모님?"

"응."

아무렇지 않게 대답하는 강산을 보며 은서가 놀란 듯 커피 잔을 내려놨다.

그녀는 진의를 파악하려는 듯 한동안 강산을 보고만 있었다.

그러다가 한참이 지난 후 천천히 입을 열었다.

"왜 오라시는데?"

"내 나이 서른이다. 장가갈 때 됐잖아. 네 이야기를 했더니 오늘 저녁이나 같이하자고 하시더라."

"그럼 미리 말해줘야지!"

"미리 말해줬으면 안 간다고 우길 것 같아서 그랬어."

"미치겠네."

"저녁 차려놓고 기다리셔. 지금 가야 해."

"오빠 정말 죽고 싶어? 이러는 게 어디 있어?"

"화났니?"

"그럼 화 안 나게 생겼어? 정말 팔푼이도 아니고 하는 짓이 왜 그 모양이야?"

"미안해."

"미안하면 다야?"

"그럼 안 갈 거니?"

"이씨!"

눈을 동그랗게 뜨고 묻는 강산을 향해 은서가 주먹을 번쩍 들었다.

그 모습에 움찔한 강산이 머뭇거리다가 핸드폰을 꺼내 들었다.

"알았어. 집에 전화할게. 못 간다고."

"내가 언제 안 간다고 했어?"

전화기를 슬며시 드는 강산을 향해 은서가 눈꼬리를 치켜 세우며 노려봤다.

어이없는 짓을 해놓고 나 몰라라 하는 강산의 태도에 화가 잔뜩 난 모습이다.

강산의 부모님을 만나는 순간이 조만간 오리라 생각은 했지만 지금처럼 아무런 준비도 못 한 상태에서 정신없이 얻어 맞을 거라고는 생각하지 못했다.

그랬기에 처음에는 화도 나고 당황도 했으나 은서는 결심한 듯 자리에서 일어났다.

언젠가는 만나 뵙고 인사드려야 한다고 생각해 왔으니 주저하고 망설여서 사랑하는 사람을 힘들게 만들고 싶지 않았다.

이왕 가는 것, 예쁘게 보이고 싶었다. 아주 마음에 들도록.

제7장

프러포즈

봉천동.

예전 태희가 갔던 그 길을 따라 은서는 강산과 함께 걷고
있었다.

조심스러운 발걸음.

하지만 조심스러울 뿐 주저함은 전혀 담겨 있지 않았다.

"아직 멀었어?"

"거의 다 왔어."

택시가 오르기를 거부한 곳부터 걸었으니 거의 백 미터가
량 걸었다.

거리를 밝히는 가로등은 도시에서 보기 어려운 백열등으

로 조명의 범위가 넓지 않아서 어둠은 사방에 널려 있었다.

강산의 말대로 목적지는 그리 멀지 않았다.

"저 왔어요."

"왔구나."

집으로 들어선 강산이 소리치자 방문이 열리며 강산의 어머니인 홍 여사가 나왔다.

"우리 어머니야."

"안녕하세요. 처음 뵙겠습니다."

"어서 와요. 오느라 고생했지?"

"아닙니다."

"어여 들어가자. 춥다."

인사하는 은서를 향해 밝게 웃어준 홍 여사가 앞장서자 그 뒤를 강산과 은서가 따랐다.

홍 여사는 허름한 스웨터와 바지를 입고 있었는데 사람 좋은 웃음을 연신 흘리고 있었다.

방으로 들어서자 강산의 아버지인 이철성이 신문을 보는 체하다가 두 사람을 맞아들였다.

그는 은서를 부드럽게 대했는데 그것이 더욱 그녀를 긴장하게 만들었다.

"왔냐?"

"예, 아버지. 여긴 제가 말씀드린 사람입니다."

"어서 와요. 만나서 반갑소."

"안녕하세요. 신은서입니다."

"앉아요. 걸어오느라 힘들었을 텐데."

이철성이 자리를 권하자 강산과 은서가 나란히 맨바닥에 앉았다.

장판이 깔려 있는 바닥은 따뜻해서 추위에 얼어 있던 몸이 스르륵 풀렸다.

하지만 몸과는 다르게 마음은 초긴장 상태다.

두 사람이 앉는 걸 보며 홍 여사가 부엌으로 나가 상을 차리기 시작했다.

그녀는 미리 음식을 준비해 놨는지 금방 강산을 불렀다.

강산이 상을 들고 들어와 중간에 놓자 홍 여사가 은서를 향해 입을 열었다.

"배고플 테니 얼른 먹어요."

"고맙습니다. 맛있게 먹겠습니다."

상에 차려진 것은 태희가 왔을 때와 거의 똑같은 메뉴였다. 된장찌개와 고등어조림, 호박전, 그리고 반찬 몇 가지.

평상시 집에서 먹는 밥상과 다름없는 조촐한 상차림이었다.

오늘 날짜를 잡은 것은 강산이 아니라 부모님이었는데 손님을 초대하고도 이런 상차림이라면 근본적으로 생활 형편이 어렵다는 것을 뜻한다.

아마도 강산의 어머니인 홍 여사는 음식에 조미료를 넣지 않는 모양이었다.

천연 재료로 간을 맞추는 것은 쉬운 일이 아니기 때문에 맛을 내기 위해서는 음식 하는 사람의 솜씨가 탁월해야 한다.

하지만 홍 여사는 음식을 그렇게 잘하는 사람이 아니었다.

못 먹을 정도는 아니었지만 허겁지겁 먹을 정도로 맛있지는 않았다.

그럼에도 은서는 어른들의 속도에 맞추어 끝내 밥그릇을 깨끗이 비웠다.

된장찌개도 먹고 호박전도 먹었으며 홍 여사가 준비해 놓은 반찬에 전부 한 번씩 젓가락을 가져갔다.

식사가 끝나자 홍 여사가 말끔하게 비운 은서의 밥그릇을 보며 흐뭇한 미소를 지었다.

그런 후 주섬주섬 상을 정리하기 시작했다.

강산이 밥상을 들고 부엌으로 나가자 은서가 그 뒤를 따랐다.

시아버지가 될지도 모르는 이철성과 앉아 있는 것도 부담스러웠지만 무엇보다도 홍 여사 혼자 설거지하도록 놔둘 수가 없었기 때문이다.

상을 차리는 것은 같이 할 수 없었으나 설거지까지 맡기고 싶지는 않았다.

은서가 싱크대를 먼저 접수하고 강산이 내온 밥상에서 그릇들을 하나씩 들어 올려 물로 헹구기 시작하자 홍 여사가 급히 다가와 은서를 말렸다.

"손님이 왜 그래요. 들어가 있어요."

"아니에요. 집에서도 늘 하던 일입니다. 맛있게 밥을 먹었으니 치우는 건 제가 할게요."

"그러면 안 되는데……."

홍 여사가 말을 흘리며 강산의 눈치를 봤다.

아무래도 처음 집에 온 손님에게 설거지를 맡기는 것이 불편한 모양이었다.

"엄마, 들어가 계세요. 은서 설거지 잘해요. 집에서도 살림꾼이거든요."

"괜찮겠어?"

"그럼요."

눈치를 보던 홍 여사가 강산의 대답에 슬며시 방으로 들어가자 은서의 손이 빨라졌다. 계속해서 설거지에 매달려 있을 수는 없었기 때문에 서두를 필요가 있었다.

집에서 늘 하던 일이었으니 설거지에 관한 한 전문가라고 불러도 손색이 없을 만큼 능숙했다.

은서는 십 분도 안 돼서 말끔하게 그릇들을 정리해서 찬장에 넣은 뒤 차를 준비하기 시작했다.

옆에서 그 모습을 지켜보던 강산이 만족스러운 웃음을 지었다.

"역시 우리 은서가 일은 잘해요."

"까불지 말고, 부모님 차 뭐 좋아하셔?"

"거기 보면 녹차 있을 거야. 주로 녹차 드신다."

"오케이."

뚝딱뚝딱 물을 끓이고 녹차를 넣은 은서가 쟁반에 찻잔을 받쳐 들고 방으로 들여갔다.

방 안에서 뭔가 두런두런 이야기하고 있던 강산의 부모님은 은서가 찻잔을 받친 쟁반을 들고 들어오자 황당한 표정을 지었다.

설거지시킨 것도 미안한 일인데 차까지 준비해서 들어왔으니 그럴 만도 했다.

특히 홍 여사는 쟁반을 내려놓고 이철상의 앞에 찻잔을 놓는 은서를 보며 눈빛을 빛냈다.

시키지도 않은 일을 미리 챙겨 알아서 한다는 것은 살아온 환경이 반듯하다는 것을 알려주는 것이다.

더군다나 그 짧은 시간에 설거지를 마치고 차를 내왔으니 분명 살림에도 일가견이 있다는 뜻이었다.

나중에 그릇을 확인해 봐야 알겠지만 차를 내온 솜씨로 봤을 때 어떠할지는 충분히 짐작이 갔다.

가족들이 둘러앉아 차를 마시기 시작한 이후부터 홍 여사의 심문이 시작되었다.

태희 때는 주로 이철성이 질문했지만 은서는 처음부터 작정한 듯 홍 여사가 나섰다.

자라온 환경, 가족 간의 우애, 그리고 회사 생활에 대해서 물었다.

그녀의 질문은 거기서 멈추지 않고 좋아하는 음악과 미술, 여행까지 총망라되기 시작했는데 그러한 질문은 은서가 삼십 분이 넘도록 차분한 모습으로 성심성의껏 자신의 질문에 대답하는 걸 확인한 후부터였다.

거의 한 시간에 걸친 질문에도 이철성은 한 마디도 하지 않고 그저 은서의 태도만 지켜보고 있었다.

그리고 그것은 강산도 마찬가지였다.

홍 여사가 질문을 끝내고 자리를 정리하기 시작한 것은 은서가 차를 내온 지 한 시간이 훌쩍 지난 다음이었다.

"아이고, 내 정신 좀 봐. 처음 온 손님을 너무 오래 잡아놨네. 강산아!"

"예."

"이제 은서 데려다줘라."

"예?"

"너무 늦었다. 집에 잘 데려다줘. 오늘 힘들었을 테니까 나중에 맛있는 거 사준다고 해. 그래야 은서가 신경질 안 낼 거다."

"아니에요, 어머니."

"호호, 가봐."

한 시간이 지나자 어느새 말을 놓은 홍 여사가 즐거운 얼굴로 은서를 바라봤다.

은서도 어느새 호칭을 어머니로 바꾸어 부르고 있었는데

방금 전에는 너무나 자연스러워서 그렇게 불러도 전혀 어색하게 보이지 않았다.

홍 여사의 추방에 강산이 은서의 손을 잡고 일어났다.

벌써 아홉 시가 훌쩍 넘었고 칼바람이 몰아치고 있어 밖은 추위로 가득 차 있었다.

강산과 은서가 집을 나선 후 모습이 보이지 않자 방으로 들어선 이철성이 맞은편에 앉는 홍 여사를 향해 입을 열었다.

"어때?"

"난 좋아요."

"얼마나?"

"95점."

홍 여사의 대답에 이철성의 얼굴이 찌푸려졌다.

사전에 조금이라도 마음에 들지 않으면 나서지 않겠다던 홍 여사는 오늘 혼자서 모든 질문을 다 했다.

너무나 의외였기에 잠자코 있었지만 은서라는 아이가 그 정도로 마음에 들었다는 게 이해가 되지 않았다.

그랬기에 이철성은 마른 음성으로 이야기를 이었다.

"아버지 없이 홀어머니에 여동생만 달랑 둘이야. 그 좋은 혼처를 다 뿌리치고 꼭 그래야겠어?"

"마음 안 드시는 거 알아요. 하지만 강산이 좋아하잖아요."

"록펠러 가문의 제시카는 어쩔 생각이야?"

"걔는 안 돼요."

"왜?"

"걘 설거지를 못하잖아요. 차도 못 타고."

"이 사람아!"

"당신 혹시 그 아이 배경 때문에 그러는 건 아니죠?"

"그럴 리가 있나. 내가 뭐가 아쉽다고. 다만 강산이가 최고의 배우자를 얻었으면 해서 그러는 거지."

"하나만 물어볼게요. 당신한테는 최고의 배우자가 누구였어요?"

"그거야 당신이지."

"나는 시골에서 올라와 겨우 대학을 졸업했을 때 당신 만나서 결혼했어요. 집안은 가난했고 내 뒤에는 아무것도 없었지만 당신은 나와 결혼했잖아요. 나는 그때를 잊을 수 없어요. 당신이 그랬잖아요. 너만 있으면 아무것도 필요 없다고. 생각 안 나요?"

"어떻게 그걸 잊어."

"그러니까 내 말대로 해요. 더 중요한 건 강산이가 사랑한다잖아요. 그걸로 충분해요."

"알았어."

"다시는 두말하지 않을 거죠?"

"알았다니까 그러네. 사실 그 아이, 무척 세심하고 착해 보였어. 나도 그렇게 싫지는 않았으니 강산의 뜻대로 하지. 같이 술 한잔할 사돈이 없는 게 조금 아쉽기는 하지만 뭐 어쩌겠어. 그것도 다 내 팔자인 거지."

❖

태희는 집무실에 앉아 책상에 놓인 사진들을 보며 부들부들 떨었다. 황요성의 뒷조사를 한 결과는 너무나 놀라워 입이 벌어지지 않을 지경이다.

놈은 그녀와 만나는 수요일과 일요일을 빼고는 매일 다른 여자와 호텔에서 뒹굴고 있었다.

여자들의 직종은 다양했다.

영화배우부터 모델, 클럽에서 꼬신 된장녀, 심지어 대학생까지 있었는데 삼 개월 동안 추적한 결과 무려 이십여 명에 달했다.

지난번 호텔에서 울며불며 매달린 여자가 바로 이제 갓 대학 3학년인 여대생이었다.

놈은 아이를 가졌다는 여대생을 폭행하며 한 번만 더 연락하면 온 집안을 쑥대밭으로 만들겠다며 협박했다고 한다.

더 커다란 충격은 놈이 성도착증 환자라는 것이다.

SM.

정상적인 섹스로는 만족하지 못하고 구타와 욕설, 그리고 상황극이 동원되어야 겨우 흥분하는 독특한 성적 취향을 가진 놈이었다.

철저한 위장으로 본색을 감추며 살아온 놈은 아직도 재계에서는 황태자로 불리며 수많은 사람으로부터 선망의 시선을 받고 있었다.

사람들은 태희를 부러워하면서 최고의 신랑감을 얻은 행운의 여신으로 불렀다.

태희 역시 남부럽지 않은 환경 속에서 자라왔지만 사람들은 황요성에게 훨씬 많은 무게감을 두며 이번 결혼으로 이득을 보는 쪽은 대원그룹과 태희라는 생각을 숨기지 않았다.

그만큼 무서운 놈이다.

수많은 사람을 사로잡으며 오랫동안 자신의 본색을 숨기고 살아왔다는 것은 그만큼 철두철미하다는 걸 의미한다.

보름 전에 집안끼리 만나 인사하는 자리에서 두 사람의 결혼이 언급되었고 봄에 식을 올리는 것으로 약속했다.

두 사람의 결혼은 이미 공식화되어 언론에 공개된 상태이기 때문에 태희는 수많은 사람의 전화에 한동안 시달려야 했다.

계속 떨어지던 대원그룹의 주가가 그녀와 황요성의 결혼 소식에 연일 상한가를 친 것은 이번 결혼이 대원그룹에 얼마나 커다란 도움이 되는 것인지 단적으로 알려주는 것이었다.

눈을 감았다.

큰아버지의 예리한 눈빛과 아버지의 간절한 눈빛이 떠올랐다.

내가 여기서 나를 위해 판을 접으면 회복하기 위해 몸부림

치던 대원그룹은 순식간에 나락으로 떨어질지도 몰랐다.

한동안 감고 있던 태희의 눈이 떠진 것은 그로부터 오 분 정도 지난 후였다.

그녀의 눈엔 물기가 어려 있었는데 너무나 촉촉해서 마치 운 것처럼 보였다.

오늘은 수요일. 황요성을 만나는 날이다.

그랬기에 태희는 천천히 자리에서 일어나 외투를 걸쳐 입었다.

황요성의 데이트 코스는 언제나 처음은 호텔 커피숍이었다.

그는 태희를 만나면 커피를 마시면서 그동안 있던 일들에 대해 이야기하며 오늘의 데이트 일정을 알려주곤 했다.

똑같은 패턴.

한 번도 태희보다 늦게 오는 법이 없었던 황요성은 특유의 부드러운 얼굴로 태희가 다가오는 것을 바라보고 있었다.

그녀는 다른 때와는 다르게 오늘 약속 시간보다 십오 분이나 늦었기 때문에 기다림이 꽤 길었을 텐데도 그의 얼굴에서는 싫은 표정을 찾아볼 수 없었다.

고개를 까딱여 인사를 한 태희가 맞은편에 앉은 후 다가온 웨이트리스에게 커피를 시키자 황요성이 입가에 웃음을 떠올렸다.

"오늘 춥죠?"

"그러네요."

"오는 동안 차는 안 막혔어요?"

"광화문 사거리에 사고가 나서 십 분 정도 지체했어요. 그래서 조금 늦었어요. 미안해요."

"그랬군요. 무슨 일이 있나 걱정했어요."

역시 본심을 숨기는 데에는 귀재다.

미리 정체를 알지 못했다면 이 질문이 기분 나쁜 것을 표현하는 그만의 방법이란 것도 알지 못했을 것이다.

웨이트리스가 커피를 가져옴에 따라 잠시 끊겼던 그들의 대화는 황요성으로 인해 다시 이어졌다.

"어제 아버지께서 우리 결혼 날짜에 대해서 말씀하셨어요. 삼월 십오 일이 길일이라며 어머니와 상의하시더군요."

"봄이네요."

"원래 봄에 하는 것으로 이야기했잖아요. 곧 아버지께서 유 사장님께 연락하실 것 같아요."

"네."

"나는 정말 기다려져요. 당신과 부부가 된다고 생각하니 난 참 행운아인 것 같아요."

"왜죠?"

"당연한 것 아닌가요. 당신처럼 멋진 여자의 남편이 된다는 건 모든 남자들의 로망일 겁니다."

"그런가요?"

"대답이 이상하군요. 무슨 일 있어요?"

태희의 표정이 심상치 않은 것을 눈치챈 황요성이 몸을 뒤로 빼며 눈을 지그시 오므렸다. 평상시에는 보여주지 않던 태희의 태도에서 뭔가 이상하다는 것을 눈치챈 모습이다.

뒤로 몸을 빼는 그와는 다르게 이번에는 태희의 상체가 앞으로 나왔다.

그녀의 목소리는 낮았지만 뚜렷했다.

"하필이면 왜 나죠?"

"무슨 말입니까?"

"예쁘고 똑똑해서 남들에게 내세우기에는 최적의 조건을 갖췄기 때문인가요?"

"태희 씨!"

"거기에 대원그룹이란 거대한 약점마저 잡고 있으니 어떤 일이 있어도 거부하거나 반항할 수 없을 거라 생각했겠군요."

"무슨 말을 하는 건지 모르겠네요."

뒤로 뺐던 황요성의 상체가 점점 앞으로 다가왔다.

그의 부드럽던 눈은 어느샌가 점점 차갑게 변하고 있었다.

그럼에도 태희는 여전히 상체를 내민 자세에서 전혀 움직이지 않고 입을 열었다.

그녀의 전신에서 쏟아져 나오는 기세는 황요성의 몸에서 슬금슬금 피어오르는 한기와 정면으로 맞서고 있었다.

"언제까지 속일 수 있을 거라 생각했니?"

"뭘?"

"여자들, 그리고 너의 변태 기질."

"뒤를 캔 모양이군."

"하나만 말해주지. 난 원래 성격이 지랄 맞은 여자다. 네가 생각하는 그런 허수아비하고는 근본적으로 맞지 않는 사람이야. 쇼윈도에 있는 마네킹이 필요했다면 다른 년을 찾는 게 빠를 거다."

"말을 함부로 하네. 대원그룹 형편 좀 생각하지?"

황요성의 눈은 이제 완벽하게 뱀처럼 변해 있었다.

부드럽던 그의 미소는 어느새 징그럽게 바뀌어 있었는데 수틀리면 금방이라도 살인이라도 할 것처럼 차갑게 느껴질 정도였다.

하지만 태희는 그의 차가운 눈을 향해 마지막 일격을 가했다.

"미친 새끼, 그런 걸로 날 협박할 수 있을 거라 생각했니? 앞으로 나한테 전화하지 마. 함부로 전화질하면 그동안 찍어 놓은 네 숨겨진 생활이 신문 1면에 화려하게 장식될 테니까. 그렇게 돼도 괜찮다면 마음대로 해."

"이년이 미쳤나!"

"그동안 너한테 이렇게 대하는 여자가 없었던 모양인데 정신 차리고 내 말 들어."

"개 같은 년, 죽고 싶어!?"

"흥분하지 말고 일어서지도 마. 다른 사람이 볼지도 모르니까. 내가 저 문을 통과해서 완벽하게 빠져나갈 때까지 커피나 마시고 있어. 내가 이렇게 조용히 사라져 주는 건 네 인생이 불쌍해서야. 그러니까 주둥이 닥쳐, 이 변태 새끼야!"

❖

대원그룹의 몰락은 황요성을 거부한 태희의 결정과 상관없이 순식간에 찾아왔다.

회장의 큰아들인 유준성이 마카오에서 불법 도박으로 수십억을 날렸다는 기사가 터지면서 검찰이 수사에 착수했고, 그동안 손실이 누적되어 오던 대원건설이 더 이상 견디지 못하고 부도를 맞은 것이다.

그동안 유 회장은 보유한 부동산을 처분했고, 계열사로부터 자금을 끌어모아 지원하는 등 백방으로 노력했으나 이라크에서 수주한 플랜트사업에서 엄청난 손실이 발생했고, 국내에서도 부동산이 하락하면서 미분양 아파트가 자금줄을 완전히 막아버렸기 때문에 대원건설의 부도를 막을 수 없었다.

그 여파는 대원그룹 전체로 퍼져 나갔다.

무리한 해외투자로 위태하던 대원전자가 금융권에서 신규 대출을 거부당하면서 또다시 부도를 맞았고, 대원물산 역시 최악의 상황으로 몰려 부도가 눈앞으로 다가온 상태였다.

회장 주제로 수없이 많은 연석회의가 열렸으나 뾰족한 대책을 마련한다는 건 불가능에 가까운 일이었다.

결국 대한민국 영화계를 장악하면서 막대한 이익을 남기던 대원엔터테인먼트를 매각하고 말았다.

남의 어려움을 이용해서 자신에게 이득을 가져오는 것은 사업의 기본이다.

그랬기에 대원엔터테인먼트를 인수한 화령그룹은 대원그룹이 막바지에 몰릴 때까지 기다렸다가 인수 의사를 밝힌 후 평가액보다 30퍼센트나 저렴한 가격을 써냈다.

버티고 말고 할 겨를이 없었다.

자존심을 내세우고 버티다가는 대원물산이 도산할 처지에 놓였기 때문에 이를 악물고 매각 서류에 사인했다.

다른 건 몰라도 모기업인 대원물산만큼은 반드시 살리려는 유 회장의 노력은 눈물겨웠다.

하지만 그것은 억지로 물꼬를 틀어막은 정도에 불과했다.

이미 대원그룹 전체의 신용 평가는 바닥을 기는 중이었기 때문에 금융권에서는 신규 대출을 중지한 채 자금을 회수하느라 눈이 시뻘게진 상태였다.

이대로 금융권에서 자금 회수에 열을 올리게 된다면 대원물산은 물론 흑자 경영을 지속해 오던 대원화학과 대원백화점도 위기에 빠지게 될 것이 분명했다.

이제 남은 해결책은 단 하나.

M&A를 시도하는 것만이 유일한 해결책이었다.

더 늦으면 늦는 만큼 대원엔터테인먼트처럼 억울한 가격에 핵심 기업들을 팔게 될 것이다.

하루라도 빨리 협상을 해야만 조금이라도 더 높은 가격을 받을 수 있다는 것을 너무나 잘 알고 있었기에 대원그룹의 수뇌부는 태희를 수장으로 한 TF팀을 구성해 인수 가능한 대상 기업과 매각 방법에 대해서 검토하기 시작했다.

하지만 상황은 녹록지 않았다.

금융 위기가 덮치면서 수년째 침체된 경제 공황은 기업들에게 사업 확장을 꿈도 꾸지 못하게 만들고 있었다.

태희가 회장실로 들어서자 소파에 앉아 눈을 감고 있던 유 회장이 눈을 뜨며 한숨을 몰아쉬었다.

그는 태희가 황요성과 헤어졌다는 사실을 알았지만 아무 탓도 하지 않았다.

태희의 결혼은 대원그룹이 정상적으로 굴러갈 때 힘을 보태는 것이지 지금처럼 망가진 상태에서는 아무런 의미가 없었다.

유 회장의 얼굴은 누렇게 떠 있었다.

최근 거의 한 달 동안 제대로 잠을 이룬 적이 없었는데 과중한 스트레스로 그의 넉넉하던 얼굴은 초췌하게 변해서 예전의 모습은 찾아보기 어려웠다.

손가락을 입에 물고 있던 그의 입이 열린 것은 태희가 맞은편에 앉을 때였다.

"검토는 해봤느냐?"

"세 개 기업으로 압축했습니다. 하지만 가능성이 있을 뿐 그들은 인수합병에 대해서는 현재까지 검토한 바가 전혀 없다는 대답으로 일관하고 있어요."

"간을 보는 걸까?"

"그럴 수도 있지만 제 판단으로는 아닐 가능성이 더 큽니다."

"왜지?"

"우리가 봤을 때나 핵심 기업이고 알짜 기업이지 그들에게는 아닐 수도 있기 때문입니다. 지금 상황에서 인수합병을 시도한다는 것은 엄청난 위험을 감수해야만 합니다. 비슷한 기업을 가진 자들이 그런 위험을 감수할 리 없지요."

"그렇지 않아. 우리 기업들은 국내에서의 판매점유율이 독보적이니까 분명 탐낼 것이다."

"판매점유율은 우리 기업이 사라지면 그들끼리 나눠 먹으면 됩니다. 판매점유율은 허상이나 다름없어요."

"으음."

태희의 설명에 유 회장의 입에서 신음이 새어 나왔다.

정상으로 버티는 상태라면 자신의 말이 맞겠으나 부도가 나서 회사가 제대로 돌아가지 못한다면 태희의 말대로 점유율이 사라지는 건 금방이었다.

그랬기에 그는 한동안 신음을 흘리다가 태희의 눈을 바라봤다.

그녀의 시선에서 뭔가 다른 대책이 있다는 것을 눈치챘기 때문이다.

"오랫동안 시달렸더니 머리가 제대로 돌아가지 않는구나. 태희야, 다른 방법이 있다면 말해봐라. 내가 인내심이 바닥나서 기다릴 수가 없구나."

"회장님, 국내 기업들은 이런 경제 상황에서 우리 기업을 인수할 수 없습니다. 있다 해도 후려칠 대로 후려쳐서 헐값에 매수하려고 할 겁니다."

"그래서?"

"제 생각에는 국내 기업을 제치고 글로벌 기업에 매각하는 것이 좋을 것 같습니다. 그렇게 되면 우리 기업들이 가지고 있는 판매점유율은 허상이 아니라 실제가 되니 좋은 조건에서 매각할 수 있어요."

"글로벌 외국 기업이라면 완전히 다른 이야기가 되겠구나. 참으로 좋은 생각이다. 하지만 정부에서 가만있지 않을 것이야. 외국 기업에 판다면 분명 압박이 들어올 것이다. 국내 기업이 외국에 팔리는 것을 원하지 않을 테니 말이다. 정부에서 대출금을 빼내 간다면 아무리 글로벌 기업이라도 인수가 불가능해진다."

"그건 간단하게 해결할 수 있을 것 같아요."

"어떻게?"

"우주그룹에 팔면 정부도 반대하지 않을 겁니다."

"우주그룹?"

"맞아요. 한국인이 오너로 있는 회사죠. 세계 기업 서열 7위에 랭크되어 있는 공룡 기업입니다."

"가능하겠느냐?"

"마침 우주그룹 한국 본부에서 다음 주 월요일에 리셉션을 연다고 해요. 지금까지 우주그룹 임원진은 거의 공식 석상에 나타나지 않았지만 거기에 가면 협상 테이블을 마련할 수 있을지도 몰라요. 문제는 초청장이 없다는 건데 그건 회장님이 마련해 주세요."

"알았다. 그건 내가 어떻게든 마련해 주마."

"실무진을 꾸려서 준비하겠습니다. 그들이 협상에 나설 수 있도록 완벽하게 시나리오를 짤게요."

"그래, 그렇게만 된다면 좋겠구나."

"최선을 다할게요. 성공만 한다면 대원물산을 비롯해 몇 개의 계열사는 살릴 수 있을지도 몰라요."

은서는 턱을 받친 채 책상에 앉아 뭔가를 끄적거리고 있었다.

노트에는 그녀의 마음처럼 심란한 선과 기호들이 가득 차 있었는데 알아보지 못할 단어도 많았다.

강산이 그녀를 데리고 집에 다녀온 지도 두 달이 넘었다.

예상대로 강산의 부모님은 넉넉하지 못한 생활을 하고 있었지만 그것 때문에 실망하지는 않았다.

조건을 보지 않고 오직 사랑만 생각하기로 했으니 애써 그런 것들을 외면하려 했다.

다행히 강산의 부모님은 그녀를 마음에 들어 하셨다고 한다.

나름 잘 보이려고 노력한 그녀의 정성이 통한 모양이다.

문제는 강산이었다.

자신을 집에까지 데려가 부모님께 소개를 시켰다는 것은 결혼할 의사가 있다는 건데 두 달이 지나도록 애만 태우며 아무런 말이 없었다.

그렇다고 먼저 옆구리를 찌를 수도 없었다.

프러포즈란 여자에게 있어서 영원히 간직할 일이니 먼저 나선다는 건 말도 안 되었다.

프러포즈를 받았다고 해서 당장 결혼할 형편이 되는 건 아니지만 그것은 약속이고 맹세였으니 하루라도 빨리 받고 싶었다.

엄마는 이제 적극적이었다.

강산과 데이트를 하기 위해 나가는 날이면 집에서 저녁을 먹으라고 성화였다.

엄마는 아직도 강산을 아들처럼 생각했는데 결혼하면 사위가 아니라 아들로 대할 태세다.

하지만 은영은 여전히 반대했고 은수는 오빠도 좋고 형부도 좋다며 중도 노선을 걷고 있었다.

은영은 강산이 백수라는 사실을 끊임없이 상기시키며 그녀에게 다시 생각해 보라고 줄기차게 권유했다.

가족들이 강산을 바라보는 시각은 제각각이었지만 그녀들이 강산을 좋아한다는 것은 변함없는 사실이었다.

엄마와 동생들은 어쩌다가 집에 오는 날에는 강산을 붙잡고 밤늦게까지 수다를 떨 만큼 강산을 좋아했다.

그나저나 걱정이다.

아무리 생각해도 이 시점이면 뭔가 행동이 있어야 정상인데 이 인간은 아무런 생각이 없는 사람처럼 보였다.

끄적이던 은서는 펜을 내려놓고 자리에서 벌떡 일어났다.

생각하면 생각할수록 화가 나서 견딜 수가 없었다.

기다림에 익숙해서 괜찮을 줄 알았는데 간절히 원하는 것을 기다리는 건 여전히 고통이었다.

휴대폰이 요란하게 울린 것은 그녀가 손톱을 깨물며 방 안을 왔다 갔다 할 때였다.

전화는 강산에게서 온 것이다.

―은서야, 뭐 해?

"뭐 하긴, 이제 자야지. 오빠는 무슨 바람이 불어서 이렇게 늦은 시간에 전활 하냐?"

―보고 싶어서 했지.

"어이구, 그래, 가르친 보람이 있긴 하다. 안 하던 소리까지 하는 걸 보니."

—내일 저녁에 약속 있어?

"아니, 없는데."

—그럼 내일 시간 비워둬라.

"왜?"

—하여간 비워둬. 중요하게 할 말이 있으니까.

강산의 말에 은서의 가슴이 무섭게 뛰기 시작했다.

콩닥콩닥.

어떻게 전화를 끊었는지 모를 만큼 은서는 정신이 없었다.

분명 이 인간이 뭔가를 할 모양이고, 그건 그녀가 예상한 일일 가능성이 아주 컸다.

하루 종일 일이 손에 잡히지 않았다.

간절히 기다리던 무언가가 막상 눈앞으로 다가온다고 생각하자 긴장이 되고 초조해졌다.

시간이 어떻게 흘렀는지 알 수 없었으나 퇴근 시간이 다가왔기에 은서는 책상을 정리하고 자리에서 일어났다.

강산과 약속한 장소는 르네상스호텔이다.

다른 날과는 다르게 호텔 커피숍에서 만나자고 했기 때문에 은서는 강산이 프러포즈할 것이라 확신했다.

하지만 그러한 그녀의 판단은 강산이 나타나면서부터 깨지기 시작했다.

강산은 청바지 차림에 등산 잠바를 입고 나타났는데 모자까지 눌러써서 방금 아르바이트를 마치고 온 사람처럼 보였다.

고급 커피숍에 이런 차림으로 나타난다는 건 생각조차 해보지 않았기에 은서는 급하게 좌우를 둘러봤다.

다행히 커피숍에는 다섯 테이블에만 손님이 있고 그들은 이쪽을 보지 않은 채 자신들의 대화에 정신이 팔려 있었다.

이상한 일이었다.

아무리 경기가 안 좋다고 해도 르네상스처럼 거대한 호텔 커피숍에 사람들이 거의 없다는 것은 이해가 되지 않았다.

그럼에도 한편으로는 다행이란 생각이 들었다.

부끄러워서가 아니라 남의 시선을 받는 게 싫었기 때문이다.

사람은 장소에 따라 옷차림과 행동이 달라야 하고 그러한 것들이 적절하지 못하면 시선을 받게 된다.

물론 그 시선은 곱지 못한 것으로 그런 시선을 받게 되면 당사자뿐만 아니라 옆에 있는 사람도 곤혹스럽다.

강산이 앞에 앉자 은서가 작은 목소리로 빠르게 입을 열었다.

"일어나. 나가자."

"왜?"

"뭐하러 이렇게 비싼 곳에서 차를 마셔."

"걱정하지 마. 나 쿠폰 생겼어. 쿠폰 내면 커피 공짜로 마실 수 있어."

"어디서 났는데?"

"아는 형이 줬어."

천연덕스럽데 대답하는 강산을 보며 은서가 가볍게 한숨을 쉬었다.

그놈의 쿠폰.

쿠폰이 있는 이상 자리에서 일어나려던 그녀의 생각은 물 건너간 거나 다름없다.

때맞춰서 웨이트리스가 다가왔기 때문에 은서는 빠르게 커피를 주문했다.

커피는 금방 나왔고, 커피 잔을 든 은서는 강산을 빤히 쳐다보며 그의 입이 열리기를 기다렸다.

하지만 강산은 커피를 음미하고 있을 뿐이었다.

처음부터 뭔가 잘못되어 가는 것 같더니 서서히 포기하는 마음이 들었다.

프러포즈를 할 거라면 저렇게 입고 나오지도 않았을 것이고 저런 태도로 천연덕스럽게 커피를 마시고 있지도 않았을 것이다.

그랬기에 은서는 긴장을 풀고 마음을 편하게 가졌다.

어찌 보면 아직 아무런 준비조차 되지 않은 강산이 프러포즈를 한다는 게 더 이상한 일일지도 모른다.

백수에 집안 형편도 어려운데 프러포즈를 한다는 건 정말 어리석은 짓이다.

그럼에도 그녀가 기다린 이유는 그동안 간직해 온 사랑이 너무도 힘들었고 간절했기 때문이다.

"오빠, 할 이야기가 있다며?"

"응, 나 좋은 알바 자리 생겼어."

"알바? 어떤?"

"수족관 청소하는 건데 한 시간에 이만 원씩 준대. 하루에 세 시간씩 하니까 한 달 하면 이백만 원이나 벌 수 있어."

강산이 기분 좋은지 맑게 웃으며 대답하자 누그러들었던 은서의 표정이 싸늘하게 변하기 시작했다.

강산이 대원그룹을 그만둔 것도 벌써 팔 개월 전의 일이다.

그동안 은서는 아르바이트를 그만두고 취직 시험을 보라며 권유했으나 강산은 말을 듣지 않았다.

지금까지는 그때 일에 대한 충격 때문일 거라 생각해서 닦달하지 않았지만 또다시 아르바이트를 하겠다고 하자 화가 났다.

프러포즈는 고사하고 자신의 앞날조차 생각하지 않는 강산이 새삼 미워져서 그녀의 목소리에는 가시가 돋쳤다.

"그게 그렇게 좋냐?"

"은서야, 왜 그래?"

"평생 알바만 하면서 살래? 내가 몇 번을 말해야 알아들어. 오빠 정말 이렇게 살고 싶어?"

"일단 먹고는 살아야 하잖아."

"그렇게 먹고사는 건 사는 게 아니야. 오빠, 제발 내 말대로 해. 난 오빠가 제대로 된 직장을 잡아서 일했으면 해. 부탁이야, 오빠. 그렇게 해주면 안 돼?"

"그러고 싶지만 그게 잘 안 될 것 같아. 당장 써야 될 돈도 필요하고, 경기도 안 좋아서 취직하기도 쉽지 않아."

"그래도 해봐. 내가 오빠 쓸 돈은 마련해 줄 테니까 그렇게 해."

"그렇게는 못 하지. 얼마나 바보 같은 놈이면 여자한테 용돈을 받아 쓰냐?"

"죽을래?"

"나 그냥 내버려 두면 안 돼? 당분간만 이렇게 살자. 경기 좋아지면 그때 취직할게. 지금은 때도 늦었고 형편도 안 좋아."

"정말이지?"

"정말이야. 이제 조금씩 경기가 살아나고 있다니까 기다리면 기회가 생길 거야. 그땐 꼭 취직할게."

"약속해."

은서가 손도장을 내밀었다.

프러포즈는 못 받았어도 그동안 꿈쩍하지 않던 강산이 취직을 하겠다고 약속하자 그녀의 얼굴은 어느새 봄 햇살처럼 활짝 피어났다.

커다란 일이 하나 해결되자 은서의 눈에 보인 강산은 어느새 사랑하는 사람으로 돌아와 있었다.

"오빠, 커피 다 안 마셨어?"

"거의 다 마셨어."

"그럼 나가자. 내가 오늘은 맛있는 거 사줄게."

"잠깐만 기다려. 나 화장실 좀 다녀올게."

은서가 가방을 들고 일어나려 하자 강산이 만류하며 자리에서 일어났다.

그런 후 빠른 걸음으로 커피숍을 빠져나갔다.

은서는 그런 강산의 뒷모습을 보면서 웃음을 지우지 못했다.

대원그룹까지 합격한 전력이 있으니 경제만 좋아지고 기회가 생긴다면 취직하는 데는 문제가 없을 것이다.

은서는 강산의 뒷모습이 보이지 않자 그때서야 커피숍에 자신밖에 없다는 것을 알게 되었다.

다른 테이블에 있던 손님들은 어느새 나갔는지 아무도 없고 오직 한 명의 웨이트리스만 카운터에 남아 있었다.

은서는 무의식적으로 시계를 보았다.

일곱 시 십삼 분.

커피숍으로 본다면 골든타임인데 손님이 없자 은서는 묘한 전율과 두려움이 느껴졌다.

이 커다란 커피숍에 혼자 앉아 있는 건 분명 쉽게 생길 수 없는 우연일 것이다.

그랬기에 강산이 빨리 돌아오기를 기다렸다.

불이 꺼진 것은 그녀가 강산이 빠져나간 곳을 향해 시선을 주고 있을 때였다.

커피숍의 모든 불이 꺼지고 그녀가 앉아 있는 곳에만 조명이 들어왔다.

무슨 일인가 궁금해서 자리에서 일어났다.

가뜩이나 겁이 났는데 불까지 꺼지자 자신도 모르게 웨이트리스가 있던 카운터로 시선을 돌렸다.

하지만 그곳에는 아무도 없었고 대신 거짓말처럼 강산이 나타났다.

너무나 반가워 그를 확인한 은서의 목소리가 울려 나왔다.

"왜 이렇게 늦었어?"

"불이 다 꺼졌네. 절전을 위해서 손님 있는 곳만 불을 켠다더니 정말인가 보다."

"오빠가 그걸 어떻게 알아?"

"들어올 때 쓰여 있던데 못 읽었어?"

"난 못 봤어."

"앉아봐. 줄 거 있어."

"뭔데?"

엉거주춤 앉은 은서의 시선이 그때서야 강산이 오른손에 들린 꽃다발을 확인하곤 의아함을 나타냈다.

강산은 어느새 모자를 벗은 채였는데 불쑥 꽃다발을 그녀에게 내밀고 있었다.

"웬 꽃다발이야?"

"내가 오늘 할 말 있다고 했잖아. 그거 하려고."

"그게 뭔데?"

은서가 황당한 얼굴로 반문하자 강산이 잠바 주머니를 뒤적거리더니 뭔가를 꺼내 들었다.

그러고는 그것을 열어 앞으로 내밀며 은서의 눈에서 시선을 떼지 않았다.

"은서야, 나랑 결혼해 줄래?"

강산이 은서에게 내민 것은 반지였다.

화려하지도, 그렇다고 보석이 박혀 있지도 않은 단순한 금반지였지만 그들에게만 비추는 조명 속에서 반지는 화려하게 빛나고 있었다.

은서는 잠시 동안 아무 말도 하지 못했다.

포기하고 있던 프러포즈가 갑자기 강산의 입에서 나오자 너무나 당황스러워서 무슨 말을 해야 할지 생각이 나지 않았다.

그러나 당황함은 잠시였고 어느새 침착함을 되찾은 은서는 강산이 준 반지를 받지 않은 채 침착한 표정으로 입을 열었다.

"백수 주제에 청혼을 한다는 게 말이 된다고 생각해?"

"응."

"왜 그렇게 생각하는데?"

"널 사랑하니까."

"나 행복하게 해줄 자신 있어?"

"응."

"어떻게?"

"오직 너만 사랑할 거고 너를 위해 무슨 짓이든 다 할 거야. 그러니까 행복하게 해줄 수 있어."

"가난하게 살고 싶지 않은데 그렇게 해줄 수 있어?"

"응."

"어떻게?"

"난 내가 능력이 있다고 생각해. 네가 나와 결혼만 해준다면 누구보다 멋진 직장을 얻어서 남부럽지 않게 살도록 해줄 거야."

"믿어도 돼?"

"응."

"난 아이를 많이 낳고 싶어. 오빠가 애들 키우느라 힘들 거야. 그래도 괜찮아?"

"응."

"돈 많이 벌려면 힘들 텐데도?"

"걱정하지 마. 내가 노력해서 아이들 멋지게 키울 테니까. 그러니까 은서야, 나랑 결혼해 줘."

"정말 그럴 거야?"

"응, 정말 그렇게 할 거야."

"알았어. 그렇다면 오빠하고… 결혼할게."

은서는 어느새 울고 있었다.

그렇게 간절히 바라던 것이 이루어지자 봇물 터지듯 눈물이 쏟아져 내렸다.

방금 한 강산의 말이 모두 거짓이라도 좋았다.

그와 함께할 수만 있다면 아무리 힘들어도 행복하게 살 수 있을 것만 같았다.

그랬기에 그녀는 눈물을 흘리면서도 하염없이 웃고 있었다.

우주그룹의 한국 본부는 설립된 지 이십 년이 다 되어가지만 경제계의 전면에 나선 적은 한 번도 없었다.

그렇다고 해서 정재계가 그들을 무시하거나 의식하지 않는 건 말도 안 되는 일이었다.

세계 기업 순위 7위.

조선, 철강, 석유화학 등 세계에서 내로라하는 계열사를 거느린 우주그룹은 초거대 기업으로서 세계 경제를 좌지우지할 정도의 영향력을 가지고 있었다.

오너가 한국 사람이란 것만 알려졌을 뿐 오너 일가에 대한 정보는 거의 베일에 가려져 있는 것으로 유명했는데 그럼에도 불구하고 그들에 대한 세간의 관심이 지속되지 못한 것은 교묘한 언론플레이와 철저한 계열사 중심의 경영 때문이었다.

그림자 경영.

세계 재계 역사상 거의 유례를 찾아보기 어려운 그림자 경영은 우주그룹을 철저한 계열사 단독 경영 체계로 변화시켰기 때문에 오너 일가에 대한 관심은 특별한 경우에 잠깐 화제가 되었을 뿐 금방 수그러들었고, 그마저도 철저한 언론플레이에 의해 거의 보도된 경우가 없었다.

우주그룹의 한국 본부 리셉션은 일 년에 한 번 개최되는데 정재계의 유력 인사들을 초청해서 우주그룹에 대한 소개와 경영 성과에 대해서 발표했다.

하지만 실질적인 목적은 세계적인 유력 인사들을 초빙해서 국내의 정재계 인사와 연결시켜 우주그룹의 영향력을 확대하는 것이었다.

그랬기에 리셉션에는 우주그룹의 초청으로 세계에서 내로라하는 CEO들이 대거 참석했고, 국내에서도 영향력 있는 인사들이 초청되었다.

참석 인원은 불과 백이십 명이었으니 태희가 초청장을 손에 넣기까지는 유 회장의 엄청난 노력이 필요했다.

리셉션이 열리는 로열호텔은 최근 무서운 기세로 떠오르는 신흥 명문으로서 최고의 시설을 갖춰 외국 명사들이 가장 선호하는 호텔이었다.

태희는 흰색 드레스로 갈아입고 복도를 지나 리셉션장으로 들어갔다.

입구에는 검은 양복을 입은 진행 요원들이 초청장을 세밀하게 검사한 후 사람들을 입장시키고 있었는데 아무도 그에 대해 불만을 표현하지 않았다.

회장과 함께 리셉션장으로 들어선 태희는 먼저 들어찬 사람들부터 확인했다.

입수된 정보처럼 리셉션장에는 입이 떡 벌어질 정도의 유명 인사들이 준비해 놓은 음식을 먹으며 담소를 나누고 있었다.

새삼 우주그룹의 막강한 영향력에 전율이 일었다.

JP모건의 허드슨 부행장이 보였고, GE의 루카스 사장과 심지어 엑슨모빌의 존슨 사장도 보였다.

세계적인 대형 투자은행들의 임원은 물론이고 굵직한 기업들의 영향력 있는 인사들이 일각을 차지하고 있었다.

국내의 인사들도 마찬가지였다.

국회의장과 기재부 장관이 중앙에서 사람들과 인사를 나누고 있고, 국내 굴지 기업의 사장들이 대거 참석해 자리를 채웠다.

리셉션장에 모인 수많은 사람의 시선이 태희 쪽으로 집중되었다.

그녀의 미모는 좌중의 시선을 끌어모으는 데 부족함이 없을 정도로 압도적이었다.

비록 대원그룹이 위태한 지경에 몰려 있었지만 사람들은 그것과 상관없이 아름다운 그녀를 향해 선망의 시선을 던지는 데 주저함을 보이지 않았다.

특히 외국에서 온 유력 인사들이 모인 곳에는 그녀의 정체를 묻느라 잠깐 동안 소란이 일어날 지경이었다.

태희는 유 회장의 뒤를 따라다니며 사람들과 인사하면서 장내를 샅샅이 훑었다.

우주그룹 한국 본부장인 홍문규를 찾기 위함이다.

아는 사람을 만날 때마다 그의 행방을 물었다.

그를 찾아야 매년 한국을 찾는다는 우주그룹의 실세들을 소개받을 수 있기 때문이다.

사람들과 눈을 마주치며 인사를 하던 태희가 갑자기 걸음을 멈춘 것은 우측 중앙으로 시선이 옮겨갔을 때였다.

믿어지지 않게 그곳에는 멋진 양복을 갖춰 입은 강산이 투자은행의 인사들과 함께 대화를 나누고 있었다.

어쩐 일인지 유독 그의 곁에는 골드만삭스와 블랙스톤, JP모건 등 세계적인 투자은행들의 실무 책임자들이 잔뜩 몰려 있었는데 한눈에 봐도 강산이 대화를 주도한다는 걸 알 수 있었다.

움직이지 않았다.

아니, 움직이지 않은 것이 아니라 심장이 멈출 것 같은 충격으로 꼼짝하지 못했다.

황요성과 헤어진 후 후회와 눈물로 많은 나날을 보냈다.

사랑을 뿌리치고 조건을 택했지만 강산에 대한 사랑이 식은 것은 아니었다.

언제나 눈을 감으면 가장 먼저 떠오른 사람이 강산이었고,

그럴 때마다 그리움으로 몸서리를 치곤 했다.

그럼에도 자신을 너무나 잘 알기에 그런 끔찍한 그리움을 참아내며 버티고 또 버텼다.

강산에게 또 다른 상처를 주고 싶지 않았다.

같은 상황이 온다 해도 그녀는 강산을 버릴 게 분명했기에 그녀는 이를 악물고 연락을 취하지 않았다.

하지만 보고 싶었다.

수없이 전화기를 붙잡고 울었으며 그가 있는 종갓집을 찾아가 하염없이 기다리곤 했다.

멀리서라도 볼 수만 있다면 그것으로 족하다고 생각했다.

강산이 종갓집을 떠나 사라졌다는 것을 뒤늦게 알았을 때 태희는 오랜 시간 동안 방황해야 했다.

회사를 떠나게 만든 것도 모자라 종갓집까지 떠나게 만들었다는 자책감에 그녀는 수많은 번민의 시간을 보내야 했다.

더 이상 그를 힘들게 해서는 안 된다고 결심을 굳힌 것은 그때부터였다.

자신으로 인해 힘든 삶을 살게 된 강산에게 더 이상의 상처와 고통을 주는 짓을 해서는 안 된다고 결심한 후부터 그녀는 강산을 찾지 않았다.

찾으려고 마음먹었다면 충분히 찾을 수 있었겠지만 태희는 눈물을 머금고 가슴속에 들어 있는 사랑을 고이 접어 심장 깊숙한 곳에 집어넣었다.

그러나 참으로 운명은 교묘하고도 무섭게 다가왔다.

하필이면 황요성과 데이트를 하던 예술의 전당에서 그림처럼 서 있는 강산을 보게 된 것이다.

미칠 듯한 그리움이 물밀듯 밀려와 그녀의 가슴을 적셨다. 그랬기에 황요성을 속이면서까지 그에게 달려갈 수밖에 없었다.

하지만 그는 바람처럼 사라지고 없었고, 그녀는 또 다른 깊은 상처를 가슴에 새겨야 했다.

벌써 오 개월이 지났지만 그의 마지막 모습은 잊을 수가 없었다.

그의 마지막 모습은 그녀에게 사랑을 속삭여 주던 그 모습이었기 때문이다.

한 번만 더 볼 수 있기를 소망하고 소원했다.

그의 부드러운 모습을 볼 수만 있다면 무슨 짓이라도 할 수 있을 것만 같았다.

그러나 끝내 그녀는 강산을 찾지 않았다.

두렵고 무서웠다.

그에게 주게 될 상처와 자신이 간직해야 할 실연을 생각하자 엄두가 나지 않았다.

한 번의 이별만으로도 죽을 것같이 아팠는데 그런 이별을 다시 하게 된다면 버텨낼 자신이 없었다.

그런데, 그런데 여기에 강산이 있었다.

그를 본 순간 그녀의 가슴에 있던 번민과 망설임, 그리고 두려움은 순식간에 사라지고 오직 그를 만나야 한다는 마음만이 남았다.

가서 인사하고 싶었다.

그동안 잘 있었느냐고.

나는 잘 있었고 널 많이 보고 싶었다며 손을 내밀어 그의 손을 잡고 싶었다.

아주 쿨하게 인사한 후 헤어졌다고 연락 한번 하지 않는 강산을 향해 가벼운 투정도 하고 싶었다.

친구들 이야기도 하고 싶고 요즘 들어 취미로 배우고 있는 골프와 볼링 이야기도 하고 싶었다.

사업 이야기는 하지 않을 테다.

강산이 알고 있을 수도 있으나 자신의 어려움을 스스로 그에게 말하고 싶지 않았다.

밝고 즐거운 이야기만 해서 그녀가 아주 괜찮게 살고 있다는 것을 보여주고 싶었다.

그렇게 하지 않으면 그의 앞에서 바보처럼 울 것만 같았다.

그와의 거리는 불과 이십 미터도 되지 않았다.

사람들 틈을 비집고 움직여도 금방 도착할 거리다.

그녀를 고귀하게 만들어준 순백의 드레스는 발을 덮을 정도로 길어 빠르게 걸을 수 없었다.

그래서 손으로 드레스를 치켜들고 걷기 시작했다.

마음 같아서는 뛰고 싶었지만 손에 와인 잔을 든 채 대화에 집중하고 있는 사람들 사이로 뛴다는 것은 어려운 일이었다.

테이블 사이에 모여 있는 사람들 사이로 미안하다는 인사와 함께 빠르게 걸어가는 태희의 모습을 보며 사람들이 의아함을 나타냈다.

아름다운 여인의 행보는 언제나 관심을 불러일으킨다.

유 회장이 따라오면서 뒤에서 불렀으나 태희는 대답하지 않고 앞만 보며 걸었다.

여기서 돌아서면 그에게 가지 못할지도 모른다는 조바심이 그녀를 그렇게 만들었다.

하지만 그녀는 결국 걸음을 멈춰야 했다.

정신없이 걸어가는 그녀를 오십 중반의 사내가 움직이지 못하도록 가로막았기 때문이다.

"대원화학의 유태희 사장님이시죠?"

"그런데… 누구신지……."

"나를 찾았다는 소리를 들었소. 내가 우주그룹 한국 본부장인 홍문규요."

"아……."

사내의 소개에 태희가 놀람에 겨운 탄성을 토해냈다.

홍문규는 중키에 나이답지 않은 단단한 몸매를 가졌는데 얼굴에서 묻어 나오는 관록과 멋들어진 수염이 그의 카리스마를 돋보이게 만들고 있었다.

태희는 홍문규의 소개를 받은 후 빠르게 강산 쪽을 쳐다봤다.

그는 여전히 사람들에게 둘러싸여 대화를 나누고 있었다.

그녀의 커다란 장점 중의 하나는 감정을 냉정하게 컨트롤하는 이성을 지닌 것이다.

아무리 감정적으로 격해 있어도 상황을 판단하고 행동하는 그녀의 이성은 특출하게 우수했다.

당장 만나고 싶었지만 일부러 찾아온 홍문규와의 대화는 반드시 이루어져야 했기에 그녀는 감정을 추스르고 자세를 가다듬었다.

이야기가 끝날 때까지 강산이 그 자리에 있어주길 바라며 그녀는 홍문규를 향해 우아한 미소를 꺼냈다.

"본부장님, 처음 뵙겠습니다. 저를 알고 계시다니 정말 놀랍네요."

"그건 놀라운 일이 아니오. 이곳에 계신 여성분 중에서 가장 젊고 아름다운 분인데 어찌 모르겠소."

"고맙습니다."

"그나저나 나를 찾았다는 건 용건이 있다는 건데 그게 뭔지 들어봅시다."

홍문규가 옆을 지나는 웨이터에게서 와인을 두 잔을 건네받더니 태희에게 한 잔을 내밀었다.

천천히 들어줄 만큼 시간을 내주겠다는 무언의 행동이다.

그랬기에 태희는 대원그룹이 준비해 온 내용을 그에게 설명하기 시작했다.

수없이 많은 검토를 통해 준비해 온 것들과 국내 기업보다 우주그룹이 인수했을 때 유리한 점들을 조목조목 설명해 나가자 홍문규의 고개가 천천히 끄덕여졌다.

그야말로 태희가 준비해 온 안은 대원그룹과 우주그룹이 모두 윈윈할 수 있는 최적의 안이라고 볼 수 있었다.

하지만 홍문규는 모든 설명을 들은 후 빙그레 웃음 지으며 반론을 제기했다.

"유태희 씨, 당신의 설명은 언뜻 보면 서로 윈윈인 것 같지만 다른 쪽으로 생각하면 전혀 그렇지 못하오."

"무슨 말씀이시죠?"

"당신들이 인수합병을 할 수 있는 곳이 우주그룹밖에 없기 때문이오. 만약 우리가 인수합병을 거부한다면 당신들은 버텨낼 재간이 없을 테니 당신들이 가져온 안이 최적이라는 말은 맞지 않는 것 같소."

홍문규의 날카로운 반론에 태희의 얼굴이 서서히 하얗게 변해갔다.

핵심 중의 핵심이고 대원그룹으로 봤을 때는 가장 치명적인 약점이기 때문이다.

그럼에도 이런 제안을 하게 된 것은 우주그룹이 얻게 될 실익이 그만큼 크기 때문인데 홍문규는 그러한 약점을 결코 간과하지 않았다.

차분하고 조용하게 설명하던 태희의 목소리가 떨려 나왔다.

상대가 이런 치명적인 약점을 간파한 이상 이제 자신이 가져온 협상안은 쓰레기통으로 쑤셔 박힐 게 뻔했다.

"그래서 어쩌실 생각인가요?"

"나는 우주그룹의 한국 본부장에 불과한 사람이오. 다행히 대한민국에 우주그룹 사장께서 와 계시니 그분께 당신들의 제안을 전하도록 하겠소."

"정말 그래주실 건가요?"

"당연한 일이오. 대원그룹의 계열사를 인수합병하는 것은 우주그룹 차원에서도 상당한 상승효과가 있으니 사장님께서도 관심을 보일 것이오. 내가 보고한 후 그 결과를 연락드리지요."

"감사합니다."

"아무쪼록 지금부터는 일은 잊어버리고 즐거운 시간 보내시오. 당신같이 아름다운 사람이 일 때문에 고민하는 표정을 짓는다는 건 어울리지 않아요. 당신과 대화를 하게 돼서 즐거운 시간을 보낼 수 있었소. 자, 그럼."

홍문규가 와인 잔을 들어 가볍게 인사하고 자리를 뜨자 태희는 자신을 바라보며 긴장된 표정으로 서 있는 유 회장을 향해 다가갔다.

유 회장은 불과 삼 미터 떨어진 곳에서 두 사람의 대화가 끝나기를 기다리고 있었다.

"어떻게 됐느냐?"

"우주그룹 사장이 와 있다고 해요. 우리 조건을 그 사람에게 보고한 후 다시 연락을 주기로 했어요."

"반응은?"

"아무래도 우리의 제시안이 그대로 통과되기는 어려울 것 같아요. 저 사람은 벌써 우리의 약점을 꿰뚫고 있었어요. 다시 연락이 와도 지금보다 훨씬 불리한 조건에서 시작해야 될 거예요."

"그렇겠지."

유 회장의 얼굴이 리셉션장에 들어왔을 때보다 훨씬 밝아졌다. 우주그룹에서 다시 연락을 주기로 했다는 그 자체만으로도 여기에 온 목적은 다 이룬 것이나 다름없었다.

태희가 검토한 안들을 최종 승인한 것은 바로 자신이었으니 그 안들이 얼마나 대원그룹 위주로 짜인 것인지 너무도 잘 알고 있었다.

그럼에도 그런 안을 들고 나온 것은 그만큼 우주그룹이 대원그룹의 계열사를 인수했을 때 얻는 반사이익이 크기 때문이었다.

그리고 또 하나의 이유는 협상이 시작되었을 때의 디스카운트를 대비한 것이었다.

당초부터 불리한 조건을 제시한다는 건 악어의 입에 맞난 생선을 던져 주는 것과 다름없는 짓이기 때문에 유 회장은 아무런 말도 안 했다.

안도의 한숨이 저절로 흘러나왔다.

태희의 노력으로 그나마 이러한 성과를 얻게 되었으니 정말 불행 중 다행이었다.

이제 그가 할 수 있는 것은 오직 기다리는 것뿐이었다.

태희는 유 회장과의 말을 마친 후 급하게 강산이 있던 곳으로 눈을 돌렸다.

하지만 그곳에 있던 강산은 어느새 사라지고 다른 사람들이 자리를 차지하고 대화를 나누고 있었다.

서둘러 다가가 찾았으나 강산의 모습은 어디에서도 보이지 않았다.

홀을 구석구석 찾고 그것도 모자라 리셉션장 바깥까지 뒤졌으나 강산은 찾을 수 없었다.

미칠 것만 같았다.

어떻게 다시 만난 사람인데 그를 놓친단 말인가.

홍문규 앞에서는 냉정한 경영인이 되어 대화를 주고받던 태희는 마치 정신 나간 사람처럼 다시 홀 안으로 들어와 강산을 찾아 두리번거렸다.

몇 차례나 홀을 돌던 태희는 강산과 대화를 나누던 투자은행의 실무 책임자를 향해 다가갔다.

그들에게 강산의 행방을 묻기 위해서이다.

하지만 그들은 강산의 행방에 대해서 모른다고 말해 태희를 실망시켰다.

그들은 마치 한꺼번에 짠 사람들처럼 똑같은 대답으로 일관하고 있었다.

그들에게서 물러선 태희가 마지막으로 다가선 것은 홍문규였다.

그는 GE의 루카스 사장과 대화를 나누다 태희가 급한 얼굴로 다가서자 무슨 일이냐는 듯 쳐다봤다.

실례인 줄 알지만 태희는 무작정 홍문규를 향해 물었다.

"본부장님, 저와 대화를 하기 전에 저기 저쪽에서 투자은행의 책임자들과 대화를 나누던 사람이 있었는데 혹시 기억나시나요?"

"누굴 말하는지 모르겠소."

"검은 양복에 파란 넥타이를 매고 있었어요. 무척 잘생긴 사람인데 기억나지 않으세요?"

"미안하오. 나는 그런 사람을 모르오."

"아……."

홍문규의 칼같이 끊어버리는 대답에 태희가 머리를 짚고 비틀거렸다.

그런 후 정신을 차리며 미안하다는 사과와 함께 멀어져 갔다.

그런 그녀의 모습을 보며 냉정하게 돌아서던 홍문규의 시선이 안쓰럽게 변했다.

아름다운 여인.

뛰어난 머리와 더불어 막강한 배경을 지녔으나 마지막 단계를 넘지 못했다고 들었다.

마치 대원그룹의 지금 상태가 그녀와 비슷했기에 홍문규는 그녀의 뒷모습을 보며 아쉬운 표정을 숨기지 못했다.

그가 핸드폰을 꺼내 든 것은 그녀의 모습이 사람들 사이로 완벽하게 사라졌을 때다.

"도련님, 접니다. 시키신 대로 했습니다."

―잘했어요. 연락은 삼 일 후에 하도록 하세요. 그때 마무리 짓는 걸로 하죠.

제8장

결혼

　은서는 콧노래를 부르며 화장을 마치고 외출복으로 갈아
입은 채 마루로 나왔다. 그녀는 원피스를 입고 있었는데 차
가운 날씨와 어울리는 붉은색이었다.

　은서가 나오자 먼저 마루를 차지하고 있던 은영이 마땅치
않은 듯 시비를 걸었다.

　"백수한테 프러포즈받은 게 그렇게 좋냐?"

　"백수 소리 하지 말랬지!"

　"그럼 백수보고 뭐라고 해. 천수나 만수라고 부를까?"

　"너 자꾸 까불면 죽는다."

　은서가 주먹을 치켜들었어도 은영은 눈 하나 깜빡하지 않았다. 그녀의 가치 기준으로 봤을 때 여전히 언니의 행동은 이해가 되지 않았다.

하지만 김 여사는 은영과 달랐다.

김 여사는 강산에게 프러포즈를 받았다며 좋아하던 날부터 모든 걸 단념한 듯 은서의 행동에 대해서 아무런 제동도 걸지 않았다.

강산의 집안 형편이 부유하지 못하더란 말을 들었을 때는 실망하는 기색이 역력하더니 부모님이 잘해주더란 말과 함께 자상하시다고 얘기하자 활짝 웃으며 잘됐다고 손뼉까지 쳤다. 어차피 결정된 것, 딸이 사랑하는 사람과 잘살기를 바라는 게 그녀의 마음인 것 같았다.

"은서야, 강산이 몇 시에 온대?"

"다섯 시에 온다고 했어요."

"그럼 금방 도착하겠다. 보고 싶네. 오랫동안 못 봤더니 눈앞에서 얼굴이 자꾸 아른거려."

"열흘 전에 봐놓고 그래요."

"그러니까 오래된 거지."

"하여간 엄마는."

"그런데 오늘따라 집으로 오고 웬일이야. 항상 바깥에서 만나더니."

"글쎄 말이에요. 어디 가야 한다고 예쁘게 하고 있으래요."

"어딜 간다고 말하지는 않고?"

"갖은 협박을 했는데도 안 가르쳐 줘요. 요새 오빠가 비밀이 많아진 것 같아. 어떨 때는 연락도 안 된다니까요."

"아르바이트하느라 그렇겠지."

김 여사가 강산의 편을 들자 옆에서 지켜보던 은영이 슬그머니 끼어들었다.

"오빠, 언니하고 약속한 대로 취직은 하겠지?"

"당연하지. 강산이가 다른 건 몰라도 약속은 잘 지킨다. 너도 봤잖아. 대원그룹에 척 하고 붙는 거. 한다면 하는 애라니까."

"참, 요새 대원그룹 휘청거린다던데⋯ 괜찮은지 모르겠네. 오빠 잘 그만둔 건지도 몰라. 사람이 아무런 잘못도 없는데 그렇게 마녀사냥할 때부터 알아봤어. 그런 회사는 오래 못 버텨. 옛날에는 직원을 부속품으로 생각했지만 지금은 달라요. 인간 중심 경영을 하지 못하면 절대 성공할 수 없어."

"텔레비전에 자주 나오더라. 버티기 힘들다고 하던데, 그렇게 큰 회사도 망하는 걸 보면 신기한 일이다. 어쨌든 정말 안타까운 일이야."

"아직 망한 거 아니에요. 그렇게 큰 회사는 정부에서도 함부로 도산하도록 내버려 두지 않거든요. 어떤 식으로든 살릴 거예요."

"그랬으면 좋겠다."

은서가 옆에서 나서며 대답하자 김 여사가 건성으로 대답한 후 벽시계를 바라보았다.

시계는 강산이 오기로 한 다섯 시를 훌쩍 넘어가고 있었는데 엄마의 시선을 따라 벽시계를 본 은서는 얼굴을 살짝 찌푸렸다.

"이 인간이 또 시간을 어기네."

"전화해 봐. 어디냐고."

"그래야겠어요."

알게 모르게 기다리고 있던 김 여사가 답답한 듯 말하자 은서가 백에서 핸드폰을 꺼내 들었다.

하지만 그녀는 전화를 걸지 못했다.

대문이 열리며 강산이 들어섰기 때문이다.

마루에 있던 은서뿐만 아니라 김 여사와 은영은 강산이 들어오는 것을 보고 망부석처럼 그 자리에서 꼼짝도 하지 못했다.

말도 안 되는 모습으로 들어온 강산은 그녀들을 경악 속으로 빠뜨리기에 충분하고도 남았다.

강산의 온몸이 명품으로 도배되어 있었다. 은은하게 윤이 나는 검은색 슈트는 수제로 만들어진 걸 증명하듯 소매에 작은 문양이 붙어 있었는데 언젠가 잡지에서 본 스코필드 앤 스미스가 분명했고 슈트 안에 받쳐 입은 와이셔츠는 엘번드 레스였다.

그것뿐만이 아니었다. 손목에 찬 시계는 롤렉스였고 그가 신은 구두는 프라다였다.

명품이 받쳐 준 강산의 외모는 천상에서 내려온 귀공자였다.

지금의 모습이라면 요즘 한참 끗발을 날린다는 원빈하고
도 맞짱을 뜰 만큼 강산은 환상 그 자체였다.

너무 놀라면 쉽게 입이 열리지 않는 법이지만 은서는 충격
을 이겨내고 소리를 질렀다. 다른 사람과는 다르게 그녀는
강산의 변신을 그대로 받아들이지 못했다.

"오빠, 그게 뭐냐?"

"뭐가?"

"내가 사준 청바지하고 티는 어쩌고 그런 걸 입었냐고!"

"오늘 중요한 데 가야 한다고 말했잖아."

"거기가 어딘데 그런 외계인 복장을 하고 왔어?"

"집에 가는 거야. 오늘 부모님이 친가 쪽 어른들을 집에
모두 모셨어. 널 소개시켜 준다고."

"죽고 싶은 거지?"

"화내지 마. 아버지가 오늘로 날짜를 잡은 건 아무래도 양
가 상견례 때문인 것 같아. 상견례 전에 집안 어른들께 인사
시켜야 된다고 해서 어쩔 수 없었어."

"그럼 미리 말해줬어야지!"

"만나서 얘기해 주려고 했어. 전화로 하기엔 아무래도 긴
이야기가 될 것 같아서."

"엄마, 오빠가 이렇다니까!"

은서가 펄쩍펄쩍 뛰면서 김 여사를 향해 편들어달라는 듯
소리를 질렀다.

하지만 김 여사는 은서를 편들어줄 생각이 전혀 없는 것
같았다.

"강산아, 다른 일이 있는 건 아니지?"

"그럼요."

"너 이런 모습 처음 봐서 엄마가 어리둥절해. 집에 가는데
뭘 이렇게 쫙 빼입고 왔어. 혹시 취직한 거니?"

"네."

"오빠, 정말이야?"

강산의 대답에 그동안 잠자코 상황을 지켜보던 은영이 소
리를 버럭 질렀다.

은영은 요리조리 강산이 걸친 슈트와 액세서리들을 뜯어보
다가 자신이 가장 궁금해하던 내용이 나오자 눈에 불을 켰다.

하지만 그건 김 여사도 그에 못지않았다.

"어딜 취직했기에 그렇게 좋은 양복을 입어. 빨리 얘기해
줘봐. 궁금해 죽겠어."

"우리나라 기업은 아니에요."

"그럼 외국 기업이야?"

"응."

"아, 답답해 미치겠네. 거 좀 자동으로 대답해 봐. 거기가
어딘데?"

"우주그룹."

"이씨, 장난치냐? 거기가 얼마나 좋은 회산데 거기 취직

"을 해?"

"처제야, 정말이다. 나중에 내가 자세히 말해줄게."

"미치겠네."

"엄마, 시간이 없어서 이제 가봐야 될 것 같아요. 다녀와서 자세하게 말씀드릴게요."

"다시 올 거야?"

"예, 은서 데려다줘야 하잖아요."

"그래, 그럼 갔다 와."

강산이 서두르자 김 여사가 아쉬운 듯 고개를 끄덕거렸다.

마음 같아서는 붙잡아 앉힌 후 꼬치꼬치 캐묻고 싶었으나 강산은 자꾸 시계를 보고 있었다.

강산이 서두르자 은서는 말없이 듣고만 있다가 한편에 둔 외투를 입었다. 그러고는 강산의 손에 이끌려 대문을 나섰다.

하지만 그녀의 얼굴은 잔뜩 굳어 있었다.

취직을 하겠다고 굳게 약속했을 때부터 언젠가는 좋은 소식이 있을 거란 희망을 가지고 있었지만 갑자기 우주그룹에 취직했다는 강산의 말을 듣게 되자 가슴이 답답해져 왔다.

우주그룹은 광고계에 근무하는 그녀가 가장 잘 아는 기업 중의 하나였다. 전 세계 광고 기업들이 가장 선호하는 기업이 바로 우주그룹이기 때문이다.

그들이 광고에 쏟아붓는 베팅액은 상상을 초월하며 기업 이미지도 베스트 중의 베스트였기 때문에 우주그룹의 광고를 맡을 경우 그 광고 기업은 업계에서 선망의 대상이 되곤 했다.

우주그룹은 단순한 대기업이 아니라 세계 경제를 좌지우지하는 글로벌 기업이었다.

판단이 서지 않았기 때문에 쉽게 말을 꺼낼 수가 없었다. 사실이라 해도 그랬고 사실이 아니라고 해도 마찬가지였다.

그저 전하는 말만 듣고 좋아하기에는 실현 가능성이 희박한 사실이었고 거짓이라면 그 이유가 불분명했다.

고민 끝에 입을 열었다. 아무리 강산이 장난을 좋아하는 사람이라 해도 이런 중요한 일까지 장난의 대상으로 삼지는 않을 것이란 판단이 들었기 때문이다.

"오빠, 아까 그 말 정말이야?"

"뭐?"

"우주그룹에 취직했다는 거 정말이냐고."

"은서야, 오늘 바람 정말 차갑다. 춥지 않아?"

"왜 말을 돌려. 그럼 거짓말한 거야?"

"아냐. 다 왔으니까 차에 타서 얘기하자. 내가 자세하게 이야기해 줄게."

걸음을 멈춘 강산이 은서를 바라봤다.

어느새 그들은 큰길까지 걸어 나와 있었는데 강산이 멋쩍은 표정으로 걸음을 멈추자 은서가 화를 내는 와중에도 의문을 나타냈다.

"왜 여기에 서. 버스 타려면 더 가야 되잖아."

"오늘은 이 차 타고 갈 거야."

"무슨……?"

강산의 손짓에 그때서야 거리에 서 있는 차를 확인한 은서가 황당한 표정을 지었다.

그들의 앞에는 벤츠가 서 있었는데 옵션 빼고 차 가격만 2억이 넘는다는 S500이었다.

은서가 더 황당해한 것은 그 차 옆에서 기다리고 있는 검은 양복의 사내 때문이었다. 그는 강산이 다가와 서자 즉시 뒷좌석 문을 열고 두 사람이 타기를 기다리고 있었다.

은서를 먼저 태운 강산이 차에 올라탄 후 앞쪽에 탄 사내를 향해 입을 열었다.

"황 비서, 출발하세요. 그리고 뒤쪽은 차단해 줘요."

"알겠습니다."

강산의 지시에 답한 사내가 기기를 작동하자 문이 내려오며 뒤쪽 좌석을 완벽하게 차단했다.

은서는 놀라움의 연속으로 인해 입을 열지 못했다.

앞뒤 좌석이 차단되는 차가 있다는 소린 들어본 적이 있지만 직접 경험하게 될 줄은 꿈에도 생각해 본 적이 없었다.

"도대체 이게 뭐야, 오빠?"

"지금부터 내가 하는 이야기는 동화라고 생각했으면 좋겠어. 그리고 나는 동화의 왕자가 될 거고 너는 공주가 될 거야."

"도대체 무슨 소릴 하는 거야? 오빠, 정말 왜 이래?"

"화내지 말고 이제 시작할 테니 들어봐. 재미있을 거야."

오래전 세계적으로 유명한 가문에서 한 아이가 태어났다.

대대로 손이 귀하던 이씨 가문의 종손이었고, 세계 경제에 막강한 영향력을 지닌 글로벌 기업의 총수가 바로 그의 아버지였다. 늦은 나이에 그토록 바라던 아들을 갖게 되자 그는 아이를 특별하게 키우겠다고 결심하게 되었다.

그가 꿈꾼 것은 아이가 어떤 분야에서든 최고가 되는 것이었다. 세계적으로 가장 저명한 전문가들을 초빙해서 아이의 교육을 맡겼는데 기초 학문은 물론이고 각종 스포츠와 음악, 미술, 심지어 실전 무술까지 가르쳤다.

기계가 아니었음에도 아버지는 철저한 스케줄을 만들어 아이를 잠시도 옴짝달싹하지 못하도록 만들었다.

아이의 반항이 시작된 것은 열두 살부터였다.

모든 교육을 거부했고 밥을 굶었다.

이렇게 사느니 차라리 죽겠다는 게 아이의 주장이었다.

기다렸다는 듯 아버지의 교육 방식이 바뀐 것은 그때부터였다. 그때까지 전문가들한테 교육을 맡기고 아이를 학교에 보내지 않던 아버지는 모국인 대한민국에서 학교를 다니도록 만들었다.

뿌리를 알아야 근본을 바로 세울 수 있다며 그는 아들을 혼자 대한민국으로 보냈다.

모든 규제가 한꺼번에 풀렸으나 그는 아들에게 하나의 약속을 받아냈다. 매년 다른 학교로 전학을 보낼 테니 새로운 학교에서 한 가지의 미션을 수행하라는 것이었다.

맨 처음 학교에서의 미션은 전 과목 만점이었고, 두 번째 학교에서는 학교의 짱이 되라는 것이었다. 세 번째 미션은 음악 콩쿠르에서 우승하는 것이었고, 네 번째 미션은 무전으로 걸어서 전국일주를 하는 것이었다.

그리고 마지막 미션이 청명고에서 있었던 일이다.

아무것도 하지 말고 그저 숨만 쉬고 있으라는 미션이었다.

한 해의 미션이라고는 했지만 최선을 다해 열심히 하다 보니 그때까지의 학업 점수는 모두 만점이었고, 가는 학교마다 무적을 자랑하며 일진들을 수하에 두었다.

머리도 좋았고 운동신경도 남달랐기 때문에 여자들에게 최고의 인기를 구가하며 꿈 같은 학창 생활을 보냈다.

그런 와중에 떨어진 마지막 미션은 정말 미치고 환장할 만큼 괴로운 것이었다. 아무것도 하지 않고 제삼자가 되어 누군가의 행동을 관찰하라는 것은 여간 힘든 일이 아니었다.

하지만 그 일 년이 그에게 상상하지 못할 만큼의 깨달음을 주었다는 걸 뒤늦게 알게 되었다.

관조는 그의 삶을 더욱 풍요롭게 해주는 영양분이 되었던 것이다.

고등학교를 졸업하고 그는 아버지의 호출로 다시 미국에 들어가 펜실베이니아대학에 입학했다.

　마지막 일 년의 깨달음을 토대로 그는 무섭게 공부에 집중해 펜실베이니아 역사상 최연소로 박사 과정을 수료하게 되었다.

　모든 유혹을 뿌리치고 한국으로 돌아온 것은 뿌리에서 처음부터 시작하고자 하는 그의 의지와 아버지의 권유가 맞아떨어졌기 때문이다.

　백수로 이 년 동안 밑바닥 삶을 체험한 것은 어찌 보면 유희였고 삶의 여유였을지도 모른다. 하지만 그는 거기에서 수많은 기쁨과 경험을 얻고 인생에서 가장 소중한 사람을 얻게 되었다.

　그 삶을 끝내면서 가장 걱정된 것은 그 소중한 사람에게 지금까지 겪은 자신의 이야기를 설명해 주는 것이었다.

　그동안 속인 것으로 자신의 진심이 거짓으로 오해받을지도 모른다는 두려움에 그는 그녀를 대할 때마다 가슴을 졸였다.

　그녀가 받게 될 충격이 걱정되었고, 혹시나 그녀가 자신을 밀어낼 수도 있다는 사실이 그를 한동안 힘들게 만들었다.

　지금 이 순간 말을 마치면서 강산이 눈치를 본 것은 은서가 당장에라도 차 문을 열고 뛰쳐나갈지도 모른다는 두려움 때문이었다.

은서는 충분히 그러고도 남을 여자였다.

은서는 입을 닫은 채 침묵을 지켰다.

강산의 이야기를 들으며 보인 경악과 충격은 어느새 사라졌고 오직 남아 있는 것은 혼란과 의심뿐이었다.

믿을 수 없는 이야기를 들은 사람들은 누구나 똑같은 반응을 보인다.

침묵.

입을 열어 사실에 대한 의심을 말하지 못한 것은 당장 눈앞에 보인 것들에 대한 혼란 때문이었다.

강산이 입고 있는 명품 슈트와 액세서리는 둘째 치고 벤츠 S500을 탄 자신의 상황이 이해되지 않는 상태에서 섣불리 입을 열어 거짓말로 몰아갈 수도 없었다. 그녀가 입을 굳게 닫고 침묵하는 이유였다.

어디까지가 진실이고 어디까지가 거짓인지 알지 못했으니 그녀는 차가 설 때까지 침묵을 지키며 강산을 불안하게 만들었다.

갈 데까지 가볼 생각이다. 그가 말한 이야기가 진실이라면 곧 그녀의 눈앞에 사실을 알려주는 무언가가 나타날 것이다. 판단은 그때 내려도 늦지 않다는 게 그녀의 생각이다.

삼십여 분을 달려 차가 도착한 곳은 한남동의 대사관 골목을 빠져나와 한강이 내려다보이는 곳에 위치한 거대한 저택 앞이었다.

직접 운전을 했던 황 비서는 차가 서자마자 급히 움직여 은서와 강산이 편하게 내릴 수 있도록 문을 열어준 후 저택 의 정문으로 다가가 초인종을 눌렀다.

은서는 황 비서의 움직임을 눈으로 좇으며 거대한 저택을 천천히 살폈다. 저택인지 성인지 알 수 없을 만큼 컸기 때문 에 좌에서 우로 시선을 돌리며 바라보는데도 한참이 걸렸다.

CCTV 카메라는 보이지 않았다.

이 정도 저택이라면 기본적으로 설치되어 있을 카메라는 아무리 살펴봐도 보이지 않았다. 그럼에도 저택의 정문은 단 한 번의 초인종 소리에 소리 없이 열리고 있었다. 눈에 보이 지 않았을 뿐 어딘가에서 그들을 확인하는 카메라가 작동하 고 있다는 뜻이었다.

문이 열리자 강산은 은서를 데리고 정문으로 들어섰다. 그 러자 아름다움이 가득 찬 정원이 나타났다.

어둠이 내린 정원은 어느새 켜진 조명으로 환히 밝혀져 있 었는데 정결하게 꾸며진 정원수 사이로 백색의 조각돌이 길 을 만들었고 넓은 잔디밭에는 작은 인공 호수가 중앙에 자리 하고 있었다.

아마 봄이 되면 곳곳에 자리한 많은 나무에서 아름다운 꽃 들이 피어나며 이 정원을 화사함의 극치로 만들어줄 것이다.

정원을 지나 현관에 도착하자 기다렸다는 듯 문이 열리며 사람이 나타났다.

나온 사람은 바로 강산의 어머니인 홍 여사였다.

"은서야, 어서 와라."

"어머니, 안녕하셨어요?"

"그동안 잘 지냈지? 보고 싶었다. 추운데 얼른 들어가자."

홍 여사는 은서를 마치 딸처럼 맞이했다.

얼굴에는 훈훈한 미소를 머금고 있었는데 눈에는 반가움이 잔뜩 들어 있었다.

문제는 그녀의 옷차림이었다.

예전의 그 허름하던 옷은 어디 가고 그녀는 한눈에 봐도 가격을 측정하지 못할 만큼 고급스러워 보이는 미색 투피스를 입고 있었다.

정말 어이없는 일이었다.

홍 여사를 따라 들어가자 운동장 같은 거실이 눈으로 들어왔다.

단순히 크기만 한 거실이 아니었다. 그 거대한 규모의 거실에는 온갖 장식품이 놓여 있을 뿐만 아니라 하나하나가 눈이 번쩍 뜨일 만큼 비싼 것들이었다.

그중 가장 눈에 들어온 것이 바로 작고한 김기령 화백의 '뜰'이란 작품이었다. 두 달 전 우연히 신문에서 18억에 누군가에게 팔렸다는 기사를 본 적이 있는데 여기에서 '뜰'을 만나게 되다니 정말 기가 막힐 일이었다.

그녀가 들어서자 소파에 앉아 있던 사람들이 한꺼번에 눈을 돌려 은서를 맞아들였다.

앉아 있는 사람들은 대부분 나이가 60이 훨씬 넘은 어르신들이었고, 그중에는 강산의 아버지인 이철성도 보였다.

이철성은 은서를 직접 소파로 데려와서 집안 어른들한테 소개하며 그녀의 심성에 대해서 자랑했다. 마치 며느리를 자랑하는 시아버지의 모습이다.

어떻게 시간이 지나갔는지 몰랐다. 저녁을 먹고 나서도 은서는 예전과 다르게 꼼짝하지 않았고, 시간이 지날수록 점점 말을 잃어갔다.

홍 여사와 강산이 불편하지 않도록 옆에서 챙겨주었으나 그녀의 안색은 창백하게 변해서 마치 아픈 사람처럼 보일 지경이었다.

그 모습에 결국 홍 여사가 나서서 은서를 일어나게 만들었다.

집안 어른들과 기분 좋게 술을 마시고 있던 이철성은 은서가 인사를 하자 벌써 가느냐며 잡다가 홍 여사의 눈총을 받고는 물러났다.

여전한 침묵.

강산이 계속해서 말을 붙였으나 은서는 창밖을 바라보며 아무런 말도 꺼내지 않았다.

은서가 긴 침묵을 깨고 입을 연 것은 집에 거의 다 왔을 때였다. 그녀의 입에서 나온 말은 긴 침묵에서 파생된 깊고 무거운 것이었다.

"날 속이는 것이 즐거웠어?"

"은서야, 널 속이려고 그랬던 건 아냐. 말할 틈이 없었던 것뿐이야."

"아니라고? 그걸 말이라고 해? 오빠와 같이 산 게 이 년이 넘었고 사랑한다며 사귄 것도 팔 개월이 넘었어. 그런데 말할 틈이 없었다고?"

"은서야……."

"재밌었을 거야. 아무것도 없는 년이 팔짝팔짝 뛰는 걸 보면서 얼마나 재밌었을지 안 봐도 알 것 같아. 나도 그랬다면 무척 흥미진진했을 테니까."

"그런 게 아니라고 했잖아."

"저번에 봉천동은? 그것도 일부러 그런 게 아니었어?"

"그건… 아버지가……."

"왜, 내가 어떤 사람인지 알고 싶어서 그랬어? 혹시 부모님 사는 걸 보고 실망해서 떨어져 나가면 잘 가라고 바이바이 손 흔들어주려고 그랬어?"

"미안해, 은서야."

"미안해할 필요 없어. 오빠는 내 사랑을 시험했어. 그런데도 난 바보처럼 웃고 울었으니 모두 내 잘못이야. 그러니까 미안해하지 마."

"미리 말했어야 하는데 이리저리 재느라 말하지 못했어.

미안해. 내가 앞으로는 잘할게."

"아니, 그러지 마. 지금까지 집에서도, 차에서도 계속해서 생각했지만 아무리 생각해도 난 오빠의 상대가 아닌 것 같아. 나는 오빠같이 부자면서 똑똑하고 잘생긴 사람과 어울리지 않아. 그러니까 오빠는 오빠와 어울리는 부자면서 똑똑하고 예쁜 여자와 만나서 잘살았으면 해. 나같이 아무것도 없는 애 괴롭히지 말고."

"은서야, 잘못했다고 하잖아! 그만해!"

강산이 소리쳤으나 은서는 눈 하나 깜박하지 않았다.

때마침 주춤거리던 차가 멈춰 서고 문이 열렸다.

뒷좌석의 이야기를 듣지 못한 황 비서가 강산의 상황을 알아채지 못하고 문을 연 것이다.

문이 열리자 은서는 강산의 손을 뿌리치고 차에서 내린 후 빠르게 집으로 뛰어갔다. 뒤에서 강산이 불렀으나 그녀는 아무런 대답 없이 그저 달릴 뿐이었다.

강산이 급하게 집으로 들어서자 마루에 있던 김 여사와 은영, 은수가 동시에 은서의 방을 바라보고 있다가 자리에서 급히 일어섰다.

그녀들은 이 상황을 전혀 이해하지 못한 듯 강산과 은서의 방을 번갈아 쳐다볼 뿐이다.

정신을 차리고 먼저 입을 연 것은 김 여사였다.

"강산아, 쟤 왜 그러니? 무슨 일 있었어?"

"은서가 저 때문에 화가 많이 난 것 같아요."

"싸웠어?"

"그건 아니에요."

"하여간 얼른 가봐."

김 여사가 방문을 향해 눈짓하자 강산이 성큼성큼 다가가 방문을 두드렸다.

하지만 방 안에서는 아무런 움직임이 없었다.

"은서야, 문 좀 열어봐. 얘기 좀 해."

몇 번이고 소리쳤으나 은서의 방에서는 아무런 소리도 들리지 않았다.

방문을 열어봤으나 방문은 굳게 잠겨 있어 꼼짝도 하지 않았다.

강산은 할 수 없이 몸을 돌렸다.

이 정도로 화가 난 상태라면 어차피 얼굴을 마주 대한다 해도 대화가 될 것 같지 않았다. 당황스럽고 걱정되어 그의 얼굴이 딱딱하게 굳었다.

지난 세월 동안 아무리 화나게 해도 은서가 이 정도까지 화를 낸 적은 한 번도 없었다. 언제나 사랑스러운 눈으로 바라보던 은서가 자신을 거부하고 문을 걸어 잠그자 강산의 어깨가 끝없이 내려왔다. 갑작스러운 무기력증이 덮쳐 와 전신에 힘이 하나도 남아 있지 않은 것 같았다.

그러나 그런 표정은 그만 짓고 있는 것이 아니었다. 그가 방문에서 뒤돌아 나오자 그의 등 뒤에는 그와 비슷한 표정을 짓고 있는 세 여자가 나란히 서 있었다.

반대를 했으나 두 사람이 사랑하고 있다는 사실을 알면서부터 아무런 말 없이 응원해 주던 김 여사의 얼굴은 불안감이 가득했고, 은영과 은수는 강산이 나오자 즉시 손을 끌어 마루에 앉혔다.

"오빠, 언니 때렸냐?"

"얘가 무슨 그런 소리를. 은서를 내가 왜 때려?"

"그런데 언니가 왜 저래? 난 지금까지 살아오면서 저렇게 질린 언니 얼굴 처음 본다."

"그런 일이 있었어."

"그러니까 그게 뭔데? 말을 해야 알 거 아냐."

은영의 질문에 강산이 한숨을 내쉬었다. 그녀의 말대로 지금까지의 일을 말하지 않으면 설명이 안 된다는 걸 잘 알기 때문이다.

결국 강산은 김 여사를 비롯하여 두 여자를 앞에 앉혀놓고 다시 한 번 자신의 이야기를 했다.

마치 흥미로운 영화를 감상하듯 앉아 있던 세 여자는 이야기가 진행될수록 입을 벌린 채 다물지 못했다. 믿을 수도 없고 믿어지지도 않는 이야기였으니 그녀들은 강산이 말을 마치고도 한참 동안 입을 벌린 채 아무런 말 없이 앉아 있었다.

그러나 역시 대가 센 은영이 먼저 정신을 차리고 질문을 시작했다.

"자자, 정리해 보자. 그럼 오빠가 우주그룹 회장 아들이야?"

"응."

"펜실베이니아대학교 최연소 박사 학위 취득자고?"

"응."

"사장은 언제 됐는데?"

"일곱 달 전에."

"대원그룹에 사표 쓰고 나서네?"

"응."

"그럼 지금까지 우릴 속인 거군."

"그건… 미안해."

"언니가 충분히 화낼 만하네. 오빠야, 가라."

"은영아!"

"난 언니 편이야. 속여가면서 사랑을 시험하는 건 사랑이 아니야. 은수야, 안 그러니?"

"그건 그렇지."

"은수야, 너까지 왜 그래? 넌 오빠 편 들어줘야지."

"난 언제나 오빠 편이지. 하지만 이번엔 잘못했으니까 편 못 들어주겠다. 난 백수 오빠가 훨씬 편하고 좋아. 오빠가 우주그룹 사장이라니까 막 몸이 떨리고 이상해. 이렇게 오빠하고 편하게 이야기하는 것도 어색하단 말이야."

은영에 이어 은수까지 똑같은 반응을 보이자 강산은 급히 김 여사를 바라봤다. 언제나 그의 편이던 김 여사만은 자신의 편을 들어줄 것이라 생각했기 때문이다.

하지만 김 여사는 팔짱을 낀 채 생각에 잠겨서 아예 그를 바라보지도 않았다.

❖

대원그룹 본사는 초긴장 상태에서 비상대기 중이었다.

우주그룹 한국 본부장인 홍문규는 약속대로 삼 일 후에 전화를 걸어왔는데 새로운 인수합병 조건을 보내줄 테니 검토하라는 것이었다. 태희가 만든 대원그룹의 조건보다 상당 부분 악화된 조건의 수정안이었다.

대원그룹은 수뇌부 비상 경영 회의를 소집해서 우주그룹의 제시안을 다각도로 검토한 끝에 흔쾌히 받아들이는 걸로 결론을 내렸다. 어차피 태희가 내건 조건은 대원그룹 입장을 고려한 최상의 안이었고, 오히려 우주그룹의 제시안이 시장 관점에서 봤을 때 상당히 타당한 것이었다.

더군다나 대원그룹은 시간이 없었다. 지금 이 시기를 놓치게 되면 대원그룹의 계열사는 인수합병 전 연쇄 부도에 처하게 될지 몰랐다. 우주그룹이 시간에 맞춰 나선 것도 그런 이유 때문이었다.

인수하고자 하는 기업이 부도가 나게 되면 인수는 싼 가격으로 할 수 있을지 몰라도 점유하고 있는 시장을 잃어버리는 결과를 가져올 수 있었다. 그것은 인수하는 입장에서 절대 벌어져서는 안 될 최악의 상황이다.

그랬기에 두 기업 간의 협상은 급물살을 탔다. 실무진끼리 세부안을 정리해서 마지막 협상안이 마련된 것은 그로부터 일주일밖에 걸리지 않았다.

그리고 오늘.

대원그룹이 비상 상태에 돌입한 것은 인수합병 최종 사인을 하기 위해 우주그룹의 수뇌부들이 대원그룹 본사를 방문하는 날이기 때문이었다.

협상안이 마련되는 일주일 동안 대원그룹의 전 계열사의 주가는 연일 상한가 행진을 거듭했다.

끝없이 떨어지던 대원그룹의 주식이 이렇게 상한가 행진을 하게 된 이유는 인수합병의 주최자가 바로 세계적인 글로벌 기업 우주그룹이기 때문이었다. 경영난에 허덕이던 대원그룹 계열사들이 주인을 우주그룹으로 바꿔 탄 것은 거지 신세가 된 아가씨가 신데렐라가 되어 왕자를 만난 것과 똑같은 일이었다.

태희는 회사 현관에 서서 초조한 얼굴로 우주그룹 수뇌부를 기다리고 있었다.

그동안 실무 협상의 최전선에서 대원그룹의 목숨을 살리

기 위해 최선을 다한 그녀는 오늘이 새로 태어난 날로 여겨질 정도였다.

그녀의 노력대로 협상안에 사인을 받게 되면 대원물산과 대원유통은 살아남아 유씨 가문이 경영할 수 있게 된다. 그룹이란 명칭은 사용할 수 없었지만 그렇다고 거지 신세가 되어 거리를 헤맬 일은 없었다.

만약 우주그룹이 계열사들을 인수하지 않았다면 유 회장은 물론이고 아버지와 자신은 최악의 상황에 몰릴 경우 구속을 감수해야 했을지도 모른다. 정말 다행스러운 일이었고 인수를 결정해 준 우주그룹의 수뇌부에 절이라도 하고 싶은 마음이다.

태희가 생각을 멈추고 현관을 바라보았다.

두 대의 세단이 멈추면서 사람들이 내리기 시작했는데 모두 검은 양복을 입어 대부에 나오는 마피아들 같다는 생각이 들었다.

하지만 그런 생각은 중앙에서 사람들의 호위를 받으며 당당히 걸어오는 사람의 얼굴을 확인한 순간 우주 저 너머로 날아가 버렸다.

강산이었다.

강산은 그녀를 똑바로 바라보며 다가와 마치 예전처럼 부드러운 목소리로 인사했다.

"태희야, 잘 있었니? 오랜만이야. 반갑다."

네가 여길 어떻게 왔어?

왜, 왜 그렇게 부드러운 목소리로 인사하니?

너, 내가 밉지 않아?

강산이 다가와 인사하자 태희의 머릿속에는 수많은 생각이 한꺼번에 떠올랐다가 사라져 갔다.

그런 후 마지막에 남은 것은 반가움이었다.

그것은 그 어떤 감정보다도 진했고 그 무엇도 그녀의 반가운 마음을 막을 수 없었다. 그가 여기 온 이유가 무언지, 무슨 자격으로 왔는지, 왜 사람들의 중앙에 서 있는지 모든 것이 의문투성이였지만 그녀는 그러한 것보다 강산을 만났다는 사실이 더 충격이었다.

그랬기에 그녀는 강산을 향해 한 걸음 다가가 자신도 모르게 그의 손을 잡으려 했다. 가슴속에 간직해 온 그리움이 너무나 컸기 때문에 그녀는 강산을 만나자 머리가 하얗게 변해갔다.

하지만 강산은 급하게 마른기침을 토해내며 그녀의 행동을 제지했다. 수많은 사람이 그들을 보고 있다.

"내가 우주그룹의 책임자야. 우리 이야기는 나중에 하기로 하고 일단 인수합병에 관한 일부터 마무리 지었으면 좋겠다. 우릴 마중 나온 거 맞지?"

"어… 응."

"그럼 회의장으로 안내해."

"알았어."

태희가 간신히 정신을 차리고 대답했다.

그러자 잠시 후 반가움 때문에 뒤로 밀려 버린 의문이 물밀듯이 밀려왔다.

강산은 자신의 입으로 우주그룹의 책임자라고 말했다. 도대체 무슨 말인지 이해가 되지 않았다.

오늘 인수합병에 사인을 하기 위해 오는 사람은 우주그룹의 사장이다.

그런데 강산은 자기가 책임자라고 한다.

되돌아서서 강산을 향해 묻고 싶었으나 그녀는 걸음을 멈추지 못했다. 회의장으로 가는 내내 수많은 기자와 관계자가 그들의 걸음을 주시하고 있었기 때문이다.

태희의 안내로 강산과 우주그룹의 수뇌부가 들어서자 먼저 와서 기다리고 있던 대원그룹의 유 회장이 자리에서 일어나 마중을 나왔다. 그는 강산이 출현하자 그때서야 잔뜩 긴장하고 있던 얼굴을 풀고 안도의 한숨을 내쉬었다.

강산이 자리에 앉자 기다렸다는 듯 사회자가 마이크를 들었다.

단순한 기업 간의 인수합병이 아니라 대한민국 전체를 떠들썩하게 만드는 거대한 프로젝트였기에 이곳에는 수많은 기자가 몰려 있었다. 그들의 카메라는 오직 강산에게 집중되고 있었다.

비밀에 싸여 있던 우주그룹의 차세대 오너가 바로 강산이라는 정보가 은밀하게 흘러 다녔기 때문에 모든 언론은 강산을 집중 조명하고 있었다.

인수합병에 대한 절차는 그리 오래 걸리지 않았다.

언론을 위한 간단한 브리핑을 거쳐 인수협정서에 강산과 유 회장이 사인했고, 두 사람이 밝은 웃음으로 포즈를 취하면서 행사는 모두 끝났다.

행사가 끝나자 언론은 순식간에 강산에게 몰려들었다.

비밀에 싸여 있던 우주그룹의 오너 일가를 공식 석상에서 만난다는 건 특종 중의 특종이었기 때문이다.

국내 언론뿐만이 아니었다. 뉴욕타임즈를 비롯해 BBC, 월스트리트저널 등 세계 유수의 언론들이 강산을 취재하기 위해 난장판을 만들고 있었다.

그들의 관심은 대원그룹과의 인수합병이 아니라 강산의 정체에 관한 것이었다. 강산의 입을 통해 세계 경제계에서 신비함으로 포장된 우주그룹의 실체를 알아내는 것이 그들의 목적이었다.

하지만 강산은 그들의 질문에 일절 대답하지 않고 회의장을 빠져나가기 시작했다.

언제 들어왔는지 검은 양복을 입은 사내들이 기자들을 통제하면서 강산을 호위하고 있었다.

사내들의 행동은 극도로 절제되어 있으면서도 요소요소 철저하게 지키며 기자들의 접근을 완벽하게 차단했는데 이런 일에 익숙한 프로의 냄새가 물씬 풍겼다.

강산이 빠져나가는 모습을 보면서 태희는 움직일 수 없었다.

마치 꿈을 꾸는 것 같았다.

이게 뭐지? 이게 뭘까?

얼굴만 잘생겼지 아무것도 가지고 있지 않던 강산이 우주그룹의 총아가 되어 나타나다니 정말 믿을 수가 없었다.

뭔가 잘못된 것이 분명했다. 아마 우주그룹의 누군가가 자신들의 정체를 감추기 위해 강산을 대타로 내세운 것이 분명했다. 그렇지 않다면 이런 일이 있을 수 없었다.

그 누구보다 그녀는 강산의 정체를 정확히 알고 있었다. 오랜 시간 사귀었고 헤어지기 전에는 그의 집까지 가서 부모님께 인사도 드렸다. 강산은 우주그룹과 전혀 상관이 없는 사람이고 아르바이트나 하며 지내는 백수였다. 별별 아르바이트를 다 해봤다더니 이젠 이런 일까지 할 줄은 꿈에도 생각지 못했다.

그러나 따라 나갈 수가 없었다. 워낙 많은 기자와 경호원이 하나가 되어 몸싸움을 벌이고 있었기 때문에 그녀는 꼼짝없이 그저 지켜보고 있어야만 했다.

난장판.

회의장은 그야말로 난장판으로 변해서 대원그룹 사람들은 나가지 못하고 한쪽 편에 몰려 있었다.

그곳에서 큰아버지인 유 회장과 아버지가 뭔가를 이야기하고 있는 것이 보였다.

그들을 보던 태희는 망치로 머리를 얻어맞은 사람처럼 비틀거렸다. 만약 정말로 강산이 아르바이트를 한 것이라면 인수협정서는 무효가 될 가능성이 컸다.

희대의 사기극.

누군가가 세상을 상대로 사기극을 벌였고, 강산이 그 희생양이 된 거라면 대원그룹의 목숨이 위태로웠다.

그랬기에 그녀는 유 회장이 들고 있는 협정서를 보기 위해 그들 쪽으로 급히 걸음을 옮기기 시작했다. 회의장은 수많은 사람으로 난장판이 되어 있었지만 그나마 뒤쪽은 한산해서 걷는 게 어렵지는 않았다.

그때 손에 들고 있던 핸드폰이 부르르 떨렸다.

중요한 행사 때는 언제나 진동으로 해놓는 것이 버릇이 되었는데 실내가 소음으로 가득 찬 지금은 아주 효과적이었다.

핸드폰을 들어 화면을 들여다보자 하나의 메시지가 들어와 있는 것이 보였다. 알 수 없는 불안감에 급히 메시지를 열자 강산의 이름이 보였다.

─태희야, 우리가 자주 가던 카페로 와. 거기서 기다릴게. 그리고 협정서는 가짜 아니니까 너무 걱정 안 해도 돼.

태희가 카페로 들어서자 창가에서 커피를 앞에 놓고 거리를 보고 있는 강산이 보였다. 강산은 언제나 데이트하는 날이면 먼저 와서 저렇게 창밖을 보고 있었다.

새삼스럽게 솟아나는 감정에 목이 메어왔지만 태희는 침착하게 걸어 강산에게 다가갔다.

강산은 언제 갈아입었는지 편한 차림이었다. 그녀와 데이트할 때면 즐겨 입던 면바지에 티를 받쳐 입었는데 외투는 옆자리에 벗어놓은 채였다.

태희가 다가와 앉자 강산의 얼굴에 맑은 웃음이 떠올랐다.

"왔어?"

"그래, 왔어."

"커피 시킬까?"

"응."

강산의 물음에 태희는 간단하게 대답하며 메고 있던 가방을 옆자리에 내려놓았다.

따라온 웨이트리스에게 커피를 주문한 강산이 그런 태희를 부드럽게 바라봤다.

"오랜만에 봤더니 더 예뻐졌네. 잘 지냈어?"

"잘 지내지는 못했어. 이것저것 많은 일이 있었거든. 많이 힘들었어."

"그랬구나."

"넌 어떻게 지냈어?"

"난 잘 지냈어. 너는 힘들었는데 나만 잘 지내서 미안해."

"잘 지냈다니 다행이야."

태희는 강산의 눈을 보면서 가슴이 떨리는 걸 느꼈다.

저 눈을 좋아했다. 그의 눈은 깊은 바다와 같았고 푸른 하늘과도 비슷했다. 처음으로 사랑을 알게 해준 남자였는데 그녀는 그를 아프게 만들었다. 하지만 어쩔 수 없는 일이었고 같은 상황이 되면 그녀는 또다시 같은 결정을 내릴 것이다.

그럼에도 눈앞에 강산이 앉아 있자 눈물이 스르륵 올라왔다. 보고 싶은 얼굴을 볼 수 있다는 것은 무엇과도 바꿀 수 없는 행복이다.

강산이 말을 아끼자 그녀가 가져온 커피를 한 모금 마신 후 먼저 입을 열었다.

"보고 싶었어."

"그랬니? 나도 보고 싶었어. 하지만 우린 헤어졌으니까 보고 싶어도 참아야지. 너는 결혼할 사람도 있잖아."

"나 그 사람하고 헤어졌어."

"그랬구나. 왜 헤어졌는지는 물어보지 않을게."

"그래, 그런 건 묻지 않는 거야."

"힘들었겠다."

"내 얘긴 그만하자. 그나저나 오늘 일 어떻게 된 거니? 너 아르바이트한 거 아니었어?"

"바보. 똑똑한 줄 알았는데 아닌가 보네. 그런 거 아르바이트하면 경찰서에 잡혀가."

"그럼 네가 정말 우주그룹 사장이야?"

"그래."

"그 말을 나보고 믿으라는 거니?"

"당연히 믿지 못하겠지. 넌 계속 나의 껍데기만 봤으니까 믿기 어려울 거야."

"말해줘. 답답해."

"그렇지 않아도 더 늦기 전에 내 이야기를 너에게 해주려고 했어. 그게 예의인 것 같아서."

강산은 태희에게 그의 이야기를 들려줬다. 길고 오랜 이야기를.

이야기가 진행될수록 당황하고 놀라던 태희는 이야기가 끝나자 피가 나도록 입술을 깨물었다. 그녀의 눈은 경악과 분노, 슬픔, 불신 등 수많은 감정이 스쳐 지나가고 있었다.

강산의 표정이 안타깝게 변한 것은 그녀의 눈에서 기어코 눈물이 흘러나왔을 때였다.

"너를 속여서 미안해. 하지만 아버지께서는 나만을 아껴주는 사람과 결혼하길 원하셨어. 그리고 그건 나도 마찬가지고."

"그걸 핑계라고 대다니 넌 참 나쁜 놈이구나."

"태희야."

"네가 나를 조금이라도 사랑했다면 그래서는 안 됐어. 맞아, 나는 조건을 생각했지. 하지만 너도 생각해 봐. 세상에 조건 안 따지는 여자가 어디 있어?"

"그만해."

"더군다나 나는… 나는 그럴 수밖에 없는 사정이 있었다고. 나를 조금이라도 이해했다면 그래서는 안 됐어. 어쩌면 그럴 수 있니. 어쩌면……."

"나도 알려주려고 했어. 시험하고 속인 게 미안해서 알려주려고 했지만 너는 전화를 받지 않았어. 나한테 조금만 시간을 더 주었더라면 너를 잡을 수 있었을 텐데 너는 그런 빌미조차 주지 않더라."

"거짓말이야. 날 진정으로 사랑했다면 그런 건 다 핑계에 불과해."

"그거 기억나?"

"뭐?"

"넌 고등학교 시절부터 조건을 따졌지. 너와 사귈 수 있는 자격을 갖춰야만 사귀겠다는 말을 자주 했어. 난 그때 네가 원한 자격을 내가 취득하면 정말 너와 사귈 수 있을까 생각을 하곤 했다. 하지만 조건을 거는 사람들은 언제나 또 다른 조건을 거는 법이니까 힘들 거란 생각이 들더라. 그런 내 우려는 너와 사귀면서 극명하게 나타났지. 끝없이 조건을 따졌고, 끝내 너는 나를 떠났어. 태희야, 결혼의 조건은 돈과 명예가 아니라 사랑이다. 그걸 네가 꼭 알았으면 좋겠다."

"조건을 보는 것이 잘못이니? 어떤 여자가 결혼하면서 조건을 따지지 않겠어. 사랑은 타당한 조건에서 피어나는 한

송이 꽃과 같은 거야."

"너와 같은 생각을 하는 사람들이 수없이 많다는 거 너무 나 잘 알고 있어. 힘들지 않고 편하게 살기 위한 사람들의 욕 심이 그런 생각을 만들어냈는데 지금에 와서는 그것이 마치 정답처럼 여겨지는 것 같더라. 하지만 태희야, 사랑은 그런 게 아니야. 사랑은 그저 사랑일 뿐이야."

"그럼 내 사랑은, 널 보며 기뻐하고 널 보며 슬퍼하던 내 사랑은 전부 가짜였어?"

"그 사랑 때문에 너에게서 벗어나지 못했다. 하지만 그 사 랑은 조건 앞에서 초라해졌고 금방 시들었지. 너의 사랑은 조건을 이기지 못한 사랑이었다."

강산의 대답에 태희가 입술을 깨물며 커피 잔을 꼬옥 틀어 쥐었다.

사실이기 때문이다.

만약 여전히 강산이 백수라면 그녀는 또다시 그를 떠날 거 란 생각을 가지고 있었으니 강산의 말은 한 치도 틀림이 없 는 사실이었다.

그럼에도 가슴이 아프고 슬픈 건 헤어져 있는 동안 가슴이 아리도록 보고 싶던 그리움 때문이었다. 그건 누가 뭐래도 사랑이 분명했다.

하지만 이젠 늦은 것 같았다. 강산의 눈에는 그녀를 사랑 했을 때 보여주던 다정함과 따뜻함이 담겨 있지 않았다.

그랬기에 태희의 목소리는 떨렸다.

"후회하기엔 너무 늦은 것 같네. 나에게 다시 돌아오진 않겠지?"

"미안하다, 태희야. 나 곧 결혼해. 나를 진심으로 사랑해 주는 사람과."

"그렇구나."

은서는 한 달이 지나도록 강산의 전화를 받지 않았고 집으로 찾아가도 만나주지 않았다. 그녀의 침묵은 길었고 그녀의 태도는 차가울 정도로 냉정했다.

어쩔 수 없이 돌아서는 강산의 어깨가 시간이 지날수록 점점 처져 갔다. 사랑으로 가득 차 있던 은서의 마음이 정말 돌아섰을지도 모른다는 불안감은 그를 힘들고 지치게 만들고 있었다.

강산의 부탁으로 김 여사를 비롯하여 은영과 은수가 적극적으로 지원사격에 나섰지만 은서의 마음은 열리지 않았다. 특히 은영은 시간이 날 때마다 강산과 결혼하면 좋은 점들을 수없이 나열했으나 은서는 아예 귀를 틀어막고 그녀의 말을 듣지 않으려 했다.

처음과 달리 은영은 며칠 지나지 않아 강산의 편에 바짝 붙었다. 현실감각이 뛰어난 은영은 강산이 우주그룹의 사장이란 사실에 조금의 거부감도 갖지 않고 오히려 쌍수를 들어 열렬히 환영했다.

막내인 은수가 그런 은영의 태도에 못마땅한 기색을 보였으나 네가 아직 어려서 뭘 모른다며 오히려 통박을 주었다. 그녀는 카멜레온처럼 변한 자신의 태도를 아주 당연한 것으로 생각하고 있었다.

"언니 과일 가져다줘라.

"네."

김 여사가 사과와 배를 깎아 올린 접시를 건네주자 은수가 냉큼 대답하며 다가왔다.

은서는 저녁을 먹자마자 자신의 방으로 들어가 꼼짝도 하지 않았다. 그녀의 일과는 똑같았지만 흡사 벙어리라고 착각할 만큼 말수가 줄어든 상태였기 때문에 가족들은 그녀와 대화하기가 힘들었다.

은수가 접시를 가지고 사라지자 부엌에 남은 김 여사는 한숨을 내쉬었다. 다 큰 딸의 힘겨운 시간이 마치 자신의 것처럼 여겨져 그녀는 요즘 잠을 제대로 이루지 못하고 있었다. 아무리 백번 양보한다 해도 이건 정말 꿈에서나 벌어질 일이지 현실에서 생길 일은 아닌 것 같았다. 아들처럼 생각하며 이 년이 넘도록 데리고 산 강산이 세계 최고의 기업인 우주 그룹의 황태자란 사실은 그녀를 은서 못지않게 충격으로 몰아넣었다.

시간이 지난 후 은서의 마음이 이해되기 시작했다. 재벌가의 며느리로 산다는 것은 평범한 회사원의 아내로 사는 것보다 행복할 것 같지 않았다. 아무것도 가지지 못한 상태에서 그런 집안으로 들어가게 되면 자칫 엄청난 불행을 맛봐야 된다는 사실이 그런 생각을 갖게 만들었다.

텔레비전에 나오는 연속극에 보면 평범한 집안의 여자가 재벌가에 시집가 홀대받고 멸시받는 장면이 수시로 나온다. 그런 걸 볼 때마다 재벌가에 시집가 구박받고 사는 여주인공이 한심하고 불쌍했다. 물론 현실과 드라마를 똑같이 생각할 순 없겠지만 한편으로는 충분히 일어날 수 있는 일이었다.

그랬기에 어떤 결론이든 은서의 결정을 받아들일 생각이다. 강산을 다시 못 볼지도 모르겠지만 은서가 행복하게 살 수만 있다면 어쩔 수 없는 선택을 해야 할지도 몰랐다.

초인종 소리가 들린 것은 강산을 생각하며 김 여사의 표정이 어두워졌을 때다.

귀를 기울이자 막내인 은수가 신발을 신고 나가는 소리가 들려왔다.

강산이 왔을 거란 생각에 김 여사는 벌떡 일어섰다. 어쩐 일인지 강산은 삼 일째 집에 오고 있지 않았다. 둘의 생각이 달라서 함께하는 것이 힘들고 불행해진다면 굳이 둘을 엮고 싶지 않았지만 그런 것과 상관없이 거의 매일처럼 오던 강산이 삼 일째 오지 않자 저절로 조바심이 일었다. 강산은 아들처럼 여겨져 하루만 보지 않아도 기다려진다.

　김 여사가 마루로 나갔을 때 은수가 어찌할 바를 모르며 들어오는 것이 보였다. 그리고 그 뒤에는 홍 여사가 조용한 걸음으로 따르고 있었다.

　"안녕하세요. 처음 뵙겠습니다. 미리 찾아뵈었어야 하는데 차일피일 미루다 보니 지금에서야 찾아왔어요. 저는 강산이 어미 되는 사람입니다."

　"아… 그러셔요."

　영문을 모른 채 빤히 쳐다보고 있던 김 여사가 홍 여사의 소개에 부리나케 마당으로 내려왔다.

　"연락도 없이 이렇게 불쑥 찾아와서 미안해요."

　"아닙니다, 아니에요. 추운데 얼른 올라오세요."

　김 여사의 걸음이 당황에 심하게 흔들렸다.

　홍 여사를 마루에 안내하고도 그녀는 어쩔 줄을 몰라 했는데 차를 내올 생각조차 하지 못했다.

　그랬기에 그녀 대신 은수가 빠르게 부엌으로 향했다.

　홍 여사는 김 여사가 불안정한 모습으로 맞은편에 앉자 푸근한 웃음을 지어 그녀를 안정시켰다.

　"갑자기 찾아와서 놀라셨죠?"

　"…네, 그렇긴 하네요."

　"은서가 많이 화났나 봐요. 강산이를 만나주지도 않는다고 들었어요."

"강산이가 그러던가요?"

"우리 아들이 여자한테 이렇게 약할 줄은 몰랐어요."

"저는 그냥 지켜보는 중이에요. 어떤 결론이 나든 아이들의 결정을 기다리고 있어요."

"강산이를 사위 삼고 싶지 않으세요?"

"그럴 리가요. 죄송한 얘기지만 강산이는 제 아들이나 다름없어요. 당연히 사위가 되기를 바라죠. 하지만 은서가 불행해진다면 솔직히 반대하고 싶어요."

"왜 불행해질 거라고 생각하세요?"

"두 집안이 어울리지 않잖아요. 두 집안 수준이 어느 정도 비슷해야 행복한 결혼이 될 텐데 저희 집안은 가진 것이 아무것도 없어요."

"걱정하지 마세요. 은서는 행복할 테니까요."

"저는 그 말씀을 쉽게 믿지 못할 것 같아요."

"왜죠?"

"사람 일은 생각처럼 되지 않는 걸 많이 봐왔어요. 처음에는 잘해줄 거라 다짐하고도 나중이 되면 언제 그랬냐는 듯 말과 행동을 바꾸는 경우가 너무 많기 때문이죠."

"하긴 그런 걱정을 하실 만도 해요. 하지만 은서 어머니, 저는 절대 그렇게 하지 않을 거예요. 대부분 괄시받는 며느리들은 시어머니가 결혼을 반대하는 걸 무릅쓰고 들어온 경우가 많은데 저는 은서가 무척 예뻐서 적극적으로 찬성하거든요."

"…정말인가요?"

"그럼요. 그리고 그렇게는 안 될 거라는 이유가 또 있어요."

"그게 뭐죠?"

"저도 은서처럼 아무것도 없는 집안 출신입니다. 하지만 저는 이씨 가문에 시집와서 지금까지 한 번도 불행한 적이 없어요. 그러니 은서 어머니, 그런 건 걱정하지 마세요. 은서도 분명 저처럼 행복하게 살 수 있을 거예요."

김 여사가 이야기 도중 은서를 부르려 했으나 홍 여사가 그녀의 행동을 말렸기 때문에 마루에는 두 사람만 앉아 많은 이야기를 나누었다.

그녀들은 강산의 어린 시절부터 종갓집에 들어와 백수로 지내던 일까지 하나씩 꺼내어 즐겁게 대화를 나누었다.

처음 만난 사이였지만 강산이라는 아주 특별한 공감대가 있었기에 그녀들은 부드러운 분위기에서 대화를 나눌 수 있었다.

홍 여사가 자리에서 일어난 것은 종갓집에 들어온 지 삼십 분이 지난 후였다.

"이제 가봐야겠어요. 어디 간다고 말하지 않고 나와서 바깥양반이 기다릴 것 같아요."

"그렇다면 빨리 가셔야죠."

"가기 전에 은서 잠깐 볼 수 있을까요?"

"잠깐만 기다리세요. 제가 불러올게요."

홍 여사의 요청에 김 여사가 즉각적으로 반응했다.

홍 여사의 계속되는 설득과 그동안 나눈 많은 이야기를 통해 마음이 좋은 쪽으로 기울어졌기에 그녀는 은서를 부르는데 주저함을 보이지 않았다.

은서가 방에서 나와 주춤거리며 인사를 하자 홍 여사가 가볍게 혀를 찼다. 은서의 얼굴이 엉망이 되어 있었기 때문이다.

"은서야, 나 한마디만 해도 되겠니?"

"말씀하세요, 어머니."

"강산이 지금 병원에 있다. 너 때문에 며칠 동안 밥을 안 먹더니 기어코 쓰러져서 입원했어. 너도 엉망이지만 강산이는 다 죽을 판이다. 결혼을 떠나서 그래도 사람은 살려야 되지 않겠니. 은서야, 가서 일단 강산이 좀 살려놔라."

은서는 삼성병원에 도착해 한동안 망설이다가 입원실 문을 열고 들어섰다.

눈에 들어오는 익숙한 얼굴.

팔에 수액을 꽂은 채 누워 있는 강산의 얼굴은 그사이에 파리하게 질려 있었다.

병원 특유의 냄새가 은서를 불안하게 만들었다. 상태가 어떤지는 모르나 강산이 병상에 누워 있는 것만으로도 그녀는 대뜸 눈물부터 나왔다. 천천히 다가가 그의 손을 잡자 그동안 억지로 참아온 감정의 물결이 폭포수처럼 터져 나왔다.

목숨을 걸고 사랑했던 남자.

그 남자가 자신의 냉정함을 이겨내지 못하고 이렇게 병상에 누워 있다.

"오빠… 오빠, 나 왔어. 오빠, 어디가 아픈 거야, 응? 오빠야, 내가 잘못했어. 눈 좀 떠봐."

은서의 눈물이 주르륵 흘러 강산의 얼굴로 떨어져 내렸다.

그녀의 눈물은 쉬지 않고 떨어져 강산의 얼굴을 흠뻑 적셔 놓았다.

강산의 눈이 천천히 떠진 것은 은서가 복받치는 감정을 참지 못하고 엉엉 소리 내어 울기 시작했을 때다. 강산은 눈을 뜬 후 자신을 바라보며 눈물 흘리는 은서를 향해 힘없는 웃음을 지어 보였다.

"우리 은서 왔구나. 보고 싶었어."

❖

태희는 아우디를 호텔 정문에 세우고 차를 도어맨에게 맡겼다.

그녀는 봄에 어울리는 화사한 원피스를 입고 있었는데 사람들의 시선을 단박에 사로잡을 만큼 여전히 압도적인 미모를 자랑했다.

또각또각.

경쾌한 그녀의 걸음은 따스하게 쏟아지는 봄 햇살과 어울려 탄력적으로 느껴질 만큼 생동적이었다.

호텔로 들어선 그녀는 조금의 망설임도 없이 방향을 틀어 엘리베이터로 향했다.

18층에서 내린 그녀가 좌측으로 꺾어서 걸음을 옮기자 복도를 차단한 채 지키고 있던 검은 양복의 사내가 정중하게 초청장을 요구해 왔다.

샤넬 백을 열어 초청장을 꺼내자 사내가 그것을 확인하고는 맑은 웃음을 지었다.

"늦으셨군요. 벌써 식이 시작되었습니다. 빨리 가셔야 될 것 같아요."

"그런가요. 고마워요."

사내가 손으로 방향을 가리키자 태희가 고개를 까딱여 인사한 후 걸어갔다. 늦었음을 알았지만 그녀의 걸음에는 서두르는 기색이 없었다. 여전히 도도하고 여전히 자신 있는 걸음걸이였다.

웨딩홀은 예식이 시작되었는지 굳게 닫혀 있었다.

사람은 아무도 없었고 오직 철벽처럼 닫혀 있는 문만이 그녀를 마중했다.

다가가 손을 내밀어 문을 열었다. 그러자 중저음의 부드러운 음성이 마이크를 타고 흐르며 그녀의 귀를 자극했다.

주례사를 하고 있는 사람은 경제계에 막강한 영향력을 미치고 있는 현 서울대 총장 김병수 교수였다. 그는 그녀의 지도 교수이기도 했기 때문에 단박에 알아볼 수 있었다.

홀에는 불과 오십여 명의 사람이 자리를 차지하고 있었다. 하지만 그 오십여 명은 대한민국 경제 판을 단숨에 뒤집을 수 있을 만큼 강력한 영향력을 가진 사람이 대부분이었다.

천천히 눈을 돌려 단상에 서 있는 신랑과 신부를 바라봤다. 두 사람은 팔짱을 낀 채 주례사를 듣고 있었는데 마치 한 폭의 그림처럼 아름다웠다.

주례사가 끝난 후 성혼 선서가 이어졌고, 두 사람이 하객들에게 인사하기 위해 돌아섰다.

언제나 그리워하던 얼굴이 신랑이란 이름으로 거기에 서 있다.

그 옆의 신부 자리에는 자신이 아니라 다른 여자가 서 있다. 자신의 자리가 될 수도 있었던 바로 그 자리에 자신보다 키도 작고 예쁘지도 않은 다른 여자가 수줍은 웃음을 지은 채 강산을 바라보며 행복해하고 있었다.

그녀는 한동안 꼼짝하지 않고 두 사람을 바라봤다. 행복해하는 두 사람의 모습을 두 눈에 영원히 간직하려는 듯 그녀는 잠시도 다른 곳으로 시선을 돌리지 않았다.

그런 후 기념 촬영이 시작되자 몸을 돌려 웨딩홀을 빠져나왔다.

새삼 강산의 말이 생각났다. 결혼은 조건이 아니라 사랑이어야 한다는 그의 말이.

하지만 곧 그녀는 머리를 흔들어 강산의 말을 지워 버렸다. 사랑은 조건이 있어야 가능한 것이라는 그녀의 생각은 지금도 변하지 않았기 때문이다.

오늘, 그리고 내일.

언제가 될지 모르나 그녀는 자신과 어울리는 조건을 갖춘 남자가 나타나기를 기다릴 것이다.

그리고 그 남자와 행복한 미래를 가꾸어 보란 듯이 잘살 생각이다.

그녀의 발걸음이 경쾌하게 복도를 울렸다.

미련도 떨쳐 버리고 슬픔도 떨쳐 버린, 언제나 자신만만한 유태희의 발걸음은 한 치의 흔들림도 없이 당당했다.

〈END〉